CARVEN

VETEMENTS
SURFING
IN MIND

Hyukmin's

# BONUS TRACK

SPECIAL PHOTO

# CONTENTS

Bonus + Track

# HISTORY 01

# 혁민's 02 DAILY

술을 좋아하지 않기 때문에 친구들과 만나면 맛집을 찾아다니거나 하며 시간을 보낸다.

나는 볼링을 엄청 좋아한다. 평균 일주일에 세 번씩 짬을 내어 볼링장에서 볼링을 친다! 친구들과 볼링비와 밥값을 걸고 승부를 겨룬다.

나는 잠자리에 예민한 편이다. 집이 아니면 잠을 깊게 자지 못한다. 그래서 출장을 가거나 여행을 갈 때는 집에서 쓰는 베개를 꼭 챙겨간다.

여기는 내 작업실이다. 사진 작업이나 편집을 컴퓨터로 하는 일이 많아서 내겐 아주 중요한 공간이다. 항상 깔끔하게 해야 하고, 컴퓨터 사양도 좋아야 한다. 나는 주로 집에서 밤새워 일할 때가 많다.

친구들과 여행 다니는 것을 즐긴다. 일만 하면 지칠 수도 있으니까 이런 힐링 여행은 내게 필수다.

내가 주로 촬영하는 곳이다. 좋아하는 일이니까 항상 열심히 한다. 안 좋은 점이라면 조명이 강해서 눈이 건조해진다는 것.

나의 사소한 취미는 피규어(figure) 모으기다. 피규어를 살 때는 퀄리티를 유심히 살피는 편이다. 피규어를 집에 죽 나열해놓고 혼자서 흐뭇해 한다.

나는 심한 곱슬머리다. 일이 있거나 놀러 갈 때는 꼭 미용실에 가서 머리를 펴야 한다. 그래서 남보다 조금 일찍 일어나야 하고 부지런해야 한다. 다음 생에는 꼭 생머리로 태어나고 싶다.

# FRIEND 03

혁민이는 내가 만나본 사람 중에 감정 표현을 가장 솔직하게 하는 친구이며 가식이 없는 진솔한 친구다. 소중한 사람들을 잘 챙기고 마음이 따뜻한 아이다.

혁민이는 순수하고 밥 먹을 때는 물이 될 때까지 씹어서 세 시간이나 걸리는 아이이다. 약속 시간도 두 시간은 늦게 나온다. 그래서 결국 밥 먹을 약속을 잡을 때 다섯 시간 정도 늦게 가면 같이 밥을 먹을 수 있다.

활발하고 대인관계가 좋고, 잘 웃고, 유머 감각이 있으며, 옆에 있으면 재미있다. 의심이 좀 많기도 하지만, 일본어를 할 때는 멋있다. 가끔 오타쿠 근성이 보일 때는 때려주고 싶다.

김가람

내가 생각하는 혁민이는 항상 우울한 친구다. 밝은 척 힘든 일 없는 척하기 때문에 조금 더 손길이 필요한 친구다.

# 친구들이 생각하는 혁민이는?

혁민이는 개그맨 같다. 항상 주변 사람들을 즐겁게 해준다. 같이 있으면 너무 재미있다.

혁민이는 항상 긍정적이고 매사 웃는 얼굴만 보여준다. 그리고 자기가 볼링을 잘 치는 줄 안다.

자유분방한 삶을 사는 친구다. 혁민이는 오랜만에 봐도 절대 안 어색한 친구다.

혁민이는 마음이 여리고 친구에 대한 의리가 강한 친구다. 가끔 말이 안 통할 때도 있지만, 너무나 사랑스러운 친구다.

# FRiEND

혁민짱은 항상 밝고 유쾌하며 분위기 메이커다!! 그리고 자기 사람은 엄청 잘 챙기고 의리파인 거 같다!!

혁민이는 누구보다 자기 스타일이 확고하고, 자기의 매력이 무엇인지 확실히 알며, 단 하루 만에 사람의 마음을 빼앗고 급속도로 친해진다. 말이 많고 사람을 편하게 해주는 매력도 있다. 단점이라면 성격이 너무 확고해서 제멋대로 또라이다.

자기가 심심할 때만 연락하고, 미용실 갈 때만 전화하는 오타쿠인데, 의리는 쩌는 녀석.

처음 만났을 때부터 한결같이 정상이 아닌 형이지만, 의외로 이것저것 잘 챙기고 어른스러울 때가 많다. 혁민이 형은 내게 정이 많고 따듯한 사람이다.

혁민이는 항상 긍정 에너지가 넘치는 친구. 만나면 엄청나게 즐겁게 해준다. 흥이 넘쳐서 너무 하이해 보이지만, 진지할 때는 또 누구보다도 진지한 구석이 있는 친구다.

COMIC

★1위 은혼

내게 많은 깨우침과 감동과 용기를 준 내 인생의 애니. 특히 우울하거나 할 때 많은 힘을 받았다.

★2위 원피스

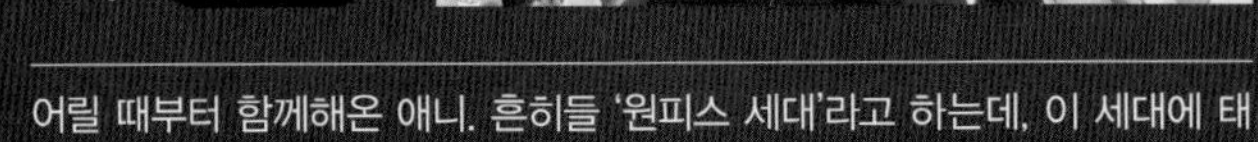

어릴 때부터 함께해온 애니. 흔히들 '원피스 세대'라고 하는데, 이 세대에 태어나서 〈원피스〉를 볼 수 있어서 좋다. 만화책도 전권 소지 중이다.

★3위 암살교실

정말 잘 만들었다고 생각이 드는 애니. 마지막 화에서는 엄청나게 울었던 기억이 난다.

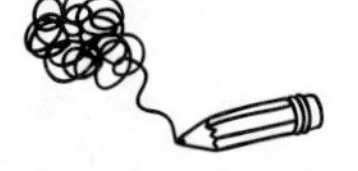

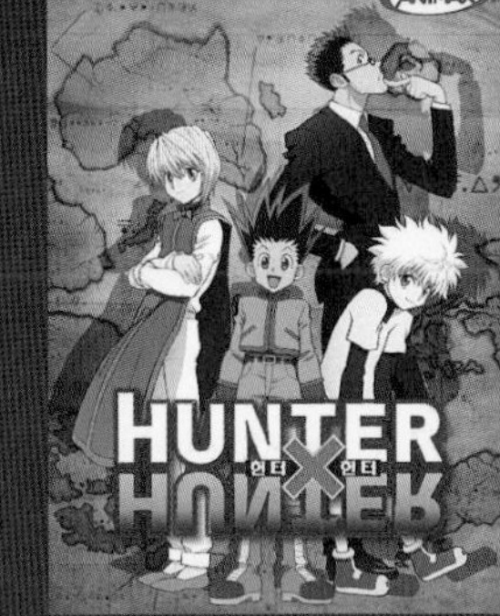


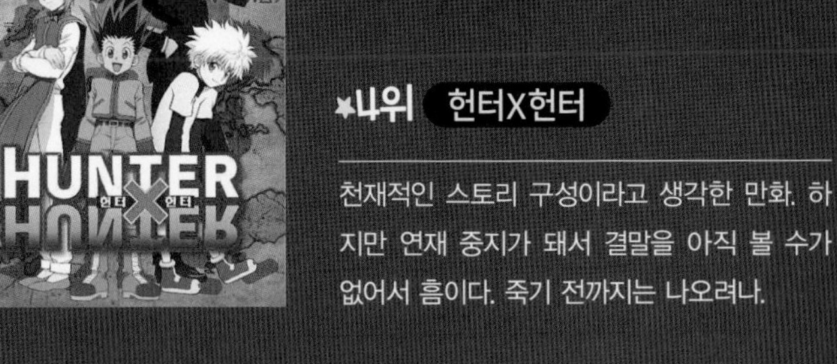

**★4위 헌터X헌터**

천재적인 스토리 구성이라고 생각한 만화. 하지만 연재 중지가 돼서 결말을 아직 볼 수가 없어서 흠이다. 죽기 전까지는 나오려나.

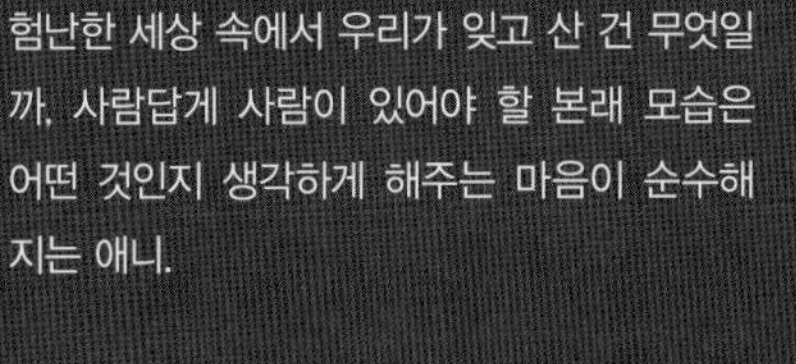

**★5위 바카라몬**

험난한 세상 속에서 우리가 잊고 산 건 무엇일까. 사람답게 사람이 있어야 할 본래 모습은 어떤 것인지 생각하게 해주는 마음이 순수해지는 애니.

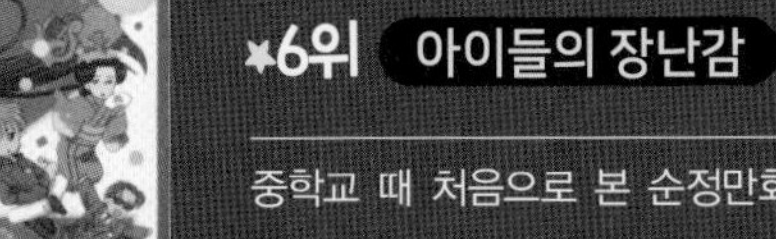
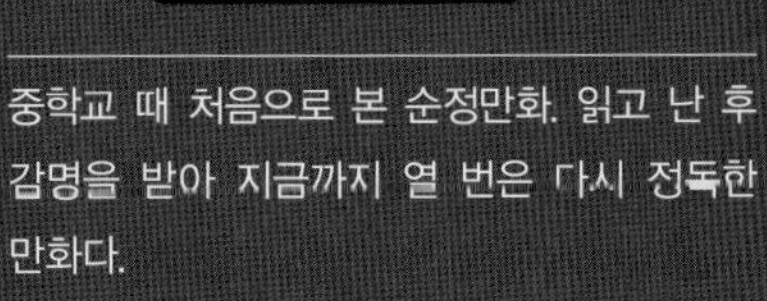

**★6위 아이들의 장난감**

중학교 때 처음으로 본 순정만화. 읽고 난 후 감명을 받아 지금까지 열 번은 다시 정독한 만화다.

★ 이외에도 〈환상게임〉, 〈사랑해 베이비〉, 〈아오하라이드〉, 〈러브 콤플렉스〉, 〈옆자리 괴물군〉, 〈소라소라〉, 〈나는야 밤비걸〉, 〈늑대 소녀와 흑왕자〉 등이 내가 좋아하는 걸작들이다.

**★1위 캬리 파뮤파뮤**

하루도 빠짐없이 듣는 가수. 아침에 일어나서 이 가수의 노래를 틀며 신나게 하루를 시작한다. 톡톡 튀고 신나는 노래들이 많아 운전할 때도 자주 듣기 때문에 친구들도 나 때문에 이 가수의 노래를 잘 알게 되었다.

**★2위 perfume**

캬리 파뮤파뮤와 작곡가가 같아서 노래 느낌이 비슷한 듯 안 비슷하다. 하지만 두 가수의 개성은 확실히 다르다. 이 두 가수의 작곡가 또한 존경스럽다.

**★3위 달샤벳**

한국 아이돌 노래는 전부 듣는 편인데, 특히 신나는 노래를 좋아한다. 그중에서도 달샤벳의 노래는 빠짐없이 좋아한다. 전부 내 취향 저격이다. 그 외에도 애니에 나오는 노래나 J-pop, 팝송도 자주 듣는다.

## ETC

**★GAME** Playstation 4

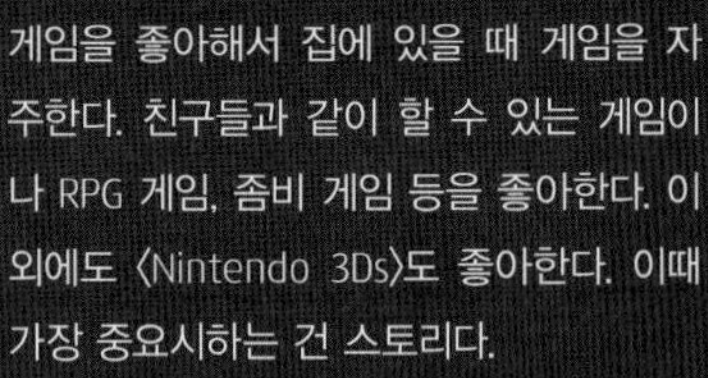

게임을 좋아해서 집에 있을 때 게임을 자주한다. 친구들과 같이 할 수 있는 게임이나 RPG 게임, 좀비 게임 등을 좋아한다. 이외에도 〈Nintendo 3Ds〉도 좋아한다. 이때 가장 중요시하는 건 스토리다.

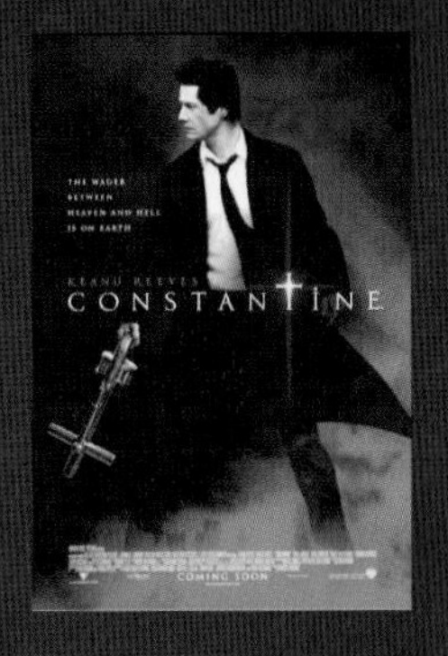

**★MOVIE** 콘스탄틴

내가 가장 감명 깊게 본 영화. 이외에도 〈이웃집 토토로〉와 같은 지브리 영화나 〈지금 만나러 갑니다〉, 〈시간을 달리는 소녀〉, 〈헬터 스켈터〉와 같은 일본 영화 특유의 향기가 짙은 영화를 좋아한다.



## Food/Drink

**★1위**

초밥

**★2위**

차돌박이

**★3위**

낫또

**★1위**

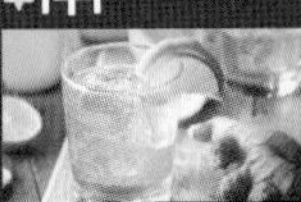

진저엘

**★2위**

닥터페퍼

**★3위**

체리 콕

# 05
# BEAUTY

## 혁민's 뷰티 공식

나는 사람마다 기본 얼굴에서 더 멋지게 예쁘게 꾸며서 끌어낼 수 있는 '최대치'가 각자에게 있다고 생각한다. 즉, 어떻게 꾸미느냐에 따라서 같은 사람이 멋지게도 예쁘게도 보일 수 있다. 난 그것도 '자기 관리'라고 생각한다. 자신을 누군가에게 더 멋지게, 더 예쁘게, 더 사랑스럽게 보이기 위해서 가꾸는 것이니 말이다. 누군가에게 어떻게 보이기를 바라는가? 그렇다면 어떤 매력을 보여주고 싶은지, 생각해보자.

나는 가끔 자신을 꾸미지 않는 사람들을 보면 '아…… 아깝나…….'라는 생각을 자주한다. 자신에게 맞는 스타일을 찾아서 꾸민다면 이 세상에 못생긴 사람은 없다고 생각한다. 자신을 열심히 꾸밀 줄 아는 사람을 싫어할 사람(혹은 이성)은 없기 때문이다. 누구든 열심히 꾸며서 자신만의 스타일을 보여준다면 누군가의 눈에는 예쁘고 멋져 보일 것이다.

나의 경우는 꾸며줌으로써 내 기본 얼굴에서 많은 것을 보완하고 있다고 생각한다. 그것은 자신감에도 아주 큰 영향을 준다. 만약 자신이 하고 싶은 스타일이 자신과 어울린다면 평범하지 않아도 괜찮다. '뷰티'와 '패션'은 '진보적'이므로 자신만의 개성을 펼치는 것이어서 그 세계관을 이해하려 하지 않는 사람에겐 아마 평생 이해가 힘든 것이다. 따라서 누군가의 눈치를 볼 필요는 없다. 그리고 처음엔 서툰 것이 당연하다. 하면 할수록 새로운 세계가 펼쳐지고, 더 자유자재로 다룰 수 있게 될 것이다.

# BEAUTY ITEM LIST

1 ■ 조성아루나 마린펄베이스

2 ■ 더블유랩 마유크림

3 ■ 미샤 퍼펙트커버 비비크림

6 ■ 더블유랩 애교살볼륨메이커

11 ■ 불가리 뿌르옴므

12 ■ 진폴

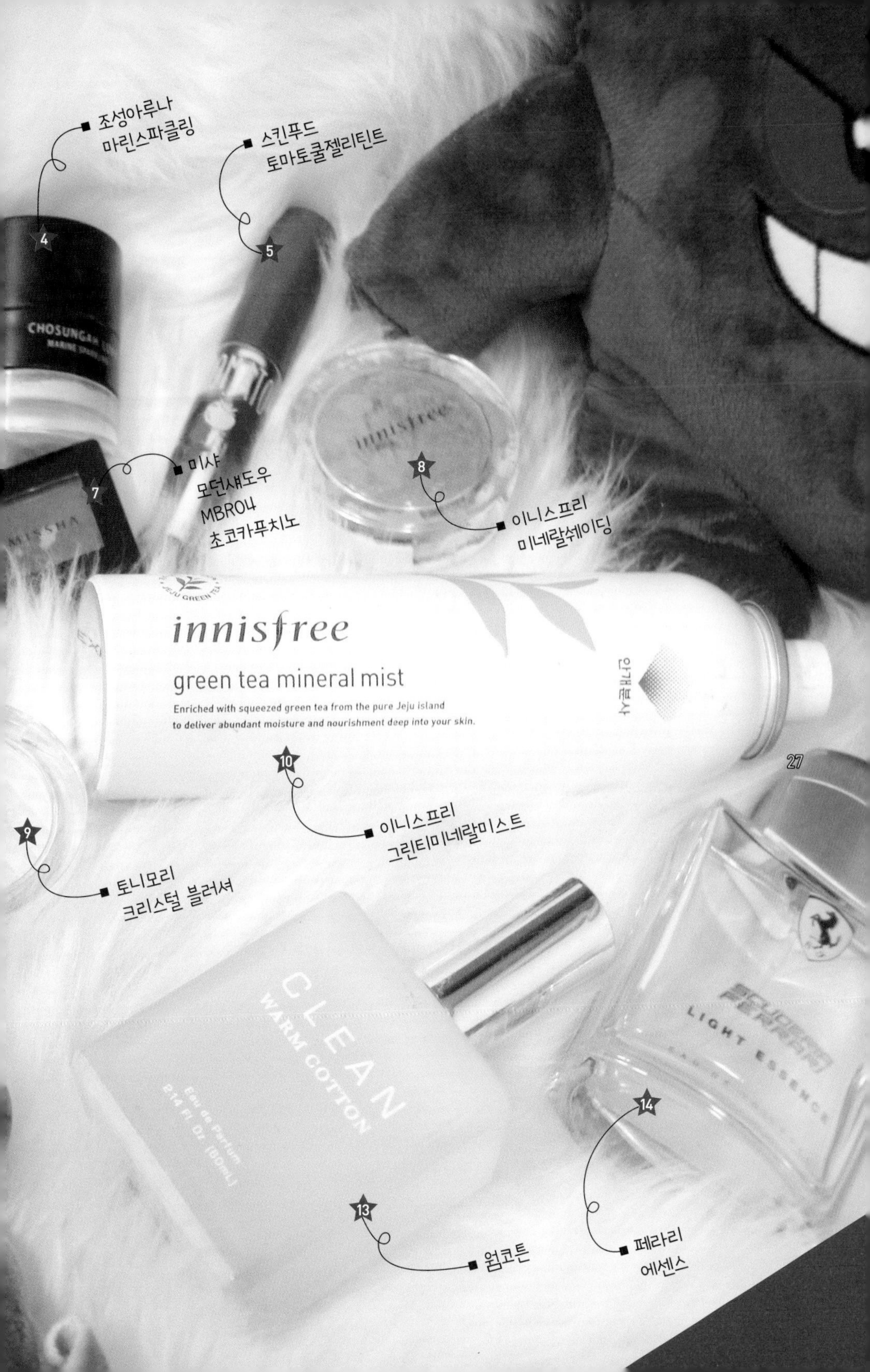
4
조성아루나
마린스파클링
5
스킨푸드
토마토쿨젤리틴트
7
미샤
모던섀도우
MBR04
초코카푸치노
8
이니스프리
미네랄쉐이딩
innisfree
green tea mineral mist
Enriched with squeezed green tea from the pure Jeju island
to deliver abundant moisture and nourishment deep into your skin.
10
이니스프리
그린티미네랄미스트
9
토니모리
크리스털 블러셔
CLEAN
WARM COTTON
13
웜코튼
LIGHT ESSENCE
14
페라리
에센스

# 세안과 기초의 중요성

피부에 노폐물이 남아서 쌓이면 피부 트러블의 원인이 된다. 그러므로 세수는 될 수 있으면 자주 하자. 나는 민감성 피부이기 때문에 메이크업 전후 하루에 3~5회 정도 세안에 신경 써서 한다. 세안 후 집에 있을 때나 잠이 들기 전에는 항상 수분 크림을 얇게 발라준다.

피부 진정 효과가 있는 제품이면 더욱더 좋다. 이렇게 수분 크림을 자주 바르는 습관을 들이면 노화 방지에도 도움이 되고, 항상 탄력 있는 피부를 유지할 수 있다. 메이크업하기 전에는 스킨과 로션을 듬뿍 발라서 촉촉한 상태에서 메이크업이 잘될 수 있도록 하자. 스킨과 로션을 바르고 난 뒤, 물광 베이스를 볼과 애교살, 콧대에 발라준다. 내가 사용하는 제품은 펄이 없어서 부담감 없이 자연스럽게 얼굴을 은은하게 광이 나게 하며 입체적으로 만들어 준다.

**TIP 혁민이가 사용하는 제품**

1. 조성아루나 마린펄베이스
2. 더블유랩 마유크림

# MAKE UP
BEAUTY

남자인 나는 자연스러운 메이크업을 선호한다. 그래서 팩트나 쿠션은 사용하지 않고 비비만 사용한다. 비비를 고를 때는 자기 피부색에 맞는 것을 고르는 것이 중요하고, 커버력이 좋은 제품을 중점으로 고른다. 그리고 비비를 바를 때는 손으로 바르지 말고 꼭 퍼프를 사용하는 습관을 들이자. 퍼프를 사용하면 피부에 흡수도 잘돼서 뜰 염려도 없고, 피부 트러블도 방지할 수 있다.

그다음에는 자연스러운 발광이 되는 하이라이터로 T존과 볼에 효과를 주어 한 번 더 입체적인 얼굴을 만들어준다. 거기에 물광 하이라이터로 코끝과 볼에만 한 번 더 밝게 효과를 주는데, 이것은 셀카에 엄청난 영향을 준다.

그 후 비비와 조화가 잘되고 지속력이 좋은 셰이딩으로 브이 라인과 코와 눈썹이 이어지는 선을 이어줌으로써 작은 얼굴과 이목구비를 만들어준다. 내가 가루 타입을 선호하는 이유는 강약 조절이 편하기 때문이다.

그다음으로, 자연스러운 색감의 틴트로 이목구비를 뚜렷하게 만들어주고 생기를 불어넣어준다. 눈은 아이라인을 섀도로 그려준다. 아이라인 대신에 섀도로 그리는 이유는 은은하게 번져서 그러데이션 효과를 줄 수 있고 자연스럽기 때문이다. 나는 찢어진 눈을 좋아하기 때문에 눈 끝에만 섀도를 그려주고 애교살 그림자까지 자연스럽게 만들어주고 난 뒤 미스트를 뿌려주어서 코팅과 지속력을 높여준다. 이렇게 하면 메이크업은 완성이다.



TIP
**혁민이가 사용하는 제품**

3. 미샤 퍼펙트커버비비크림
4. 조성아루나 마린스파클링
5. 스킨푸드 토마토쿨젤리틴트
6. 더블유랩 애교살볼륨메이커
7. 미샤 모던섀도우MBR04초코카푸치노
8. 이니스프리 미네랄쉐이딩
9. 토니모리 크리스털 블러셔
10. 이니스프리 그린티미네랄미스트

# LENS

사람의 분위기와 인상 자체를 바꿔줄 수 있는 게 바로 렌즈다. 나는 수많은 색상의 렌즈를 소지하고 있으며, 그 종류는 무려 20가지 정도 된다. 그날그날 옷 스타일에 따라, 혹은 촬영 콘셉트에 따라 알맞은 렌즈를 끼우고 있으며, 심지어 그날의 기분에 따라 렌즈를 골라 끼기기도 한다. 나는 남자이므로 직경이 작은 쪽을 선호한다. 이 책에서는 평소에 가장 많이 사용하는 제품을 몇 가지 소개하도록 하겠다.

**1 오렌즈 버드켓 브라운**

평소에 가장 많이 사용하는 렌즈로, 착용감도 좋고, 자연스러운 갈색으로 부담스럽지 않다. 평소에 SNS에 올리는 사진들은 대부분 이 렌즈를 착용하고 있다.

**2 오렌즈 시크릿3컬러 브라운**

강하고 진한 갈색으로 착용 시 피부를 더 하얗게 보이게 해주는 효과가 있다. 많은 연예인들이 착용하는 렌즈인데, 시크릿3컬러 시리즈 그레이, 바이올렛 그린 등도 모두 소지하고 있다.

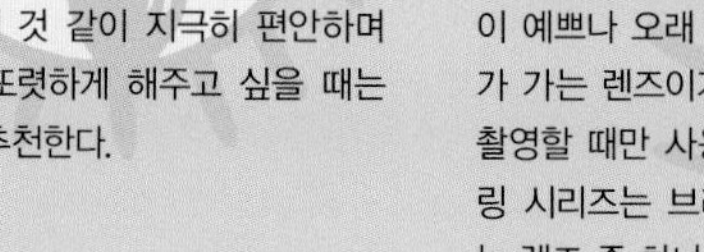

**3 오렌즈 시오블랙**

렌즈를 끼지 않은 것 같은 자연스러운 연출이 가능하다. 그리고 착용감도 안 낀 것 같이 지극히 편안하며 눈매만 또렷하게 해주고 싶을 때는 강력히 추천한다.

**4 오렌즈 초코링 그레이**

차갑고 진한 회색 컬러 렌즈로 시크한 연출이 가능하다. 색감과 디자인이 예쁘나 오래 착용하면 눈에 무리가 가는 렌즈이기 때문에 짧은 시간 촬영할 때만 사용하는 렌즈다. 초코링 시리즈는 브라운색도 마음에 드는 렌즈 중 하나다.

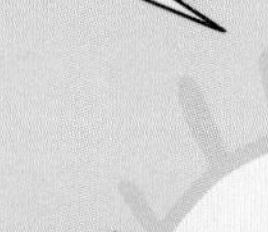

# HAIR

남자나 여자나 헤어스타일의 영향은 어머어마하다. 나도 머리카락 색의 혜택을 많이 받고 있다. 머리 스타일을 바꿀 때마다 성형 의혹이 생길 정도다. 더군다나 나는 미용실에 가서 머리카락 색을 바꾸면서 스트레스를 풀기도 한다. 머리카락 색을 바꾸거나 스타일을 바꾸면 다시 새로 시작하는 것 같은 기분이 든다. 두 달에 한 번꼴로 염색하다 보니, 안 해본 색이 거의 없을 정도다. 하지만 그 안에서도 자신에게 어울리는 색이 있고 안 맞는 색이 있다. 색을 고를 때는 자신의 피부색을 고려해서 골라야 한다.



아무리 머리카락 색이 예뻐도 머릿결이 엉망이면 아무 소용이 없다. 염색만큼 중요한 것이 머릿결이다. 염색 후에는 꼭 클리닉을 하자. 나의 경우는 '신데렐라 클리닉'이라는 것을 자주 하는데, 머릿결을 코팅해주어서 거칠어진 머리카락을 보호하여 부스스한 머리를 정리해주고, 매직 효과 또한 볼 수 있다. 이 클리닉은 미국에서 먼저 유행한 것으로, 우리나라에 도입된 지 그리 오래되지 않아서 많이 알려지지 않아 이 기술로 머리를 해주는 미용실이 많지는 않다.

또한, 집에서 머리를 감을 때는 린스 대신 트리트먼트를 사용할 것을 권장한다. 내가 사용하는 제품은 '헤리티지 LPP'라는 제품인데, 가격도 저렴하고 양도 많아 오랫동안 사용할 수 있다.

# Hair Collection

## 1 블랙 & 블루블랙

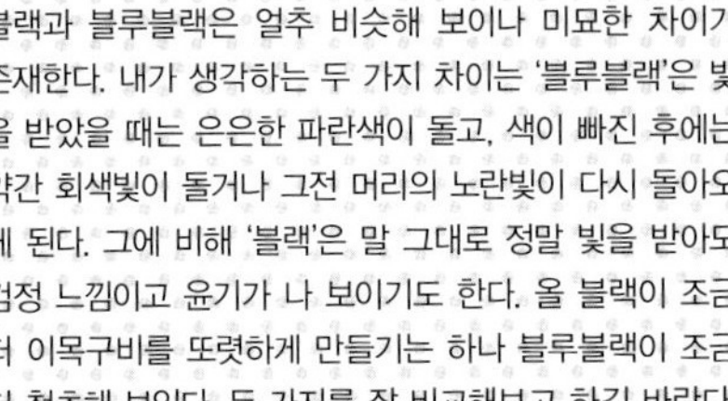
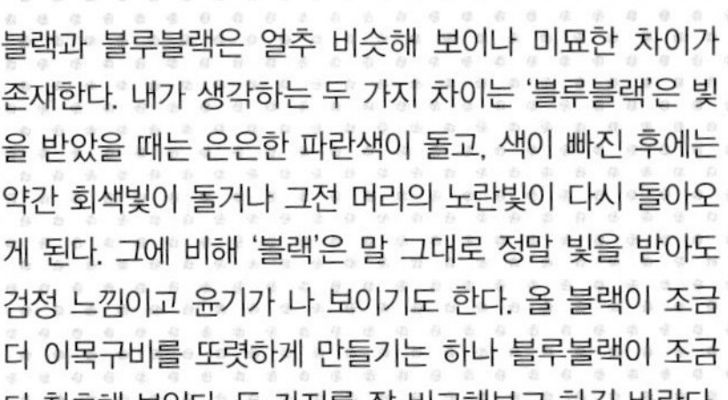
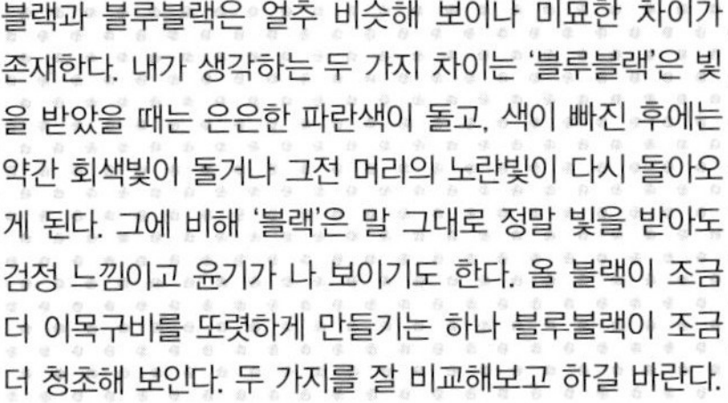

블랙과 블루블랙은 얼추 비슷해 보이나 미묘한 차이가 존재한다. 내가 생각하는 두 가지 차이는 '블루블랙'은 빛을 받았을 때는 은은한 파란색이 돌고, 색이 빠진 후에는 약간 회색빛이 돌거나 그전 머리의 노란빛이 다시 돌아오게 된다. 그에 비해 '블랙'은 말 그대로 정말 빛을 받아도 검정 느낌이고 윤기가 나 보이기도 한다. 올 블랙이 조금 더 이목구비를 또렷하게 만들기는 하나 블루블랙이 조금 더 청초해 보인다. 두 가지를 잘 비교해보고 하길 바란다.

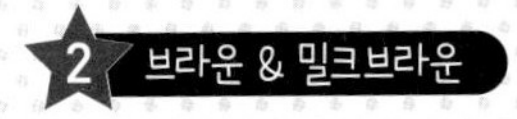

## 2 브라운 & 밀크브라운

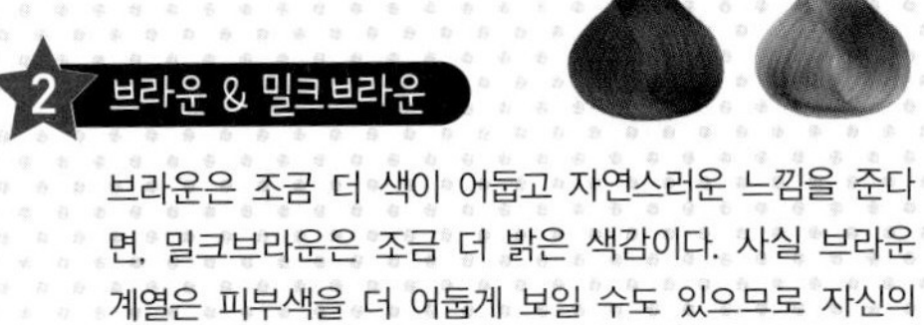
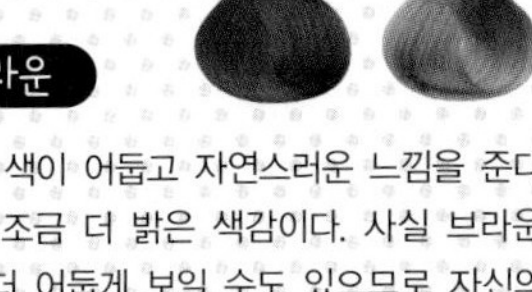

브라운은 조금 더 색이 어둡고 자연스러운 느낌을 준다면, 밀크브라운은 조금 더 밝은 색감이다. 사실 브라운 계열은 피부색을 더 어둡게 보일 수도 있으므로 자신의 피부색을 잘 고려하길 바란다. 추운 날씨에는 어두운 브라운을 더 추천한다.



## 3 카키 & 그레이

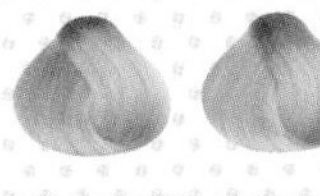

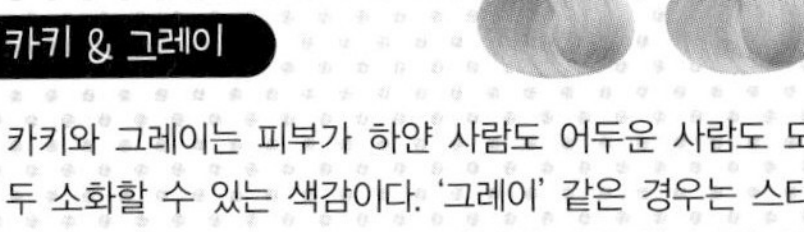
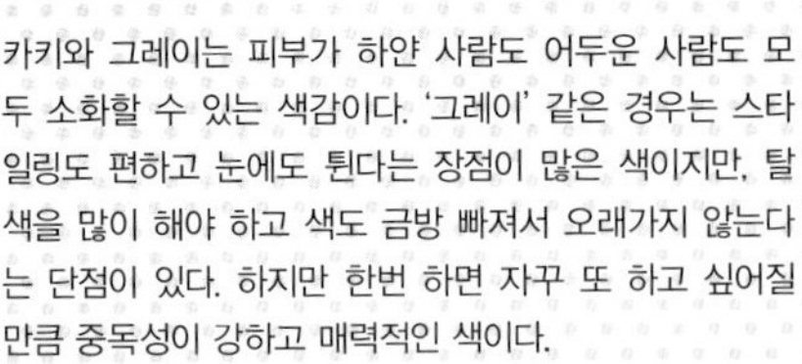

카키와 그레이는 피부가 하얀 사람도 어두운 사람도 모두 소화할 수 있는 색감이다. '그레이' 같은 경우는 스타일링도 편하고 눈에도 튄다는 장점이 많은 색이지만, 탈색을 많이 해야 하고 색도 금방 빠져서 오래가지 않는다는 단점이 있다. 하지만 한번 하면 자꾸 또 하고 싶어질 만큼 중독성이 강하고 매력적인 색이다.

# Perfume

나는 냄새에 민감한 사람이다. 그래서 향기에 신경을 쓰며 외출 시 꼭 향수를 뿌리고 나간다. 냄새는 사람의 첫인상에 충분히 영향을 준다고 생각한다. 누군가를 처음 만났을 때 좋은 냄새가 난다면 더 오랫동안 같이 있고 싶고, 상대방에게 호감이 생기기 때문이다. 그중에서도 나는 비누 냄새를 좋아한다. 그래서 비누 냄새가 나는 '웜코튼'이나 '페라리 에센스' 아니면 보디 미스트를 향수 대용으로 사용하기도 하지만, 대부분 비누향이 나는 향수는 오래가지 않는다는 단점이 있다. 가끔은 '불가리 뿌르옴므'이나 '진폴' 등을 사용하기도 한다.



**TIP**

**혁민이가 사용하는 제품**

11. 불가리 뿌르옴므
12. 진폴
13. 웜코튼
14. 페라리 에센스

FASHION
06
검정 계열의 옷은 하얀 피부를 부각시켜준다!
LOVE
밋밋하거나 머리가 잘 정리가 안 되는
날에는 모자를 많이 착용한다.
좋아하는 브랜드는 아디다스!
STANFORD
편하게 빅 사이즈 맨투맨을 자주 입기도 한다.

# TIP 성형수술 07

사람의 얼굴에는 '한계'라는 것이 존재하므로 성형으로도 자신의 본판에서 끌어올릴 수 있는 '최대치'가 있다. 따라서 성형에서 욕심은 독이 된다. 자신의 최대치를 찍은 이후부터는 점점 망가지며 그 최대치에서 하락하게 된다. 내 주변에서 자신의 성형 최대치에 만족하지 못하고 지나친 욕심으로 얼굴을 망치는 사람들을 여럿 보았다. 그래서 단점이 아닌 이상 건드리지 않는 것을 추천한다. 약간의 보완이 필요하다고 생각되는 부위는 메이크업과 헤어스타일, 간단한 주사 시술만으로도 충분히 커버가 가능하기 때문이다.

나의 경우 성형외과 광고 모델로 오랫동안 활동하기도 했고, 방송에서 당당하게 성형 사실을 고백해서 성형에 대한 이미지가 존재하지만, 사실 일부 사람들이 과장해서 말하는 것처럼 '성형 중독'이나 '성형 괴물'은 아니다. 나는 성형에 관한 자세하고 정확한 정보를 조사한 뒤 세밀하게 내 얼굴을 파악하고 난 후에 내게 꼭 필요한 몇 군데만 수술해서 최대의 효과를 보고, 성공한 이후로는 더 이상 건드리지 않고 있다.

나는 어렸을 때 껌을 한 번 씹으면 버리는 게 아까워서 8시간은 씹었다. 그 덕에 작은 얼굴이 옆턱만 발달해서 콤플렉스였으므로 스무 살 때 옆턱을 깎았다. 사람들은 내 사진을 보며 "얘, 이번에 광대했네ㅎㅎ", "얘 양악했잖아?"라며 수없이 댓글을 단다. 언젠가 한번은 안 했는데 했다고 욕먹는 것이 서러워서 차라리 진짜로 하고 욕먹는 게 낫다고 생각해서 수술하러 병원에 간 적도 있었다. 하지만 원래 계란형이었던 내 얼굴에서 광대 수술을 하면 얼굴이 길어 보일 수 있다는 진찰을 받았고, 입속이 좁고 턱에 신경선이 바깥쪽에 나 있어서 앞턱 수술이나 양악 수술도 못 한다는 얘기를 듣고 포기한 채 답답한 마음으로 병원을 나온 적도 있었다.

나는 옆턱을 깎으면서 눈에 쌍꺼풀 수술도 같이했다. 눈 위에 지방이 많아 부리부리한 눈도 나에겐 콤플렉스였기 때문이다. 우리 가족들은 모두 쌍커플이 있다. 나도 어렸을 적엔 쌍꺼풀이 있었지만, 어느 순간 사라졌다. 코 수술을 한 적도 있었지만 작은 얼굴 탓에 코 수술을 한 후 코가 커 보이거나 사진이나 영상에 부하게 나왔기 때문에 다시 실리콘을 제거해서 본래의 내 코로 돌아올 수 있었다. 그리고는 더 이상 얼굴에 칼을 대지 않았다.

그 외에 성형 효과를 본 것이라면 체중 증가다. 〈얼짱시대〉에 출연할 당시 내 체중은 45킬로그램이었다. 지방이 없어서 얼굴에 많은 굴곡

TIP

## 성형수술

이 있었고, 뼈가 더 도드라져 보이고, 얼굴형도 안 좋아 보였지만, 꾸준한 운동으로 지금은 60킬로그램을 유지하면서 자연스럽게 얼굴에 살이 올랐고, 굴곡 또한 없어져서 얼굴형이 조금 더 매끈해 보이고 한층 부드러워 보인다. 살이 많은 사람이 체중 감량을 해서 얼굴이 작아지고 이목구비도 또렷해지고 동그란 얼굴형에서 얼굴형이 살아나는 것과 반대로, 나는 체중 증가로 성형 효과를 맛보았다.

만약 당신이 이미 성형 수술을 했다면 주변의 말을 잘 귀담아듣기를 바란다. 주변에서 "지금이 딱 좋아." "더 이상 안 해도 돼."라는 말은 경고다. 그 경고를 무시한 채 더 많은 성형 수술을 한다면 당신만의 매력과 개성을 잃을 수 있다. 당신만의 색깔을 잃는다는 건 너무 슬픈 일이다. 그래서 나는 더 이상 손을 대지 않고 멈추었고, 콤플렉스만을 보완한 내 얼굴이 마음에 든다.

늘 내가 주변 사람들에게 하는 말이지만, 신중히 병원을 고르고 정직하고 실력 있는 의사 선생님을 만나서 한 번에 끝내고 재수술은 되도록 피하는 게 좋다. 재수술은 더 거액의 돈도 들어가지만, 염증이 일어날 확률도 높다. 염증이 생긴다면 얼굴을 잃을 수가 있다. 그러니 저렴하다는 이유만으로 병원을 선택하지 말고 평생을 함께하는 얼굴인 만큼 조금 비싸더라도 자신에게 투자한다고 생각하고 정직한 병원으로 가길 바란다. 특히, 쉐도우닥터, 즉 한 병원의 의사 수가 제한되어 있어서 넘쳐나는 손님들을 감당하기 위해 수술실에 자신을 상담했던 의사가 아닌 다른 아르바이트식 의사들이 들어와서 수술하는 경우가 있는 병원인지 꼼꼼히 확인하고 조심해서 수술받기를 바란다. 한번 한 수술을 되돌리기는 아주 어렵기 때문이다.

또 주의해야 할 점은 성형수술에 대한 배경지식이 필요하다는 것이다. 예를 들어, 광대 수술을 하고 나면 볼 처짐 현상이 일어날 수 있고, 또 눈 수술은 매몰과 절개로 나눌 수 있고, 그 차이점과 부작용 사례에 대한 조사가 필요하다. 그리고 자신의 눈이 눈매 교정이 필요한 눈인지 아닌지 판단해야 하고, 코 수술을 할 때도 코끝만을 수술하면 되는 경우인지 알아야 한다. 안면윤곽만 해도 수술 기법이 여러 개로 분류될 수 있고, 어떤 기술이 자신에게 필요한지, 어떤 선택이 부작용을 최소화할 수 있는지 인지할 필요가 있다.

## TIP
# 피부과

피부과를 자주 다니는 것이 꼭 좋은 것만은 아니다. 피부에 가장 많은 영향을 주는 것은 건강 상태와 충분한 수면, 그리고 꾸준한 관리와 세안이다. 그러면 피부과는 왜 가는 것일까? 먼저, 스트레스나 수면 부족으로 여드름이나 뾰루지 같은 피부 트러블이 생겼을 때 조기 조치로 번지는 것을 방지할 수가 있다. 혹은 뾰루지나 여드름으로 인해 흉터가 생겼을 때 그 부위를 빠르게 재생시켜 새살이 돋을 수 있도록 도와준다. 중요한 건 자신의 피부 체질과 맞지 않고 피부 트러블의 원인을 파악하지 않은 채 잘못된 치료를 받으면 오히려 피부가 상할 수 있다는 사실이다.

나의 경우는 집에서 더 관리를 해주는 편이지만, 1년에 한 번씩은 피부과에 방문해서 그동안 쌓인 기미, 주근깨, 각종 트러블 자국 등 잡티 제거를 받고 피부를 백지 상태로 돌려놓는다. 그리고 가끔씩 무기력하고 피곤할 때면 피부과에 방문해서 비타민 주사를 맞는다. 비타민 주사는 피로 회복과 간 기능 향상, 간 소독 등 건강에 좋은 영양제다. 눈에 띌 정도는 아니지만, 미백 효과도 조금 있고 피부에 생기를 불어넣기도 한다. 다만, 주의해야 할 점은 가끔 비타민 성분의 적당량을 쓰지 않고 물을 넣어 희석하거나 눈속임을 하는 병원이 존재한다는 것이다. 실제로 어느 피부과에서는 눈속임하다가 내게 들킨 적도 있다.

P

MF



OFF

OFF

1/200

100%

## TIP 셀카

사진을 찍을 때 중요한 요소는 화질, 표정, 거리감, 각도, 배경, 색감, 밝기, 분위기다. 보는 사람들은 화질이 좋은 사진들을 선호한다. 그리고 부자연스러운 사진보다는 자연스럽고 현실적인 사진들을 더 좋아한다. 그러니 지나친 수정이나 보정 작업은 금물이다. 사진을 처음부터 잘 찍는 사람은 없다. 찍으면 찍을수록 실력이 생긴다. 나는 어릴 때부터 하루에 3,000~5,000장씩 사진을 찍었다. 그리고 사진을 잘 찍는 사람들의 사진을 자주 보고 눈에 익혀두고 감을 잡았다. 지금도 나는 사진을 잘 찍는다고 생각하는 사람들의 SNS를 자주 보고 안목을 키운다.

±0.0

AWB

DRO AUTO

F3.5 ±0.5 ISO AUTO

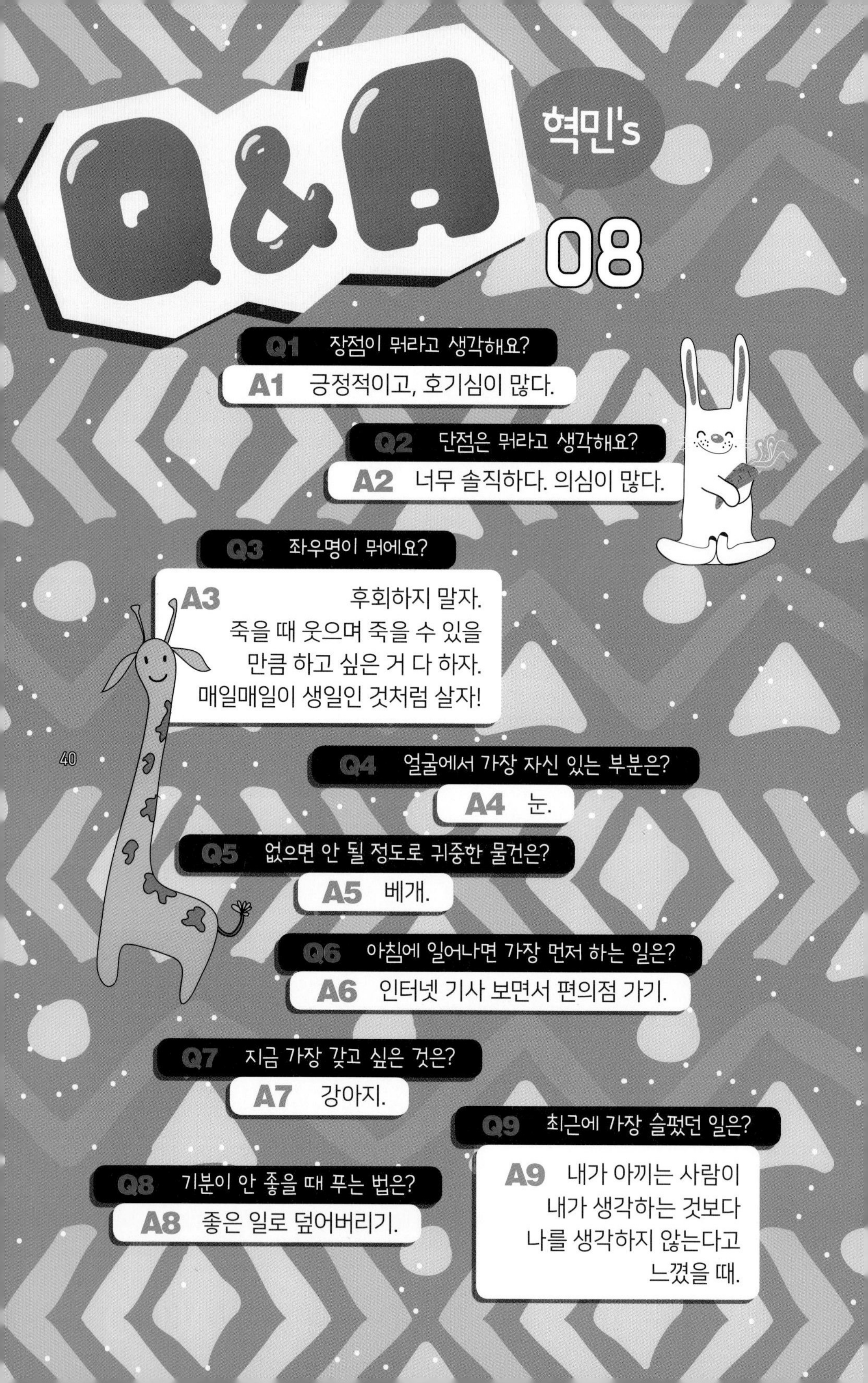

# 혁민's Q&A 08

**Q1** 장점이 뭐라고 생각해요?

**A1** 긍정적이고, 호기심이 많다.

**Q2** 단점은 뭐라고 생각해요?

**A2** 너무 솔직하다. 의심이 많다.

**Q3** 좌우명이 뭐에요?

**A3** 후회하지 말자.
죽을 때 웃으며 죽을 수 있을
만큼 하고 싶은 거 다 하자.
매일매일이 생일인 것처럼 살자!

**Q4** 얼굴에서 가장 자신 있는 부분은?

**A4** 눈.

**Q5** 없으면 안 될 정도로 귀중한 물건은?

**A5** 베개.

**Q6** 아침에 일어나면 가장 먼저 하는 일은?

**A6** 인터넷 기사 보면서 편의점 가기.

**Q7** 지금 가장 갖고 싶은 것은?

**A7** 강아지.

**Q8** 기분이 안 좋을 때 푸는 법은?

**A8** 좋은 일로 덮어버리기.

**Q9** 최근에 가장 슬펐던 일은?

**A9** 내가 아끼는 사람이
내가 생각하는 것보다
나를 생각하지 않는다고
느꼈을 때.

**Q10** 소원이 한 가지 이루어진다면?

**A10** 나이가 들지 않게 해주소서.

**Q11** 좋아하는 과자는?

**A11** 빼빼로랑젤리.

**Q12** 싫어하는 음식은?

**A12** 브로콜리.

**Q13** 이상형은?

**A13** 긍정적이고 밝은 사람.

**Q14** 싫어하는 사람 유형은?

**A14** 부정적이고,
화를 잘 내고,
타인을 이해하지 못하는 사람.

**Q15** 결혼하고 싶은 나이는?

**A15** 서른다섯 살.

**Q16** 살면서 가지고 있어야 한다고 생각하는 것은?

**A16** 자신감.

**Q17** 좋아하는 말은?

**A17** 이해하지 않으려 하는
사람은 평생 이해하지 못한다.

**Q18** 미래로 갈 수 있다면?

**A18** 미래의 나를 보러 간다.

**Q19** 가장 행복할 때는?

**A19** 노을이 질 때.

**Q20** 미래의 자신에게 한마디!

**A20** 아직도 혁민이답게 살고 있나요?

이 책을 읽어주셔서 감사

이 책은 나의 모든것이

여러분도 이 책을 읽고

행복해지시고 세상에 단

별이 되어주세요☆

길을 걸어가주세요!!

방법으로 열심히 할테니

괜찮아,
손잡아
줄 게

# 괜찮아, 손잡아줄게

초판 1쇄 2017년 01월 20일
2쇄 2017년 07월 17일

지은이 강혁민
발행인 김재홍
편집장 김옥경
디자인 이유정, 이슬기
마케팅 이연실

발행처 도서출판 지식공감
등록번호 제396-2012-000018호
주소 경기도 고양시 일산동구 견달산로225번길 112
전화 02-3141-2700
팩스 02-322-3089
홈페이지 www.bookdaum.com

가격 15,000원
ISBN 979-11-5622-262-0 43810

CIP제어번호 CIP2017001007
이 도서의 국립중앙도서관 출판도서목록(CIP)은 서지정보유통지원시스템 홈페이지(http://seoji.nl.go.kr)와 국가자료공동목록시스템(http://www.nl.go.kr/kolisnet)에서 이용하실 수 있습니다.

괜찮아,
손잡아
줄게
강혁민 지음
스물다섯 살 여름, 난 한 병원의 병실에서 이 책을 쓰기 시작한다.
나의 모든 것을, 나의 인생을 적어본다.
그렇게 나를 돌아보는 긴 여정이 시작되었다.
도서출판 지식공감

# 괜찮아, 내가 손잡아줄게!

매일 찾아오는 아침은 당신에게 어떻게 비춰지고 있나요?

당신이 가지고 있는 사랑은 어떤 모양을 하고 있나요?

당신이 가지고 있는 행복은 어떤 모양인가요?

당신은 당신을 얼마나 사랑하고 있나요?

누군가에게 상처를 준 적 있나요?

누군가에게 상처를 받은 적이 있나요?

그때 느낀 감정들을 아직도 기억하고 있나요?

지금도 힘들고 슬퍼하고 있지는 않나요?

혹시 인생이란 긴 여정에 지쳐 있지는 않나요?

당신은 당신을 얼마나 잘 알고 있나요?

살아가는 것에 대해서 고민해본 적 있나요?

살아가면서 어려운 선택을 해본 적 있나요?

그리고 후회하지 않을 선택을 했나요?

당신은 당신을 얼마나 믿고 있나요?

당신은 진심으로 웃을 수가 있나요?

지금, 당신은 행복한가요?

나는 사람들 앞에서 항상 웃고 있다. 그게 가끔 모자라 보이고 멍청해 보인다는 것도 잘 알고 있다. 하지만 그 웃음이 누군가를 같이 웃게 해주고, 그곳을 밝혀줄 수 있다면 난 괜찮다.

항상 웃고 있는 내게 사람들은 이렇게 물어본다.

"뭐가 그렇게 항상 즐거워요?"

"어쩌면 그리 긍정적이에요?"

"고생해본 적 없죠?"

하지만 그런 내가 되기까지 난 더 이상 잃을 것이 없는 험난한 시절을 경험해왔다. 우여곡절과 평탄치 않은 인생 곡선은 내게 수많은 감정들을 느끼게 해주었고, 웃을 수 있다는 것이 얼마나 소중한 것인지 알게 해주었다. 그래서 더욱더 내 인생은 아름다울 수 있었다.

태어날 때부터 강한 사람은 없다. 인간은 인생이란 자신만의 길을 걸어가며 수많은 선택을 하게 된다. 그 선택으로 인해 수많은 인생을 살아갈 수 있으며, 그 안에서 많은 걸 느끼고 강해진다. 나 또한 여러 가지 선택을 하며 살아왔고, 그 안에서 경험하고 느끼고 배운 것들을 모두에게 전하고 싶다.

수많은 감정들을 써내려간다. 그 기억 속에는 분명히 꺼내기 힘든 이야기도, 너무나 아픈 사실도 존재하지만, 이 책을 읽는 분들이 살아가면서 겪게 될 수많은 선택에 있어서 내 경험이 아주 약간이라도 도움이 된다면 나는 그것으로 감사하다.

당신에게 어떤 모양으로든 힘이 되기를 간절히 소망하는 마음으로 용기를 내본다. 그리고 당신이 내린 결정들에 대해 후회하지 않도록 나와 함께 손잡고 앞으로 걸어갈 수 있었으면 좋겠다. 모든 해답이 여기에 있기를, 그리고 당신을 강하게 만들어줄 수 있기를.

당신은 이 책에서 무엇을 발견할 수 있을까?
여기서 무엇을 느낄 수 있을까?

스물다섯 살 여름, 한 병원의 병실에서 이 책을 쓰기 시작한다.
나의 모든 것을, 나의 인생을 적어본다.
그렇게 나를 돌아보는 긴 여정이 시작되었다.

# CONTENTS

## 3부 강해진 이유



## 4부 긍정의 이유

# 1부

# 성공해야 했던 이유

괜찮아, 손잡아줄게

## 일본

/

1992년, 태어난 지 열 달 후, 나는 비행기를 타고 일본으로 향했다.

아버지가 항공사에서 근무하셨는데 아버지의 직장 발령으로 12년 동안 일본에서 유년 시절을 보내야 했다. 난 일본에 있는 평범한 유치원과 학교를 다녔다. 사실 한국인이 일본에 있는 학교를 다니는 것 자체가 평범하진 않았지만, 당시 난 너무 어려서 주변 상황이 특별하다고 느끼지는 못했다.

난 어릴 때 일본에서 살았기 때문에 일본 특유의 짜고 순한 음식들을 접하는 바람에 아직도 매운 것은 잘 먹지 못하고, 일식을 좋아하는 편이다. 그리고 성인이 된 후에는 1년에 한 번씩 꼭 일본 여행을 간다. 그곳으로 여행을 가면 내 어릴 적 추억들을 하나하나 찾아내어 담아내는 것 같다. 그 시절의 새록새록 떠오르는 기억들은 왠지 모를 편안함을 준다. 냄새도 나의 그리움을 자극하며 반겨준다.

가끔 나는 혼자 추억에 젖어 길을 따라 걸어본다. 일본에서 어린 시절 나는 자주 노트를 펼쳐서 10년 후 성인이 된 내게 편지를 쓰곤 했다. 나는 과연 어떤 사람이 되어 있을까 상상하며 적어 보기도 했는데…… 성인이 된 내가 지금 이곳에 있으니, 여러 가지 감정들이 나를 스치고 지나간다.

유치원에서 나는 말이 없었고 무뚝뚝했다. 정말 지금이랑 정반대였다. 어렴풋이 기억나는 것은 당시 나는 만화를 봐도 주인공보다는 악당을 응원했는데, 항상 주인공에게 지기만 하는 것이 불쌍해서 악당이 이기기를 바랐다. 그렇게 악당을 동경해서였을까 난 유치원에서 친구들과 히어로 놀이를 할 때 항상 부하를 거느리며 악당 역할을 했고, 주인공을 이겨야만 직성이 풀려서 자주 말썽을 피웠다.

지금 생각해보면, 아마 이때부터 집안 환경 때문에 독한 마음을 나도 모르게 가졌던 것 같다. 다만 그 당시에는 아주 작고 희미했고, 무엇 때문인지도 어린 나는 알지 못했다. 그저 악당이 되어 누군가를 이겨야만 뭔가가 풀리는 것 같았다.

• • •

그렇게 악당이 되고 싶었던 나는 초등학생이 되었다. 유치원 때와는 달리 항상 관심을 받고 싶어 하는 애정 결핍 상태가 되어 있었다. 반에서 가장 밝고 재미있는 짓궂은 분위기 메이커라는 말이 딱 어울리는 아이가 되어 있었다. 그리고 내 인생의 첫사랑인 아미짱을 만나게 되었다.

아미짱은 웃는 모습이 예쁜 아이였다. 그 아이가 웃는 모습을 보면 행복했기 때문에 아미짱 앞에서는 더 많이 이상한 짓을 하곤 했다. 초등학교 2학년이 무슨 사랑이냐고 하겠지만, 우리는 나름 진지했다. 교제 기간은 4년이나 되었고, 첫 키스도 이때 했고, 또 우리는 서로 결혼까지 약속했다. 그런 그녀와의 날들이 앞으로도 당연하다고 생각했다. 하지만 이별은 갑자기 찾아왔다. 아버지가 다시 한국으로 발령받은 것이었다.

한국으로 돌아가는 날, 공항에서 서로 펑펑 울었던 쓰라린 기억이 마치

어제 일처럼 생생하다. 빨리 어른이 되어서 꼭 다시 만나자는 약속과 함께 우리는 헤어져야 했다. 멀리 떨어져 있었지만, 그 후로도 우리는 열심히 편지를 주고받았다. 서로의 얼굴을 잊지 않기 위해서 사진도 함께 보냈다. 하지만 중·고등학생이 된 후에 내게 많은 일이 생겼고, 각자의 삶이 바빠지다 보니 편지의 빈도가 점점 저절로 줄어들었다. 드디어, 그녀가 고등학교에서 치어리더가 되었다는 소식을 마지막으로 연락이 끊겼다.

지금도 가끔 그녀 생각이 나곤 한다. 보고 싶고, 궁금하다. 어떻게 자랐을까? 나를 아직 기억하고 있을까? 행복하게 잘살고 있을까? 힘들어하고 있진 않을까? 그 후로 어떤 사랑을 했을까? 그녀도 가끔씩 나를 떠올리곤 할까? 여전히 웃는 모습이 예쁠까? 다시 연락을 해볼까란 생각은 자주 하지만, 어른이기에 실행에 옮기진 못한다. 솔직히 용기가 안 나기도 한다. 혹시 이대로 좋은 추억으로 남기고 싶어서일까, 아니면 내가 어른이 된 그녀에게 방해가 되진 않을까? 그런 걱정도 된다. 그래서 조금 더 조금만 더 나은 모습으로 그녀를 만나고 싶다.

언젠가 가까운 미래에 만날 수 있었으면 좋겠다. 그때 그 시절 친구들과 모두 다 같이 만날 수 있는 날이 빨리 왔으면 좋겠다.

## 마음의 병

엄마는 마음의 병이 있었다. 그때는 하나도 이해할 수 없었다. 비로소 내가 어른이 되고 나서야 이해할 수 있게 되었던 일들. 엄마는 아마 너무나 외로웠던 것 같다.

엄마는 누나와 나를 낳자마자 한국에서의 사람들과의 삶을 포기하고 낯선 나라에 가서 가족들의 뒷바라지를 해야만 했다. 말도 통하지 않았기에 친구나 지인도 없었으며, 밖에 나가지 않고 집에만 계셨다. 항상 생소한 언어가 나오는 TV를 의미 없이 바라보며 우리가 집으로 돌아오는 시간을 기다리기만 하는 일상. 얼마나 힘들고 벗어나고 싶었을까.

지금 생각해보면 어른에게만 보이는 외국에서 왔다는 주위의 시선이 엄마를 가둬놓은 것 같다. 견디기 힘든 외로운 마음이 쌓여서 점점 마음의 병이 되었고, 12년이라는 긴 시간 동안 엄마가 기댈 곳이라곤 가족밖에 없었다. 그래서 우리에 대한 기대가 나날이 커졌던 것 같다. 그렇게 나를 향한 사랑과 기대가 커질수록 그 모양은 점점 기괴하게 변했고, 표현도 올바르지 못한 방식으로 변하게 되었다.

나의 어린 시절을 회상하면, 엄마의 모습은 늘 화난 얼굴이나 손찌검을 하는 모습뿐이다. 물론 진짜 잘못해서 심하게 맞을 때도 있었지만, 좀 더

정확히 말하면, 항상 엄마는 굳이 내 잘못을 찾으셨다. 그래서 내 몸은 항상 멍이 들어 있었고, 피가 굳어 딱지가 앉았다.

초등학생이 되면서 엄마의 폭력은 더 심해졌지만, 어렸던 나는 엄마를 저주하며 우는 것밖에 방법이 없었다.

제발 때리지 말아 달라고 말하면 더 때렸고, 맞고 나면 죽고 싶다는 생각을 천 번도 넘게 생각해봤다. 그렇게 하면 이 지옥 같은 생활도 끝날 수 있을까? 이때부터 난 누군가를 증오하고 앙심을 품으며 복수심을 기르는 방법을 배우게 되었다. 그걸 처음으로 가르쳐준 사람이 바로 나를 낳아준 내 엄마였다는 사실이 지금도 가끔 나를 숨 막히게 한다.

그리고 그때부터였던 것 같다.

돈을 빨리 벌고 싶다는 생각이 든 것은. 빨리 이 상황에서 벗어나고 싶었고, 독립하기 위해서는, 즉 이 집에서 나가기 위해선 돈이 필요했고, 돈만 있다면 당장에라도 나가고 싶었다.

어릴 땐 엄마가 나를 사랑하고 있다는 생각을 한 번도 해본 적이 없었다. 난 왜 태어났는지, 이럴 거면 왜 나를 낳았는지, 항상 엄마에게 물어보고 싶었다.

• • •

한번은 학교에서 담임 선생님이 멍든 내 팔을 보시고는 나를 조용히 교무실로 불렀다. 혹시 학대당하고 있지 않냐며 선생님이 도울 수 있는 게 있는지 물으셨지만, 그 말을 듣는 순간 그냥 모든 것이 서러워서 난 그저 눈물만 쏟으며 놀다가 다쳤다고 말할 수밖에 없었다.

그때 거짓말하며 눈물을 흘린 이유는 아마도 내가 학대당하고 있다는 부끄러운 비밀이 누군가에게 처음으로 들킨 것이 슬픔과 동시에 항상 밝고

유쾌함으로 불행을 감추었던 내 모습이 더 이상 선생님에게는 숨길 수 없다는 것이 더 나를 서럽게 했다. 불쌍한 시선으로 바라보는 선생님의 눈과 동정의 눈빛 때문에 나는 애써 부인할 수밖에 없었다.

한번은 엄마에게 학교에서 준비물이 있어서 사야 한다며 돈을 달라고 했다. 그러자 엄마는 지갑을 던지며 나를 때리기 시작했다. 그 당시 나는 항상 엄마의 기분을 파악하며 눈치를 보며 살아야 했기에 엄마의 눈빛만으로도 어느 정도 때릴지 파악할 수 있었다.

그날은 엄마의 눈빛이 매우 사납고 살기가 가득했기에 많이 맞을 걸 예측할 수 있어서 도망쳐야겠다는 생각과 함께 너무 무서워서 저절로 몸이 필사적으로 집 밖으로 도망쳤다. 하지만 엄마는 뒤따라와서 나의 머리채를 잡고 계속해서 때렸다. 그런데 공교롭게도 그 모습을 아미짱에게 들켰다. 어느 순간 나를 지켜보는 그 아이의 눈과 마주쳤고, 나는 너무나 창피해서 내 발로 집으로 들어가서 맞기로 했다. 맞으면서도 그냥 모든 것이 비참했고 지옥 같았다.

그 상처는 훌쩍 커서 어른이 되었어도 아직도 생생하게 내 기억 속에 남아 있다.

난 다른 친구들의 부모님이 항상 부러웠다. 자기 자식을 향한 사소한 사랑에 목말라 있었다. 나는 친구들에게 항상 "부럽다, 너희 엄마."란 소리를 자주 했다.

부모님이 자식의 친구들을 보고 싶어 한다든가 그런 것마저도 우리 부모님에겐 찾아볼 수 없었다.

엄마는 우리 집에 내 친구들을 초대한 적이 한 번도 없었다. 아니, 반대로 내가 친구들 집에 놀러 가지도 못하게 했다. 엄마는 어릴 적에 전교 일등을 놓치지 않았다는데 그래서인지 공부 외에는 아무것도 이해하지 못했

고, 나의 학업에 대한 기대는 당연하게도 더 클 수밖에 없었다. 내가 친구 집에 놀러 간다고 하면 오히려 그 친구 부모님을 정신 나간 사람 취급하셨고, 아이에게 왜 공부를 시키지 않고 놀게 하느냐며 네 친구는 다 바보밖에 없느냐며 늘 구박하셨다.

왜 하필 많고 많은 엄마 중에 이 사람의 아들로 태어났을까. 그럴 때마다 난 그저 복수만을 꿈꿨다. 그리고 그런 엄마가 교회를 가실 때마다 앞뒤가 다른 모순적인 모습에 가증스러워서 견딜 수 없었다.

빨리 커서, 엄마 아빠보다 키가 더 크고 몸집이 더 커지면 힘으로 제압하고 싶었다.

'나중에는 내가 당한 거 그대로 갚아줄 거야. 나랑 똑같이 만들어 줄 거야.'

어린 내게 그런 생각이 들게 했던 우리 집은 확실히 화목한 곳은 아니었다.

괜찮아,

내가 손잡아줄게!

## 한국

한국에 와서 중학생이 되었다. 그것도 남자 중학교에 입학하게 되었다. 한국말도 제대로 할 줄 모르는 소년에게는 모든 게 낯설었다.

옆 나라라고 하지만 문화가 너무나 달랐다. 건물, 음식, 인물, 유행, 패션, 공기, 길, 사람까지 모든 것이 조금씩 다 달랐다. 가장 놀랐던 것은 아이들의 발육 상태와 교육 방식이었다. 다들 몸집이 커서 너무 무서웠고, 선생님이 몽둥이를 하나씩 들고 다니는 것을 보고 경악했다. 숙제를 안 해오는 학생들을 그 몽둥이로 벌하기도 했다. 내가 그동안 살던 곳에서는 학생에 대한 체벌은 있을 수 없었기에 내 머릿속에선 선생님이 학생을 때리는 것은 있을 수 없는 장면이었다. 처음엔 정말 학교를 잘못 들어온 줄 알았다. 그런 어리둥절한 상태로 입학했고, 내가 일본에서 왔다는 소문은 학생들 사이에서 금세 퍼졌다.

처음에 아이들의 눈에는 내가 마냥 신기해 보였는지 화젯거리가 되기도 했고 놀림거리가 되기도 했다. 쉬는 시간이 되면 아이들은 내게 몰려와서 궁금한 것을 이것저것 물어봤다. 아직도 생생하게 기억나는 것은 아이들이 내가 화장실을 가고 싶어도 말이 안 통해서 못 갈까 봐 제일 먼저 화장실의 위치와 '화장실'이란 단어를 알려주었다. 내가 처음으로 배운 단어였다.

그 후로도 나는 한국어를 배우려고 노력했다. 어느 날 아이들이 '존나'라는 말을 많이 쓰길래 무슨 뜻이냐고 물었더니 '매우, 엄청'이라는 뜻이라고 했다. 그래서 수업 시간에 발표할 때 '존나'라는 말을 쓴 적이 있었는데 선생님이 당황해하셨다. 그 외에도 비속어를 잘 쓰지 않는 일본에서 자랐기 때문에 아이들이 욕할 때마다 무서워서 가슴이 두근거렸다.

별의별 아이들이 다 있었다. 애국심을 내세우며 내게 일본 놈, 매국노라고 흉을 보며 괴롭히는 아이들도 있었다. 그때도 유치하다고 생각했지만, 말도 안 통하고 갑자기 180도 바뀐 환경 탓에 내가 할 수 있는 건 원래 살던 곳을 그리워하며 집에 돌아와서 눈물을 흘리는 것밖에 없었다. 처음엔 일본으로 돌아가고만 싶었고, 왜 나만 이런 상황을 겪어야 하는지 너무 분했다. 하지만 슬퍼했던 것도 잠시였다. 우리 아파트 아래층에 같은 반 친구가 살고 있었는데 그 친구가 내가 한국에 적응하는 것을 많이 도와주었다. 참으로 고마운 친구다. 그 친구는 싸움도 잘했는데 날 괴롭히는 아이들을 막아주었다. 참으로 든든한 친구였다. 그 후 점점 한국말에 익숙해지면서 다른 아이들과도 어울릴 수 있게 되었다.

그렇게 한국 생활에 대해 배워가던 중 일이 하나 터졌다. 선생님 중 한 분이 내가 일본에서 왔다는 이유로, 말을 잘하지 못한다는 이유로, 발음이 정확하지 않다는 이유로 나를 화장실로 끌고 가서 폭행했다. 부모님이 아닌 다른 사람에게 맞는 것은 처음이었고, 그래서 더 무섭고 서러웠다. 상대가 선생님이다 보니 도움을 청할 곳은 부모님밖에 없었고, 주변 친구들도 부모님께 말씀드리라고 했다. 집에 가서 울면서 상황 설명을 했지만, 부모님은 나를 도와주지 않았다. 다른 부모님이라면 분명히 자기 자식이 폭행당했다면 당장에라도 학교로 찾아갔겠지만, 우리 부모님은 오히려 나를 혼냈다. 그 자리에 내가 있었다는 게 나쁘다고 하셨고, 조용히 학교생활을

하라고 하셨다. 그때의 실망감은 정말 말로 표현할 수 없을 정도였다. 난 가슴이 먹먹해져서 눈물조차 나오지 않았다. 그분들의 차가운 말은 나를 이 세상에 나 혼자인 것처럼 느끼게 했다. 나는 앞으로 더 이상 누구의 도움 없이 혼자 살아가야만 한다고 느꼈다.

그 후 나는 누군가를 이용하거나, 집단을 이용하거나, 무슨 수단을 써서라도 내게 해를 가한 사람에게 복수하며 나 자신을 지키기 시작했다. 그래서 초등학생 때 순수했던 내 모습은 점점 없어졌고, 마치 어릴 때 되고 싶었던 악당이 된 것만 같았다. 어린 나이에 나 자신을 보호하기 위해서 사람을 움직이는 법을 배워야만 했다.

부모님은 항상 내게만 강자였고, 밖에서는 순한 양과 같은 약자였다. 난 위선적이고 이중적인 그 모습에 치를 떨었다. 그런 부모님과 닮지 않으려고 노력했다. 절대로 저런 어른은 되지 말아야지 항상 결심했다. 실제로 지금까지 부모님이 누군가에게 따지고 싸우는 것을 한 번도 본 적이 없다. 반대로 난 지금도 불의를 보면 참지 못하고, 불만이 있을 땐 숨기지 않고 그 자리에서 털어놓는다. 앞뒤가 다른 것이 싫었다. 마음에 뭔가를 담아두지 못하는 사람이 되었지만, 앞가림은 스스로 하고 이중적이지 않은 내 모습이 좋다. 어린 나는 혼자 어두운 방에서 부모님을 보며 너무 많은 걸 생각했고, 많은 걸 깨우쳤다.

• • •

중학교 1학년은 한국 생활에 적응하고, 한국어를 배우고, 새로운 친구들을 사귀며 정신없이 보냈다. 다른 아이들은 대부분 초등학교 때부터 알고 지냈기 때문에 뉴 페이스였던 나는 그만큼 열심히 나를 어필해야만 했

다. 당시 내 머릿속에는 집에 있을 때는 지옥이니까 밖에서만큼은 사랑받고 싶은 마음이 컸다. 그래서 나는 모든 것을 숨기고 명랑한 사람이 되어야만 했고, 관심을 받기 위해서 몸부림쳤다. 내가 웃음을 줄수록 많은 아이들이 나를 찾아주었고, 나를 필요로 한다는 것을 알게 되었다. 밖에서의 나는 힘든 티를 내지 않았고, 항상 웃음이 가득한 모습이었다. 지금 생각해보면, 충분히 애정 결핍 상태였던 것 같다.

선생님께도 예외는 아니었고, 나는 사랑받아야만 했다. 선생님의 사랑을 독차지하기 위해 수업 시간에 자지 않고 열심히 발표하고 수업에도 적극적으로 참여했다. 그런 나를 선생님들도 좋아해주셨고 수업을 빼먹지 않고 열심히 들었기 때문에 450명 중 50등 정도 하는 괜찮은 성적도 얻을 수 있었다. 항상 웃는 얼굴로 있다 보니, 친구들은 저절로 늘었다. 모두와 사이가 좋았고, 분위기 메이커가 된 나를 아무도 무시하지 못했다. 모두 내 편을 들어주는 것 같았고 신뢰가 두터웠다. 그 속에서 자신감과 행복을 느꼈고 친구들과 함께할 때가 가장 즐거웠다. 집이 아닌 학교가 내게는 더 편한 안식처였다. 그래서 쉬는 시간이 되면 나는 최선을 다해 이리저리 뛰어다니며 놀았다. 시끄러운 아이였던 것 같다.

하지만 여전히 고민은 있었고, 그중에 가장 컸던 건 돈이었다. 내 용돈은 일주일에 1,000원이었다. 다른 친구들에 비해서 너무나 적은 금액이었다. 껌 한 통이 500원이었고, 나는 항상 월요일에 껌 한 통과 사탕이 네 개 들어 있는 '네거리 사탕'을 사서 하루에 하나씩 먹었다. 친구들이 달라고 할까 봐 늘 숨어서 먹었다. 돈을 쓰지 않고 얻어먹기만 했던 나는 저절로 '짠돌이'라는 별명까지 생겨버렸다. 친구들과 하굣길에 그 흔한 떡볶이를 먹을 때도 돈이 없어서 항상 얻어먹어야만 했다. 그럴 때마다 용돈을 주지 않는 부모님을 미워했고, 해결 방법이 없던 나는 친구들에게 없어서는 안

될 존재가 되기 위해서 더 열심히 웃음을 팔아야만 했다.

우리 집은 이른바 잘사는 집이었다. 아버지가 대기업에서 직급이 높으신 분이었고, 부모님의 십일조(기독교 신자가 수입의 10분의 1을 교회에 바치는 것) 봉투 안의 금액도 몰래 훔쳐본 적이 있는데 그때 난 이렇게 큰 금액의 돈이 내게 오지 않고 교회로 가는 게 너무나 배가 아팠다. 마치 내가 받아야 할 돈을 교회에 뺏기는 듯한 기분이 들었기 때문에 십일조를 꼬박꼬박 내는 부모님을 볼 때마다 화가 났다. 그리고 종종 엄마가 화장품이나 명품 사는 걸 목격했는데, 그때도 나한테 줄 용돈으로 사는 것 같아서 엄마에 대한 내 미움은 점점 더 커져갔다. 친척들에게 용돈을 받아도 엄마는 그 돈마저 빼앗아갔다.

난 중학생 때 한 번도 쇼핑해본 적이 없었다. 용돈을 받아서 사고 싶은 것을 사며 치장을 하는 친구들을 보면 정말 부러웠다. 이때부터 나는 돈의 필요성을 더욱더 절실히 느꼈고 돈에 대해 욕심을 가지며 갈망하기 시작했다.

부모님에 대한 나의 분노는 다른 어른들에게까지 퍼져갔다. 일찍이 부모님이나 어른도 틀린 판단을 할 수 있다는 것을 깨달았기 때문에 항상 부모님이 하시는 말에 의구심이 들었다. 그리고 나의 결론은 '어른들이 하는 일과 말이 모두 옳은 것만은 아니다.'로 이르게 되었다. 분명히 나이가 많을수록 어린 사람보다 많은 걸 배울 기회가 훨씬 많지만, 그 모든 것들이 무조건 옳지만은 않다는 것, 오히려 반대로 못된 것을 배울 기회도 어린 사람보다 많다는 것을 알게 되었다. 나는 속된 말로 나이를 헛먹은 어른을 증오하기 시작했고, 어른 공경을 하지 못하게 되었다. 옳지 못한 말이나 행동을 하는 어른들을 보면 마치 발작을 일으키는 것처럼 과민 반응을 하며 그 사람을 몰아세웠다. 그래서 밖에서 어른들과 싸우는 일이 잦았다.

교회에서 목사님이나 집사님들과도 싸운 적이 있을 정도였다. 그렇게 밖에서 어른들과 싸울 때면 항상 듣는 말이 있었다.

"네 부모가 너 그렇게 가르쳤니?"

하지만 내게는 아무런 충격도 주지 않는 말이었다.

친구들과 있을 때는 항상 행복했다. 단짝들도 많이 있었고, 한국 생활에 완전히 적응했던 것 같다. 사람에게 사랑받는 법도 사람의 마음을 움직이는 법도 일찍 터득했기 때문에 학교에 가면 모두가 나를 사랑해주었다. 하지만 나는 그 사랑을 뺏길까 봐 항상 겁이 났고, 누군가에게 무시당할까 봐 조마조마했다. 사랑에 대한 욕심과 질투심은 나날이 늘어서 난 누군가의 위에 있어야만 직성이 풀렸고, 불안감을 다른 아이를 무시함으로써 해소하기 시작했다. 사랑에 목말랐던 나는 점점 쓰레기가 되어 갔다. 집에서는 불행한 나였기 때문에 밖에서 하는 나쁜 짓들은 용서받는다고 생각했다. 당하는 것이 지긋지긋해서 차라리 하는 쪽이 되어야 한다고 생각했다. 그렇게 나는 모든 억울함을 밖에서 해소해야만 했다.

친구들이 누군가를 괴롭히면 같이 어울리기 위해, 웃음을 주려고 그 아이를 더 우스꽝스러운 방법으로 무시하고 괴롭혔다. 개성이 강하거나 남들과 다른 아이들은 내가 개그 소재로 삼아서 웃음을 팔기엔 아주 좋은 조건이었다.

그때 우리 학교 옆에는 공고가 있었다. 지금 생각해봐도 그 누나는 참 예뻤다. 그 누나가 먼저 내 전화번호를 물어보았고, 그 뒤로 점점 친해져서 그 누나와 누나 친구들과 어울리게 되었다. 그때 나는 짜릿한 경험을 하게 되었다. 고등학교 3학년이었던 누나는 중학교 3학년이었던 내게 학교 밖에서 노는 법을 알려주었고, 난 금방 물들어갔다. 이때 처음으로 술과 담배

를 경험해보았고, 누나 친구 중 한 명이 노래방에서 아르바이트를 했는데 그곳에서 문을 잠가 놓고 누나들과 술을 마시며 데이트를 했던 것 같다. 내게 이것저것 첫 경험을 하게 해주었던 누나들은 내게 아주 자극적이고 강한 인상으로 남았다.

너무나 행복했다. 밖에는 재미난 일들이 많았고 집으로부터의 해방감과 건전하지 않은 자극은 내게 행복감을 주었다. 내 자만심은 하늘을 찔렀고, 허물뿐인 행복 아래 숨어서 많은 사람들에게 상처를 주었다. 알게 모르게 내가 상처를 준 사람들이 얼마나 많을까. 얼마 지나지 않아 난 그 모든 대가를 치르게 된다. 그리고 내 인생과 가치관을 송두리째 바꿔놓는 계기가 되었다.

SURFING
IN MIND

# 지옥 속의 달

난 성적이 나쁘지 않았고 담임 선생님의 지지와 교장 선생님의 추천장, 게다가 일본어 자격증까지 더해져서 특목고에 들어가게 되었다.

다른 친구들은 동네 고등학교에 그대로 진학했지만, 나는 집을 나오고 싶었으므로 집과 떨어진 기숙사 생활을 해야 하는 곳으로 가길 원했다. 동네 친구들과는 아쉽게 자주 만날 수 없게 되었지만, 부모님의 속박에서 벗어날 수 있다면 어쩔 수 없는 선택이었다.

중학교 3학년부터는 부모님께 반항하는 힘까지 생겼기 때문에 집에 들어가면 매일 마찰이 잦았고 몸싸움까지 벌이는 날들이 계속되었다. 그런 지옥 같은 집에서의 생활을 끝내고 싶었고, 부모님도 나의 기숙사 생활을 원했다.

그렇게 가족과 떨어져서 고등학교에 입학한 나는 금세 인기몰이를 했다. 외모도 괜찮았고 말주변도 좋아서 반에서 주목을 받았고 금방 반 아이들과 친해졌다. 쉬는 시간에는 여학생들이 책상 위에 우유 등 먹을 것과 편지를 몰래 놓고 가는 일도 많았다. 그때까지만 해도 고등학교 생활이 순조로워 보였다.

확실히 아이들은 부모님의 그늘에서 귀하게 자란 도련님, 공주님 같아서

중학교 때 친구들과는 굉장히 다르게 보였다. 그도 그럴 것이 부모님의 직업이 의사, 학원 원장, 대기업 임원, 국회의원 등 상위권 층이었다. 아이들 또한 그런 부모의 전폭적인 도움 아래 학교에서 전교 1~2등을 넘어서 전국 모의고사 전국 등수가 1~10등 안에 드는 아이들도 있었다. 경시대회 수상이나 각종 스펙이 넘쳐났고, 심지어 내 대각선에 앉아 있던 아이는 전국에서 수학을 두 번째로 잘한다고 소문이 났다. 나는 태어나서 처음으로 수학 문제가 안 풀린다고 눈물 흘리는 광경을 보게 되었다. 중학생 때 학원에 다니거나 과외를 받지 않았던 나와는 달리 한 과목당 500만 원이 넘는 과외를 했던 아이들이었고, 이미 고등학교의 모든 과목을 끝내서 대학교 교육과정을 배우는 소위 '영재'라 불리는 천재 집단이었다. 평범한 중학교에서 생활한 나와는 환경이 180도 달랐지만 나는 잘해낼 것이라는 생각에 큰 걱정은 하지 않았다.

하지만 갑자기 바뀐 일과는 너무 큰 피로감을 주었다. 기숙사에서 아침 6시 반에 기상하고 야간자율학습 수업을 새벽 2시까지 하는 학교생활이 나에겐 첫 번째 벽이었다. 수업은 한 수업당 1시간 10분. 그렇게 시간이 안 가는 건 처음이었다. 심히 이해할 수 없는 일들뿐이었지만, 그렇게 생각했던 건 나 혼자였고, 다른 아이들은 아무렇지 않았다. 힘든 내색도 없었기 때문에 그들과 자연스럽게 섞이기 위해서 이를 악물며 참을 수밖에 없었다. 지금까지 내가 평범했던 거라 해도 여기서는 내가 이상한 거였고, 내가 다수가 아닌 소수에 속한다는 갑작스러운 현실에 혼란과 위화감을 느꼈다. 그리고 나는 이해할 수 없는 일들을 매일매일 목격하게 되었다.

한번은 부모님들끼리 회의가 열렸고 내가 음료수를 나눠주는 당번이었기 때문에 맨 뒷자리에서 그 회의를 지켜본 적이 있었다. 회의에 참석한 부모들은 명품을 두르고 짙은 화장에 사모님의 향기가 물씬 풍겼고, 보이지

는 않지만 서로 기싸움이 한창이었다. 부모들끼리 하는 대화는 모두 학업 이야기로 어느 교과서가 좋고, 어느 학원이 좋고, 우리 아이는 어쩌고저쩌고…… 대부분 자랑이었다. 그러던 중 한 사람이 손을 들어 교감 선생님에게 이렇게 제안했다.

"우리 아이는 세시간 이상 잠을 잔 적이 없습니다. 야간자율학습 시간을 새벽 3시까지로 늘립시다."

그 말에 경악한 나는 '저 아줌마가 미쳤다.'라고 생각했지만, 충격적인 것은 그 의견에 대부분의 부모가 찬성했다는 사실이었다. 난 부모들이 괴물로 보였고, 괴물이 괴물을 키우는 것처럼 보였다.

수업은 대부분 영어로 진행되었다. 교과서, 수업 교재도 영어였고, 심지어 선생님까지도 미국인이었다. 나는 딱 중학교 수준의 영어 실력을 가지고 있어서 수업의 98퍼센트는 알아들을 수가 없었다. 그래서 외계인이 앞에서 외계어를 하는 것만 같은 시간이었다. 아이들은 쉬는 시간에도 공부를 했고, 진도를 따라가지 못했던 나는 주위 친구들에게 알려달라고 도움을 요청했지만 매정하게 거절당했다. 필기한 노트와 공부 방법을 절대 보여줄 수 없다고 했다. 애초에 모두가 그저 경쟁 상대라는 사실을 깨닫게 되었다.

아이들은 기계처럼 공부했다. 도대체 감정이 있는지도 의심스러울 정도였다. 공부에 도움이 되지 않는 것들은 쳐다보지도 않았고 요구하지도 않았다. 그들은 유행도 알지 못했고, 대중가요나 현역 아이돌의 이름조차 알지 못했다. 종일 대중가요 음악을 듣는 나와 반대로 영어 듣기평가나 영어 논문을 듣는 아이들이었다. 책만 붙잡고 사는 그들이기에 두뇌에 지식은 분명히 가득 차 있었지만, 그들에게 항상 무언가 부족함을 느낄 수 있었다. 그리고 그 부족함은 바로 '인간성'과 '사회성'이었다. 타인의 말에 귀 기울이

는 것, 사람을 대하는 법, 친구를 만드는 법, 즐겁게 노는 법, 추억을 쌓는 법, 연애하는 법을 모르는 것 같았다. 심지어 어제 봤던 방송에서 새로 컴백한 가수에 관해 이야기하는 것조차도 그들에겐 있을 수 없는 일이었고, 우리가 밖에서 놀 때 책상에 달라붙어서 공부했던 아이들이었기에 친화력이라곤 찾아볼 수 없었다.

그들은 중·고등학교에서의 생활과 추억을 포기하고 미래에 투자하는 것 같았지만, 그것이 나중에 진정으로 원하는 행복을 가져다줄지, 나중에 후회하지 않을 수 있는지에 대한 생각을 품게 했다. 그리고 여기에 있는 아이들의 모습이 일반적인 것인지, 내가 그동안 생활해왔던 곳에 있었던 아이들이 일반적인 것인지 혼란스러워지기 시작했다.

자습 시간에 친하다고 생각했던 친구에게 모르는 부분을 물어봤다. 하지만 그 친구는 알려줄 수 없다고 했고, 나는 지금까지 쌓였던 답답함이 입 밖으로 나와 버렸다.

"네가 그렇고도 친구냐. 너에게 지금까지 친구가 있긴 했어?"

그 순간 교실엔 정적이 흘렀고, 반 아이들은 모두 한심하다는 듯한 눈빛으로 나를 쳐다보았다. 그 아이들에게 내 발언은 그저 '난 바보다.'라고 말하는 것과 같았다.

어느 날 선생님이 어떤 학생을 체육 시간에서 빼주었다. 즉, 교실에서 혼자 자습할 수 있도록 해준 것이다. 그뿐만이 아니라 그 후로도 어떤 특정 학생만 눈에 띄게 신경 써주고 차별하는 모습을 볼 수 있었다. 점차 그런 특별대우를 받는 학생들이 늘어나기 시작했다. 나는 그 아이들에게 특혜받는 이유를 물었는데, 아이들은 스스럼없이 자신들의 부모가 선생님에게 뒷돈을 주었다고 말했다. 그걸 당연하다는 듯이 아무렇지 않게 말하는 아이들이 무섭게 보였다. 그런 곳에서 나는 바뀐 환경에 적응하려고 노력했지

만, 한편으로 나도 그 아이들처럼 차가운 사람이 되어갈까 봐 겁이 났다.

• • •

그렇게 입학하고 한 달이 흘렀고, 첫 전국 모의고사가 다가왔다. 내 머릿속에 모의고사는 성적에도 들어가지 않을뿐더러 학교도 일찍 끝나서 항상 잠만 잤던 시험이었다. 하지만 이곳에서는 달랐다. 모의고사가 다가올수록 분위기는 살얼음판이 되어 갔고 옆자리 짝꿍은 공부하다가 코피를 쏟기까지 했다. 담임 선생님도 이번 모의고사에서 학교 성적이 전국 고등학교 순위 5등 안에 드는 것이 목표라고 말씀하셨다. 아이들은 더욱더 문제집에 홀린 것처럼 공부했고, 천진난만했던 나도 그 분위기에 휩쓸려 태어나서 처음으로 밤새워 공부했다. 공부하다가 나도 코피를 흘렸고, 마치 애들을 따라잡은 것만 같아서 뿌듯하기까지 했다. 그렇게 내 인생에서 최고로 열심히 공부한 모의고사는 끝이 났다.

그 후 얼마 지나지 않아 시험 결과가 복도에 붙었다. 학교에선 아이들끼리 경쟁심을 유발하기 위해서 모의고사 성적 순위대로 전체 학생의 성적을 붙여놓았다. 모두 복도로 모여들었고 나도 열심히 내 등수를 찾아보았다. 곧이어 아이들은 나를 보고 손가락질하며 웃어대기 시작했다. 당황해하며 내 등수를 발견한 나는 얼굴이 빨개져서 도망칠 수밖에 없었다. 결과가 너무나 부끄러웠고 충격적이었다. 태어나서 처음으로 열심히 한 공부가 전교 꼴등이었던 것이다.

그리고 그날부터 내 지옥은 시작되었다.

교실로 돌아가니, 반 아이들은 내게 화가 나 있었다. 내가 교실에 들어가자마자 나를 에워쌌다. 아이들은 돌아가며 나를 구박하기 시작했다. 내가 반 평균을 깎아 먹었기 때문이다. 아이들은 내가 사라져버리길 바랐다.

하지만 그것은 시작에 불과했다. 학교 성적의 평균을 떨어트리고 학교 순위에 지장을 주는 전교 꼴등이었기 때문에 나는 전교생들의 적이 되어버렸던 것이다.

그날 이후, 나와 같이 밥을 먹던 친구들, 이야기를 나눴던 친구들이 모두 내게서 싸늘하게 등을 돌렸다. 나를 피하며 투명인간 취급을 했다. 너무 분하고 억울해서 그들을 붙들고 설득하려 했지만 돌아오는 말들은 너무 잔인했다.

"우리 엄마가 너 같은 애랑 놀지 말래."

"귀찮으니까 말 걸지 마. 말 걸 시간에 공부나 해!"

그것은 내 가슴속을 파고드는 흉기와도 같았다. 쉬는 시간에 내게 먹을 것을 놓고 갔던 아이들의 코빼기도 안 보이게 됐으며, 대신 신발장이나 책상, 의자에 압정을 뿌려놓는 등의 다른 선물을 받게 되었다. 그냥 내 이름 석 자는 바보라고 쓰인 것과 같았고, 한순간에 학교에서 사라져야 할 사람이 되고 말았다. 예전에 나를 좋아한다고 했던 옆 반의 여자아이는 다음과 같은 마지막 말을 차갑게 하고 떠났다.

"모두가 너한테 잘해줬던 건 네가 일본어를 잘한다고 해서 제2외국어를 도움받으려고 이용했었던 거야, 이 멍청한 놈아. 앞으로 다시는 내게 말 걸지 마, 창피하니까."

드디어 말로만 듣던 소위 전교의 왕따, 즉 '전따'가 시작되었다.

선생님들마저 나를 따돌리는 데 동참했다. 수업 시간에 내가 책 읽을 순서가 되면 나를 건너뛰거나 나 보고 "자라." 아니면 "꺼져라."라고 했고, 어떤 선생님은 '꼴통'이라며 구박하셨다. 내가 모르는 것이 생겨 질문하면 듣는 시늉도 하지 않거나 "넌 몰라도 돼."라고 하셨다. 즉, 사람 취급을 해주지 않았다.

한번은 반에서 물건이 없어진 적 있었는데 선생님과 반 아이들은 일제히 나를 의심했다. 그 이유는 내가 공부를 못했기 때문이었다. 그런데 가방 검사에서 없어진 물건이 내 가방에서 나왔다. 누군가가 내 가방에 넣어 놓은 것이 분명한데, 선생님은 나를 도둑놈이라면서 뺨을 때리셨다. 나는 너무 분하고 억울해서 선생님과 반 아이들에게 내가 훔친 게 아니라고 목놓아 소리쳤지만 아무도 내 말 따윈 믿지 않았다. 그 후로도 도난사고는 자주 일어났고 내가 항상 범인으로 몰렸다. 그래서 난 손버릇까지 안 좋은 놈으로 소문나게 되었고 교내에서 일어나는 안 좋은 일들은 모두 내가 한 일로 생각했다. 도대체 공부가 뭐길래 사람을 이렇게까지 비참하게 만드는 것일까.

어느 날 나는 수업을 듣다가 잠이 들어버렸다. 눈을 떴는데 깜깜했다. 학교는 온통 불이 꺼져 있었고, 나 혼자 교실에 남아 있었다. 시간은 밤 11시. 아무도 날 깨우지 않았던 것이다. 밤 11시면 모두가 야간자율학습을 하러 다른 건물로 이동한 후였기에 모든 교실은 자물쇠로 잠그고 아침까지 폐쇄된다. 핸드폰도 소지할 수 없는 학교였으므로 나는 밖으로 나오지 못한 채 그 깜깜한 곳에서 공포에 떨며 아침이 되기까지 기다릴 수밖에 없었다. 이처럼 그들의 괴롭히는 방식은 교활하고, 악랄하고, 유치하기까지 했는데, 온갖 수단과 방법을 가리지 않고 나를 괴롭혔다. 가끔 천재적이기까지 해서 소름마저 돋았다.

아마도 나는 학생들에게 좋은 본보기였던 것 같다. 공부를 못하면 나처럼 될 수 있다는 생각에 자극을 받기도 했을 것이다. 혹은 학업에 대한 스트레스를 풀 대상이었던 것 같다.

“나 이번 모의고사 수학 85점인데 인생 망했다. 나중에 공사장에서 일하거나 노숙자가 되겠지? 깔깔깔.”

당연히 그 말은 나 들으라고 하는 이야기였고, 참고로 내 수학 점수는 28점이었다.

하지만 난 당당했다. 내가 잘못한 것은 공부를 못한다는 거 하나였고, 그것이 내가 비난받을 이유가 되지 않는다고 생각했기에 마음을 강하게 먹으며 혼자서 잘 지내려고 했다. 그리고 내가 정상이고 여기 있는 아이들이 미친 거라고 생각하며 애써 나 자신을 위로했다. 하지만 기숙사에 돌아오면 울면서 밤을 지새웠다. 너무나 서러워서 죽고만 싶었다. 내가 죽어야만 이 생활이 끝날 것 같았다. 아무도 내 말을 들어주지 않아서 너무나 외로웠다. 누군가와 대화가 간절했던 나는 작은 창문으로 보이는 달을 보며 매일 말을 걸었다. 내 이야기를 들어주고 나를 알아주는 것은 오직 달 하나뿐이었다.

그렇게 외로움과 스트레스는 우울증을 만들었고 나는 야위어만 갔다. 열이 나면서 몸 안에서 SOS를 외치기 시작했다. 항상 고열에 시달렸는데 처음에는 눈이 잘 안 보이기 시작했다. 모든 것이 뿌옇게 보였다. 분명히 시력이 2.0이었던 나는 이때 시력이 많이 안 좋아졌다. 귀도 점점 안 들리게 되어 귀 안에서 항상 이상한 잡음이 들리기 시작했다.

• • •

우리 반에는 나와 정반대로 전교 1등을 한 놈이 있었다. 교장 선생님까지도 특별히 예뻐했었고 아침조회 시간에는 빠짐없이 그 아이의 이름이 나왔다. 그놈은 너무나 당연하게 우리 반의 우두머리가 되었고 다들 친해지려고 아부를 떨기 바빴다. 선생님들 역시 애지중지 예뻐했다. 그놈은 나를 엄청나게 무시하고 싫어했는데 사람들의 심리까지 이용할 줄 아는 똑똑한 놈이었다. 난 열심히 노력해도 안 된다는 게 있다는 걸 깨달았고 그놈에게

항상 당하기만 했다.

가끔 너무 답답하면 옥상에 가서 바람을 쐬었다. 그러던 어느 날 옥상에서 서럽게 울고 있는 여자아이를 발견했고, 그 아이에게 다가가 무슨 일이 있었느냐며 물었다. 전교 1등이 못생겼다며 다리를 걸어서 넘어졌다고 했다. 전교 1등에게 당한 피해자라는 생각에 동질감을 느낀 나는 진심 어린 위로를 해주었다. 팔다리를 다친 그녀를 보건실로 데려다주기 위해 부축하며 계단에서 내려오고 있었는데 어떤 남학생이 내 모습을 보더니 교실로 뛰어들어가 소리쳤다.

"강혁민이 XXX랑 껴안고 있다! 둘이 사귄다!"

그 소리를 듣고 금세 아이들은 모여들었지만, 나는 신경 쓰지 않고 계단을 내려가고 있었는데 갑자기 그 아이가 나를 밀쳐냈다. 그러고는 아이들에게 내가 자기를 덮치려 했다고 소리치며 이 상황을 해명하기 시작했다. 갑작스러운 그녀의 태도 변화에 어안이 벙벙했지만 더 이상 떨어질 이미지도 없던 나는 아마 그때 해탈했던 것 같다. 나는 짐승이라는 누명을 뒤집어쓴 채 아무렇지도 않은 척 교실로 돌아와야만 했다. 그렇게 넉 달이 지났고, 나의 전따 생활은 절정에 달해가고 있었다.

어느 날 급식소에서 혼자 밥 먹고 있던 내게 그놈이 다가오더니 내 머리 위로부터 식판을 들이부었다. 그날 반찬들이 내 머리 위에서 흘러내렸고, 그놈과 급식소에 있던 아이들은 더럽다며 낄낄 웃어댔다. 난 내 몸을 흘러내리는 탕수육을 보며 멍하니 있었는데 그놈은 한 발 더 나가 내게 침까지 뱉었다. 점점 폭주하는 그들을 보며 나는 언제까지 구렁텅이에 빠져 있어야 하는지, 그 구렁텅이의 끝은 어디일지 생각하고 있었다.

나를 보며 웃어대는 아이들의 모습이 마치 피에로 같았다. 그들은 왜 멈추지 않는 걸까. 그리고 왜 아무도 그들을 저지하려 하지 않는 걸까. 무표

정이었지만 나는 점점 한계에 도달해 미쳐가고 있었다.

난 화장실로 가서 양념과 반찬이 묻은 옷을 벗어 빨고 머리를 감고 있었다. 사실 더 이상 나올 눈물도 없는 것 같았다. 그저 무덤덤한 표정으로 아무 생각 없이 머리를 감고 있었다. 바로 그때 그놈이 양치하러 화장실에 들어왔고, 그놈은 나를 보며 또다시 실실 비웃기 시작했다. 드디어, 나의 이성은 끊어졌고, 분노는 폭발했다.

"재밌냐? 재밌냐고!!"

그 말은 내 안의 모든 서러움이 담긴 것이었고, 그놈의 미소를 없애기 위해 나는 그놈을 넘어뜨려서 밟고 또 넘어뜨려서 밟았다. 아프다며 살려달라고 했지만 이성을 잃은 나는 멈추지 않았다. 아니, 멈출 수 없었다. 사람을 진심으로 때려본 것은 이때가 처음이었다.

드디어 그놈이 눈물을 흘리기 시작했고, 그것을 보니 분이 풀린 나는 먼저 교실로 돌아갔다. 수업이 시작되었다. 하지만 그놈은 수업이 시작되었는데도 돌아오지 않았다. 그렇게 20분 정도 지났을까 놈이 교실로 돌아왔다. 근데 교실로 들어온 그의 모습을 보고 나는 경악했다. 그놈은 커터 칼과 손톱으로 온몸과 얼굴을 자해했고, 머리카락까지 자르고 피투성이인 교복도 갈기갈기 찢어서 입고 들어왔던 것이다.

교실에 들어오자마자 오열하기 시작한 그놈에게 선생과 아이들이 걱정하며 달려들었다. 그리고 그놈은 내가 자기에게 흉기를 휘둘렀고 위협을 하며 협박했다고 했다. 그 말을 들은 반 아이들은 순식간에 나를 범죄자처럼 보더니 내게서 멀어졌다. 곧이어 선생님이 내 멱살을 잡았고 그대로 밖으로 끌고 갔다. 그 순간 그놈이 나를 보며 미소 짓는 것을 보았다. 온몸에 소름이 끼쳤다.

이번에도 나는 당했던 것이다. 모든 싸움을 머리로 하는 그놈의 치밀함에 나는 졌다. 곧바로 징계위원회가 열렸고 당연히 내 말은 아무도 믿어주

지 않았다.

담임 선생님은 내게 너는 학교에서 불필요한 존재라고 하셨고, 그놈의 부모님은 나를 찾아와 온갖 욕설로 무시하셨고 예상대로 "공부도 못하는 게."라는 말이 입에서 튀어나왔다.

나는 누명 벗기를 포기한 채 징계를 기다렸다. 어차피 내 눈물은 그들 눈에는 가짜였고, 내 말은 모두 거짓이 되는 걸 알고 있었기에 그냥 다 받아들이기로 했다. 결국, 강제전학이라는 징계가 떨어졌다. 학교의 평균 점수를 깎아 먹는 내게 학교 측에서 내릴 만한 당연한 결과였기에 놀랍지도 않았다.

그렇게 40년처럼 길게 느껴졌던 나의 네 달간의 지옥 같았던 특목고 생활은 끝이 났다.

나의 자존감은 바닥을 쳤다. 그 패배와 좌절은 나를 빛이 없는 어둠 속으로 몰아넣었다. 더 이상 치료할 수도 없고, 회복 불가능할 것 같은 상처를 입었다. 내 인생이 끝난 것만 같았고, 마치 공중분해라도 당한 것 같았다. 다시 평범한 학교로 돌아갔지만 나는 한동안 나아지질 않았다.

사실 강제전학생을 받아주는 고등학교가 많지 않아서 받아주는 학교로 갈 수밖에 없었다. 내가 강제전학 당해서 왔다는 소문은 학교에 금세 퍼졌지만, 다행히도 반가운 얼굴들이 몇몇 보였다. 중학교 때 알고 지낸 친구들이었다. 그들을 보자마자 마음이 조금 놓였다. 이제 지옥은 끝났구나, 라는 생각도 들었다. 하지만 '슬프게 내게 새겨져 버린, 지울 수 없는 아픈 기억들을 잊고, 다시 웃으면서 아무 일도 없었던 것처럼 평범하게 살 수 있을까……'라는 생각이 내 머릿속에 가득했고, 아무 감정도 느끼지 못하게 했다.

그나마 등교 시간이 지났음에도 불구하고 학교 옆에 있던 아파트공원에서 그네를 탄 채 멍하니 있을 때면 수업 종이 들리고 수업이 시작되고 있다는 불안감과 스릴감과 조마조마함과 초조함만이 유일하게 심장을 두근거리게 했으며 내가 살아있다는 걸 느끼게 해주는 낙이었다.

한동안 내 목을 조여 오던 그 기억들 때문에 나는 자주 등교를 늦게 하며 학교 앞 공원에서 시간을 보냈지만 머지않아 친구들의 지속적인 따뜻함으로 인해 아픈 기억들과 두려움을 치유하고 뿌리칠 수 있었다. 그리고 그 기억들 때문에 나는 의리와 우정에 대한 생각이 엄청나게 달라졌다.

그토록 바랐고 목말랐던 친구와의 대화, 사람과 사람 간의 대화에 대한 소중함을 평생 지켜나갈 것을 맹세하게 되었다. 그 기억들이 내게 그런 생각을 하게 한 발판이 되었다. 넉 달이라는 시간을 통해서 나는 돈 주고도 못 살 교훈을 얻었고, 그것은 내게 꼭 필요했던 일이었다.

살면서 쓸모없는 일이란 없다. 악몽 같은 생활을 견디고 시간이 지나고 나면 수많은 것들을 배울 수 있다. 친구의 소중함을 알게 해준 그때 그놈들에게 감사하다. 그들이 누릴 수 없는 행복과 가질 수 없는 친구들과의 추억, 그리고 고등학생이라서 만들 수 있는 소중한 순간들을 하나라도 더 만드는 것이 내가 그들에게 할 수 있는 최고의 복수라는 결론을 내렸다. 그리고 공부가 전부가 될 수 없고, 공부만이 행복이 아니고, 공부만이 성공이 아니라는 것을 나 스스로 증명하기로 마음먹었다.

나의 가치관과 시선도 약간 바뀌게 되었다. 트라우마가 생겨버린 것이다. 공부를 잘하는 친구들을 보면 가끔 여러 가지 피해망상에 시달렸다. 나를 무시하는 것 같았다. 그 후로 내가 공부에 대한 혐오증이 생긴 것을 깨달았다. 그것은 내 진로에 엄청난 영향을 끼쳤다. 그리고 상류층 아이들이 공부에 목숨을 걸고 사는 다른 세상을 이미 봐버린 나는 포기하는 것도 한 방법이 될 수 있다는 것을 배웠다. 보란 듯이 성공하기 위한 계획을 세우기 시작하면서 공부로 성공하는 것에 대해서는 깔끔하게 포기했다.

우리는 무엇을 위해서 서로 경쟁하는 것일까? '정석'이라는 것이 정말 옳은 길을 가져다주는 것일까? 나는 먼저 왜 공부를 하는 것인지에 대한 원

초적인 것부터 고민하게 되었다. 그 결과 열심히 공부하는 이유는 좋은 대학에 입학하기 위해서였다. 그렇다면 대학은 행복을 위한 것일까? 행복하기 위해서 대학은 필수일까? 한 반의 80퍼센트는 공부를 하고, 나머지 20퍼센트는 예체능을 하는 현실에서, 우리나라 고등학생 인원의 80퍼센트라고 계산한다면 그 경쟁률은 너무나 치열하다는 걸 깨달았다. 좋은 대학교는 터무니없이 적은 인원만을 뽑았고, 난 이미 공부로 이길 자신이 없었다. 훨씬 더 경쟁률이 낮은 다른 길이 있지 않을까. 그 길이 내가 잘할 수 있고, 내가 즐길 수 있고, 사람들이 덜 몰리는 길이라면 그 문턱은 내게 훨씬 더 관대해지지 않을까. 또 그 분야에서 최고가 된다면 모든 걸 충족 시켜주지 않을까. 나는 공부가 아닌 내가 잘할 수 있는 다른 것을 개발해야겠다고, 고등학교 1학년 때 그런 생각을 하게 되었다.

• • •

내게 또 한 가지 큰 변화가 있었다. 괴롭힘을 당하거나 혼자 있거나 외로워 보이는 아이들을 그냥 둘 수 없게 되어 버렸다. 고등학교는 남들보다 조금 부족하거나 특이하거나 하면 곧바로 제명 대상이 되고 따돌림은 불가피한 곳이다. 이미 한 번 그런 일을 당해봤던 나이기에 아무래도 다른 아이들과는 다른 시선으로 따돌림당하는 아이들을 바라볼 수밖에 없었다. 그들을 보면 내 상처가 다시 시려 왔다. 어쩌면 내가 왕따의 끝판왕이었기에 그들을 보호해주었을 때 나를 위로하는 듯한 기분이 들었던 것도 사실이다. 내가 당하고 있을 때는 아무도 구해주는 사람이 나에게 없었고, 그리고 그때야말로 진짜로 누군가 구해주기를 간절히 바랐기 때문이다. 또 그들은 친구를 갈망해본 적 있는 아이들이기에 나처럼 우정을 중시할 것이라는 동질감도 느껴졌다. 같은 상처가 있는 아이들은 예상대로 진국이었

고, 절대로 사람을 배신하거나 상처를 주지 않았다.

이렇게 따돌림당하는 아이들을 보호해주기 위해서는 내가 다시 사랑받는 존재가 되어야만 했다. 그래서 난 또다시 모두에게 사랑받기 위해서 열심히 노력하기 시작했다.

서기부터 반장, 부반장까지 가리지 않고 자원했고, 수업이 끝나면 공부는 절대 하지 않았지만, 선생님들에게 인정받기 위해서 모두가 잠자는 수업 시간에도 나는 열심히 수업을 들었다. 수업받은 대로 시험을 쳤기 때문에 따로 공부를 안 해도 좋은 내신을 유지할 수 있었다. 그렇게 지내다 보니 즐거운 학교생활이 다시 돌아왔다. 지금이니까 할 수 있는 일들이라면 가리지 않고 귀찮은 일에도 참여하려 했다. 방과 후에도 친구들과 할 수 있는 일들로 넘쳐났던 시간 속에서 나는 소중한 청춘을 즐기고 있었다.

우리 반에서 따돌림은 있을 수 없었다. 누군가를 괴롭히는 친구들을 보면 나서서 자주 싸우기도 했다. 한번은 약자를 괴롭히는 키가 190센티미터나 되는 놈에게 덤벼서 얼굴에 멍이 든 적도 있었지만, 이미 지옥을 맛본 나였기에 무서울 게 없었다. 그런 내 모습을 반 친구들은 내 편을 들어주며 응원해주었다. 어떤 방법으로도 따돌리는 것을 멈추지 않는 아이에게는 최후의 수단으로 '따돌림을 주도하는 아이를 반대로 따돌리는 방법'을 쓰기도 했다. 자기가 당하는 입장이 돼 보면 이제 다시 안 그럴 것이라는 생각에서 나온 응징이었다.

그 외에도 나는 고민을 잘 들어주는 친구가 되었다. 아이들은 곤란한 일이 생기면 내게 털어놓았고 난 그 문제를 해결해주곤 했다. 어떤 날은 같은 반 친구의 사촌 동생이 중학생인데 같은 중학교 나쁜 친구들에게 강제로 앵벌이와 심지어 성매매까지 당하고 있다는 얘기를 듣고 곧바로 택시를 타고 서울까지 가서 도와주는 해결사 역할도 했다. 이때 많은 사람들의 고민

을 들어준 탓인지 지금도 나는 사람들의 고민을 잘 들어준다. 고민을 들어주는 건 아주 간단하다. 만약 그 상황에서 나라면 어떻게 대처했을까, 라고 생각하면 되었기 때문이다.

어느 날은 반에서 자리 바꾸기를 했다. 말수가 없고 뚱뚱했던 A는 반에 친구가 없었고, 항상 혼자 앉아 있었다. 그날도 아무도 그 여자아이 옆에 앉으려 하지 않았다. 나는 용기를 내어 A의 옆에 앉기로 했고, 반 아이들과 친구들은 나를 미쳤다고 했다. 하지만 분명히 A에게도 장점이 있을 것이고, 그 장점을 꼭 찾아내서 반 친구들에게 알리고 싶었다. 알고 보면 괜찮은 아이라는 것을 보여주고 싶었다.

난 하루하루 열심히 A의 마음을 열기 위해 말을 걸었지만, 내게 대답은 돌아오지 않았다. A의 목소리조차도 들을 수 없었다. 심지어 나를 피하기까지 했다. 생각보다 강적을 만난 나는 조금 더 강한 프로젝트에 돌입하기로 했다.

나는 A와 조금 더 친해지기 위해서 교과서를 집에 놔두고 온 척을 했고, 짝이었던 그녀와 같이 보게 되었다. 그러자 그동안 나의 노력이 결실을 본 것인지 갑자기 수업을 듣던 중 그녀는 교과서에 낙서하기 시작했다. 그 낙서는 채찍이었다. 나는 그 낙서가 뜬금없어서 교과서에 물음표를 그렸다. 그러자 이어서 촛불을 그렸고, 나를 보며 음흉한 미소를 지었다. 그 후로 A는 멈추지 않고 차례대로 야한 그림을 마구 그리기 시작했고, 나는 웃음이 터져서 선생님께 혼나고 교실 뒤로 가서 벌을 받게 되었다. 그 후로 그녀와 나는 가까워졌다.

수업 시간에는 서로의 교과서에 야한 그림을 그렸고, 그녀의 반전 모습이 재미있어서 나는 눈물이 날 정도로 웃곤 했다. 반 아이들은 나와 A가 재미있게 노는 모습을 보고 궁금해하며 말을 걸기 시작했고, 반 아이들과

같이 잘 어울리는 A의 모습을 보고 혼자 흐뭇해 하기도 했다. 그리고 그녀는 예전보다 훨씬 밝아졌고 그녀에게 친구도 생겼다. 자신감을 얻은 듯했다.

어느새 난 그녀에게 빠져들었다. 혹시나 A가 사라지거나 안 보이면 불안했고, 그녀와 조금 더 같이 있고 싶었다. 이젠 내게 그녀는 소중한 존재가 되었고 나는 그녀에게 고백하기로 마음먹었다. A는 나와의 교제를 받아들였지만 한 가지 조건이 있었다. 다른 사람들에게는 비밀로 해달라는 조건이 붙었다. 친구들 앞이나 학교에서는 티 내지 말아 달라는 부탁이었다. 당시 몸무게가 90킬로 정도 나갔던 A는 아직 남들의 시선이 마음에 걸렸던 것 같았다. 그래서 우리는 학교가 끝나면 아무도 없는 깜깜한 체육관에서 몰래 만나 데이트를 하곤 했다. 경비 아저씨가 순찰을 하면 우리는 화장실로 숨기도 하는 등 그녀와 나는 점점 둘만의 추억을 쌓아갔다.

나는 피부가 굉장히 좋았다. 일찍이 남자는 피부가 중요하다는 걸 알게 돼서 그런지 피부 관리에 신경을 썼고, 주변 친구들로부터 피부가 좋다는 얘기를 들을 때마다 뿌듯했다. 그래서 좋은 피부를 유지하기 위해 쉬는 시간마다 클렌징 폼으로 세수를 했고, 로션도 빼먹지 않고 꼬박꼬박 발랐다. 이렇게 외모에 신경 쓰다 보니 나를 좋아해주는 여자애들이나 후배들이 생겨났다. 자주는 아니었지만, 급식소나 쉬는 시간에 내 전화번호를 물어보는 일도 있었는데 여자친구인 A가 있었던 나는 이런저런 핑계를 대면서 그 자리를 피했다. 하지만 내가 A와 가깝게 지낸 탓에 스멀스멀 연애한다는 소문이 나기 시작했고, 나는 알지 못했지만, 그녀는 뭔가 문제가 있는 듯 무척 힘들어했다.

해코지를 당한 건지, 협박을 당한 건지, 무슨 소리를 들었는지 나에게

는 말하지 않았다. 그녀는 점점 나와 멀어지려고 했고, 결국 나는 차이고 말았다. 그녀는 이별하면서 나중에 자기가 더 예뻐지고 살도 빼서 내게 걸맞은 여자가 될 거라고 말하면서 그때 다시 자기와 꼭 만나달라고 부탁했다.

이제 내 옆자리에 앉지도 않고 말도 하지 않으려 했지만, 그녀가 나 없이도 친구들과 잘 지내는 모습을 보니 안심이 되었다. 그녀에게 나라는 사람이 소중한 추억이 되어 터닝 포인트가 되었다면 그것만으로도 너무나 기뻤다. 지금쯤 그녀는 어떤 모습을 하고 있을까.

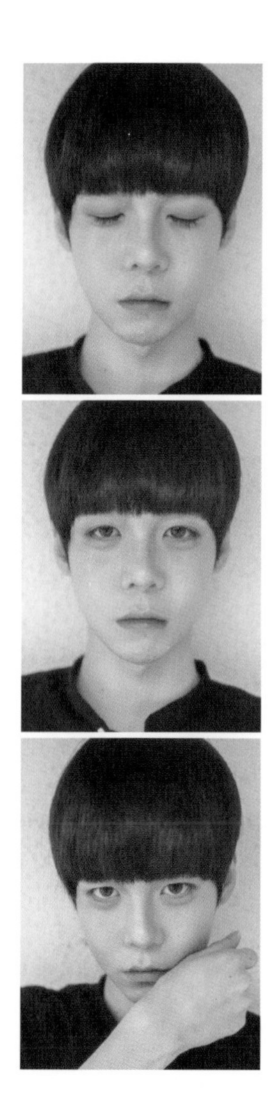

# 독립

강제전학 후 나와 부모님의 관계는 더욱더 악화되었다.

부모님의 눈에는 내가 어떻게 보였을까? 특목고에서 쫓겨났던 나, 그리고 공부가 싫다며 공부하지 않고 방황하는 나. 게다가 엄마는 내가 특목고 간 것을 자랑하고 다녔기 때문에 친척이나 동네 사람들 보기에 어쩌면 내가 부끄러운 존재였을지도 모른다.

기숙사에서 다시 집으로 돌아오게 된 나는 엄마와 매일같이 수많은 갈등이 생겼고, 그중에서도 엄마와 싸우는 주된 이유는 돈이었다.

앞서 말했던 것처럼 중학교 때 용돈을 적게 주셨던 엄마는 고등학생이 된 내게 아예 용돈을 안 주시기로 했다. 즉, 용돈이 0원이 된 것이었다.

학교까지 거리가 있어서 버스를 타야 했기 때문에 버스비를 주시긴 했지만, 나는 버스 타기를 포기하고 한 시간 동안 걸어 다니며 버스비를 용돈으로 대신해서 썼다. 하지만 그래도 다른 친구들과 어울리기에는 터무니없이 부족해서 난 정말 미칠 지경이었다.

고등학생이 된 내게는 사야 할 것도, 먹고 싶은 것도 많았지만 참아야 했다. 이런 거지 같은 생활이 너무나 불만이었던 나는 용돈을 따로 달라고 했

지만, 엄마는 항상 고등학생은 용돈이 필요 없다고 하셨고, 특히 내게 줄 돈은 없다고 하셨다. 어쩌면 엄마는 내가 공부를 포기한 것처럼 나를 포기하셨던 것 같다.

매일같이 싸웠고, 서로에게 상처 주는 말들이 오가며 감정의 골은 점점 더 깊어져만 갔다.

나중에는 서로 공격하기만 했다. 몸싸움은 기본이고, 물건을 집어 던져서 집 안이 항상 시끄러웠다.

결국, 가족들은 내게 새벽 4시까지, 즉 가족들이 잠들기 전까지 집에 들어오지 말라는 조처를 내렸고, 나도 엄마와 싸우고 난 후에는 '여기도 지옥이구나!'라는 생각을 했기 때문에 그렇게 하기로 했다.

이때부터 난 새벽 4시까지 밖에서 놀며 시간을 보내야 해서 나처럼 방황하는 아이들과 어울리게 되었다.

오토바이를 타고 다니며 아지트를 정해서 시간을 보내기도 했다. 대부분 학교에 안 다니는 아이들이 많았고, 화류계에서 일하는 형들이나 동생들, 삼촌들과도 친해지게 되었다.

누군가는 그들을 보며 손가락질할 수도 있겠지만, 그들은 각자 사정이 있었고, 상황이 있었고, 상처가 있는 사람들이었다. 그래서 누구보다 마음이 강한 사람들이었고 의리나 배려 또한 깊었다.

각자 나름대로 열심히 무언가에 저항하며 어딘가에 의지할 곳을 찾는 사람들이기도 했다. 다들 상처가 있어서 또 다른 누군가에게 상처 주는 일을 꺼렸고, 남에게 피해 가는 일은 절대로 하지 않는 사람들이었다.

난 어느새 그들에게 많은 것을 의지하고 있었다.

그들과는 가끔씩 술을 마시기도 했는데, 술 마실 곳이 적절하게 없던 우

리들은 상가의 옥상이나 예배가 없는 날엔 아무도 없는 교회에 가서 술을 마시며 놀곤 했다.

그다음 날 예배가 있으면 우리는 술을 마신 후 누군가가 오기 전까지 예배당에 술 냄새가 나지 않게끔 깨끗이 청소를 하고 다 같이 회개 기도를 하고 나오곤 했다.

어느 날 밖에서 놀다가 강아지 한 마리를 보았다.

그 강아지는 길에서 방황하며 불쌍한 눈으로 나를 쳐다보며 따라왔고, 그 모습이 마치 나와 같아서 내버려둘 수가 없었다. 나는 그 강아지를 자주 가는 상가 화장실로 데리고 가서 깨끗이 씻긴 후 새벽에 집으로 데리고 들어갔다.

다음 날 학교에 가야 했기 때문에 내 방에 강아지를 몰래 숨겨놓고 등교했다. 그날은 수업이 끝나자마자 바로 집으로 달려갔지만, 강아지는 어디에도 없었다. 엄마는 강아지를 다시 길가에 버렸다고 하셨다.

나는 너무 화가 나서 눈물이 나왔고, 차라리 엄마보다 강아지가 더 좋다며 소리를 질렀다.

그러자 엄마는 자기 집에 강아지를 데리고 오는 것은 절대 안 된다고 했다. 아버지가 벌어오는 돈으로 산 집이면서 자기 집이라고 큰소리치는 엄마가 너무나 가증스러웠고, 나가라고 호통치는 엄마가 너무나 미워서 참을 수가 없었다.

정말 지긋지긋해서 나는 짐을 싸서 집을 나왔다. 이 집에 다시는 발을 들여놓지 않을 것이라는 확신이 있었다. 그리고 그 후로 7년 동안 난 집에 들어가지 않았다.

• • •

이제, 남이라고 생각하기로 했다. 이제 정말 끝이라고 생각하니 오히려 홀가분했다.

막상 집을 나오니, 갈 데가 없었던 내가 향한 곳은 혼자 사는 친구의 집이었다. 그 친구는 부모님의 이혼과 재혼으로 혼자 살았는데, 아버지가 주는 돈이 싫어서 학교를 그만두고 밤일을 했다. 나이는 나랑 같아도 경제관념이 출중했고, 자기가 벌어서 자기가 사고 싶은 것을 사면서 생활하는 것이 굉장히 멋져 보였다. 그 친구를 보고 나도 할 수 있을 것 같았다.

나는 곧바로 아르바이트를 찾기 시작했다. 그리고 고깃집에서 아르바이트를 시작했다. 첫 월급이 들어오기 전까지 돈 한 푼 없던 내게 그 친구는 모든 숙식을 제공해주었는데 밤일을 하며 돈 버는 그의 이야기를 들어보면 그것도 힘든 일 같았고, 그쪽 세계도 너무 가혹해 보였다. 그렇게 힘들게 돈을 버는 친구가 나를 위해 아낌없이 돈을 쓸 때면 미안하고 또 너무 고마웠다.

피같이 번 돈을 나를 위해 쓰는 친구를 보며 더는 신세 질 수 없었다. 나는 아르바이트 월급이 들어오자마자 그 친구의 집을 나왔고, 다른 친구와 함께 고시텔을 잡아 월세를 절반씩 내며 살기로 했다. 지금 생각해도 고시텔은 끔찍했다. 좁디좁은 방, 문을 열면 곧바로 침대가 나왔고, 방음도 최악이었다. 옆방에서 무엇을 하고 있는지 전부 가늠할 수 있을 정도였다. 한번은 옆방에 사는 남자가 자기 방에 여자를 데리고 와서는 야한 소리를 내기에 다른 방에 다 들리도록 큰소리로 쌍욕을 한 적도 있었다. 나는 더럽고 좁은 공간에서 남자 두 명이 살아야 했지만 이미 독하게 마음먹었고 다시 돌아갈 곳이 없다고 생각했기에 견뎌야 했다. 그리고 생전 처음 내 돈으로 빌린 집이라는 생각에 약간의 설렘도 있었다. 고등학생이었던 나는

고깃집에서 최저임금을 받았고, 학교 수업이 끝나고 하는 아르바이트라 일하는 시간이 그리 길지 않았기에 월급으로는 한 달 생활비가 턱없이 부족했다. 시간이 지날수록 어려운 현실에 "집 나오면 개고생"이라는 말을 뼈저리게 느꼈다.

제대로 된 밥을 먹을 여유가 없었기 때문에 친구와 함께 초코파이 한 상자를 사서 매 끼니를 초코파이로 때우곤 했다. 월급날에는 고급스럽게 컵라면으로 파티를 하기도 했다. 나는 지금도 초코파이와 컵라면을 보면 그때 그 시절이 생각나서 먹지 못한다. 특히 초코파이는 지겹게 먹었기 때문에 쳐다보는 것도 싫어한다. 당시 내 삶의 원동력이었던 시간은 학교 급식 시간과 고깃집에서의 야식 타임이었다.

그 외에도 생각나는 추억은 파리바게트 빵집이다. 그때 나는 흡연자였는데 당연히 담배 살 돈이 없었기 때문에 친구와 고시텔 앞에 있던 빵집 앞에 주저앉아 사람들이 피우다 버린 꽁초를 찾곤 했다. 그곳은 사람들이 흡연하는 명당이라 조금 긴 꽁초를 찾거나 하면 우리는 신나서 방방 뛰기도 했다. 누가 피우다 버린 건지 알 수는 없었지만, 그 당시에는 그런 거 따위 신경 쓸 겨를도 없었다.

고깃집에서의 아르바이트는 학교 갈 때 고기 냄새가 나지 않게 신경을 쓰는 것 외에는 꽤 즐거웠다. 뽀얀 피부에 유머 감각, 친절한 미소까지 장착하고 있던 나는 금세 고깃집 에이스가 되었고 서빙과 고기 자르기, 연탄 나르기, 불 지피기, 설거지까지 완벽했다. 나를 보러 오시는 단골손님들도 많이 생겨났고, 같이 일하는 친구들과도 금방 친해졌다. 처음으로 내가 일해서 돈을 번다는 설렘이 컸기 때문에 몸이 힘든 것은 견딜 만했다. 열심히 일해서 받은 나의 첫 월급은 너무나도 값졌다. 나에겐 처음 가져보는 큰 돈이었고, 마냥 신기하기만 했다.

하지만 월급은 점점 줄어들어만 갔고, 생활고는 점점 심해졌다. 초코파이를 살 돈도 없어진 나는 너무 배가 고파서 돌아버릴 지경이었다. 뱃가죽이 등에 붙는다는 말이 뭔지 정확히 알 수 있었다. 결국, 참다못해 최후의 수단으로 엄마에게 전화를 걸어 월급날이 되면 다시 갚는다고 5만 원만 빌려달라고 부탁했지만, 엄마는 빌려주지 않았다. 단, 만 원도 빌려주지 않았다. 전화를 끊자 눈물이 펑펑 쏟아졌다. 배가 고파서 나온 눈물과 서운해서 나오는 눈물이 뒤섞였다.

나는 그때의 배고픔을 절대로 잊지 못한다. 그 배고픔이 한이 되어서 지금도 먹을 것에는 돈을 아끼지 않는다. 먹고 싶은 게 있으면 무조건 먹어야 하고, 그 식당이 멀지라도 꼭 먹으러 간다. 흔히 말하는 먹기 위해 사는 사람이다. 난 배가 부를 때 행복함을 느낀다.

그리고 나는 월급이 점점 줄어드는 것에 의문을 품게 되었다. 나뿐만 아니라 같이 일하는 친구들도 같은 의구심을 가지고 있었으므로 우리는 우리의 월급을 정확히 계산해보기로 했다.

계산하기 위해서는 출근 시간을 적어놓은 출근표를 봐야 했다. 원래 출근표는 아르바이트생들이 직접 작성하는 게 맞지만, 사장님은 출근표를 항상 자신이 작성했고, 절대로 우리에게 보여주지 않으셨다.

때마침 사장님이 외출 중이라 우리는 출근표를 몰래 보기로 마음먹었다. 다 같이 모여서 출근표를 보았는데, 아니나 다를까 출근 시간과 퇴근 시간이 마음대로 조작되어 있었다. 예를 들어, 내가 7시 출근한 날에는 8시 반에 출근한 것처럼 적혀 있었다.

실망스러운 마음을 감추지 못하고 있을 때 사장님이 외출에서 돌아오셨고 사장님은 우리를 보자마자 출근표를 빼앗고 욕설을 퍼부으며 때리기 시작했다. 우리를 일렬로 세워놓고 모욕적인 말들을 퍼부었지만 모두 바닥

만 내려다보고 참고 있었다. 하지만 난 이미 불의를 참으면서 사는 게 지긋지긋했기 때문에 다른 아이들과 달리 말대답을 하고 싶어서 입이 근질거렸다.

사장님은 우리들에게 "너희들의 어미, 아비는 안 봐도 뻔하다."며 부모님에 대한 욕과 인신공격을 하기 시작했다.

그 말에 드디어 내 입이 열렸다.

"그럼 사장님 어머니, 아버지는 출근표를 조작하라고 가르쳤어요?"

내 말에 순간 정적이 흘렀다.

사장님은 내 멱살을 잡았고, 사장님의 부인까지 달려들어 위아래가 없다며 내게 욕설을 퍼부었다. 나는 계속 반박했고 사장님의 손을 뿌리치고 유니폼을 벗어 던졌다. 이런 곳에서 더는 일할 수 없다며 지금까지 일한 것을 입금해달라고 소리치고 고깃집을 나와버렸다.

하지만 사장님은 임금을 입금해주지 않았고, 문자를 보내도 내게 줄 돈은 없다고만 하셨다. 하지만 절대로 지고 싶지 않았던 나는 예전에 일하며 나의 전화번호를 알아갔던 단골 누나에게 연락해서 상황을 설명하고 부탁을 드렸다. 그런 것에 빠삭하던 대학생인 누나는 나와 함께 고깃집을 찾아가 월급을 받아주는 것으로 사건은 일단락되었고, 나의 첫 아르바이트인 고깃집을 그만두게 되었다.

너무나 분했다. 돈 때문에 겪는 갑과 을의 관계, 돈을 버는 것에 대한 현실은 너무나 냉정했다. 빨리 가난에서 벗어나고 싶었다. 더는 돈 문제로 고통받고 싶지 않았다.

경제적 여유가 없었기 때문에 나는 곧바로 평일에는 주유소에서, 주말에는 편의점에서 일하기 시작했다.

편의점 아르바이트는 꿀이었다. 동네 구석에 있는 편의점이라 유동 인구가 매우 적은 데다 야간 근무라 손님이 드물었고 담배를 사러 오는 손님과

술 취한 손님들뿐이어서 말동무를 해주거나 하면 가끔씩 팁도 주셨다. 친구들을 편의점으로 불러서 얘기하거나 혼자서 이런저런 생각을 하며 보내기에 충분할 정도로 한가했다. 가장 좋았던 건 유통기한이 지난 음식들이나 음료수들이 전부 내 것이라 더는 배고픔에 시달리지 않게 되었던 것이 최고의 장점이었다. 초코파이와도 안녕할 수 있었다.

하지만 주유소 아르바이트는 문제가 있었다. 손발이 꽁꽁 어는 추위도 이미 돈 버는 것이 어렵다는 것을 자각하고 있던 내게 큰 장애물은 아니었다.

문제는 점장님이었다. 점장님은 항상 술에 취해서 사무실에 들어오셨다. 사무실은 손님이 없을 때 우리 아르바이트생들이 난로를 쬐며 손을 녹일 수 있는 곳이자 유일하게 쉴 수 있는 공간이었는데, 인사불성인 점장님은 그곳에서 여자 아르바이트생에게는 성추행을, 남자 아르바이트생에게는 가혹한 훈련을 시켰다. 그래서 대부분 그걸 견디지 못하고 그만두는 바람에 아르바이트생이 수시로 바뀔 수밖에 없었다.

남자 아르바이트생에게는 엎드려뻗쳐라든가 앉았다 일어났다 등 폭언과 폭력을 일삼았고, 나도 예외는 아니었다.

불의를 못 참는 나는 그 술주정에 의한 얼차려를 할 수 없다고 반박했다. 그러자 점장님은 내게 폭언을 하며 더는 난로를 쬐지 못하게 했고, 손님이 없어도 밖에 서 있으라고 명령했다. 눈이 펑펑 내리고 정말 추운 날에도 난 밖에서 떨며 근무해야만 했는데 손이 얼어서 손님들이 건네는 카드를 잡지 못할 정도였다. 추위 속에서 트고 갈라지고 점점 망가져 가는 내 손을 보며 점장님에게 복수하기로 다짐했고, 하나하나 계획을 짜기 시작했다.

나는 아르바이트생이 부족했던 주유소에 우리 학교에서 가장 예쁘기로 소문난 여자아이를 새로운 아르바이트생으로 꽂았다. 나와 친했던 그녀에게 내 작전을 설명해주었고 평소에 성희롱하는 사람들을 응징하고 싶었던

그녀의 의욕도 활활 타올랐다. 우리의 작전은 점장님이 성희롱하는 것을 사진으로 찍는 것이었지만, 40대 독신이었던 점장님에게 내 친구가 너무나 예뻐 보였는지 예상보다 더 크게 일이 진행되었다. 점장님은 미성년자인 그녀에게 자신의 집에서 술을 마시자고 했고, 나는 그녀와 점장님이 집으로 향하는 걸 미행했다.

약속한 대로 그녀는 점장님이 더듬자마자 소리를 지르며 그 집을 뛰쳐나왔고, 나는 그녀와 곧바로 합류한 후 피시방으로 향했다.

그곳에서 그녀는 주유소 본사 사이트에 성희롱 관련 글을 올렸는데, 일이 굉장히 커지면서 본사에서 직원들이 진술조사를 하러 내려왔고 그녀의 부모님도 주유소로 찾아왔다.

진술조사를 하는 과정에서 그동안의 점장님의 만행이 모두 드러났고 나 또한 조사를 위해서 불려가기도 했다. 일이 언론 쪽으로 커지지 않게 하려고 영업정지처분이 내려졌고, 점장님은 그녀의 부모님에게 눈물로 사과하셨다.

곧바로 정지는 아니었고 일주일 동안 정리할 기간을 주었다. 나는 남은 기간 동안 주눅이 들어 있는 점장님을 바라보며 자업자득이라 생각하며 근무하고 있었는데 영업 마지막 날 점장님이 나를 사무실로 불렀다. 사무실로 들어온 내게 점장님은 갑자기 칼을 들이밀었다. 살기 가득한 눈으로 내가 진술조사에서 무슨 말을 했는지 물었고 생명의 위협을 받으며 아무것도 모른다고 했다고 대답했다. 그러자 점장님은 칼을 다시 주머니에 집어넣었고, 나는 곧바로 사무실에서 뛰쳐나왔다.

나오자마자 머릿속에 그 짧은 순간이 주마등처럼 지나가며 식은땀이 나기 시작했다. 정말 무서웠다. 지금 그 주유소는 영업정지가 풀려서 지나가는 길에 자주 보곤 한다. 그때 그 점장님이 아직도 아르바이트생을 괴롭히는지는 알 수 없다.

그다음에 일한 곳은 호프집이었다. 미성년자는 아르바이트가 금지였지만 다른 사람의 주민등록증을 빌려서 가명을 썼고 나이도 세 살 정도 많게 했다. 그래서 주방 이모나 사장님이 내 이름을 불러도 나를 부르는 것인지 몰라서 대답을 못 하곤 했다. 나와 같이 일하던 나보다 나이가 두 살 많던 형이 내게 형이라 부를 때마다 조마조마하기도 했다.

호프집에는 술 취한 아주머니와 아저씨들이 많이 오셨는데 귀엽다며 자주 내 엉덩이를 만지곤 했다. 만지고 나서는 항상 팁을 주셨고 팁에 맛 들인 나는 술 취한 손님들에게 애교도 부려가며 팁을 받곤 했다. 내 엉덩이가 닳는 것도 아니었기 때문에 난 아랑곳하지 않았다.

그리고 주말에 짬이 나는 시간을 이용해서 과외선생님을 하기도 했다. 일본어를 잘했기 때문에 그걸로 돈을 벌 수 있을 것이라 생각한 나는 곧바로 전단을 만들어 뿌렸고, 일주일에 한 번씩 나보다 어린 학생들을 가르쳤다. 나 자신도 어렸기 때문에 과외비가 엄청나게 저렴했는데 부모들이 주는 부담감은 엄청나게 컸다.

그리고 급전이 필요할 때는 중고 사이트에 내 물건들을 팔기도 했다. 한 번은 내가 보물처럼 아끼던 게임기를 팔았는데 사기를 당했다. 그래서 그 사람을 사기죄로 경찰에 신고했는데 그가 나를 죽이겠다며 집까지 찾아오기도 했던 게 생각이 난다.

그 외에도 나는 구직 사이트를 자주 보며 여러 가지 아르바이트를 했다. 아르바이트하다 보면 나이가 어리다는 이유로 또는 아르바이트생이라는 이유로 무시와 차별 등 많은 일을 겪어야만 했다. 하지만 성공에 대한 갈망이 컸던 나는 참아야만 했고, 보란 듯이 성공해야만 했다. 나를 무시했던 사람들에게 보란 듯이 말이다. 그런 복수심이 나를 견디게 하는 힘이 되었고 독한 마음을 갖게 해주었다.

이런 경험을 했기 때문에 나는 아르바이트생들의 서러움을 누구보다도 잘 알았다. 그래서 난 지금도 지나치게 잘해준다고 할 정도로 아르바이트생들에게 상냥하고 친절하게 대한다.

예전에 나를 보는 것 같아서 응원해주고 싶고, 한마디라도 더 건네고 싶은 건 어쩔 수가 없다. 그들에게 따뜻한 말 한마디가 얼마나 힘이 되는지 잘 알고 있기 때문이다.

# 얼짱

/

여느 때처럼 아르바이트 구직 사이트를 보고 있었다. 그러다 피팅 모델을 구한다는 구직 정보가 내 눈에 들어왔고, 일당으로 바로 지급된다는 점이 나를 사로잡았다. 그게 내 모델 인생의 첫 시작이 되었다. 아주 작은 쇼핑몰에서 세 시간씩 시급 5,000원으로 시작했다. 처음에는 아무 생각도 없이 그저 돈 때문에 시작한 일이었다. 그 당시에는 미니홈피가 유행이었는데 나를 찍은 사진을 거기에 업로드했다.

그때부터 내 인생은 조금씩 변하기 시작했다. 사람들이 내 사진들을 퍼가기 시작한 것이었다. 그러자 홈피 방문자 수가 갈수록 늘었고, 나의 사진들은 걷잡을 수 없이 퍼지기 시작했다. 하지만 나는 그런 관심이 싫었다. 모르는 사람들이 내 사진을 포털 사이트나 카페, 블로그로 마음대로 퍼간 후 제멋대로 평가하고 댓글로 비판과 심판을 했기 때문이다. 마치 나에 대해 잘 아는 것처럼 떠들었고, 근거도 없는 말들이 가득한 악성 댓글인 '악플'이 넘쳐났다.

누군가에게 무시당하는 것을 끔찍이 싫어하던 내겐 받아들이기 힘든 일이어서 사이트를 돌아다니며 내 사진이 나온 게시물을 신고하거나 내려달라고 요청하기도 했다.

당시 댓글 내용은 상상초월 경악 그 자체였다. "도끼로 찍어 죽이고 싶다." "토 나온다." "너무 싫다." 등등. 각종 인신공격이 난무했고 누가 더 재미있게 까는지 경주하는 것 같았다. 그것은 나를 너무나 비참하게 만들었고, 사랑받으며 살고 싶었던 내게는 갑작스러운 일이라 속상하기만 했다.

지나가는 모르는 사람이 자신을 보며 욕한다면 그걸 참아낼 사람이 과연 몇이나 될까. 특히 어린 나이의 내게는 견디기 힘든 일이었다. 그러나 네트워크상에 이미 퍼진 게시물들은 걷잡을 수가 없었고, 내 홈페이지에는 사람들이 점점 더 몰리기 시작했다.

그러자 각종 쇼핑몰에서 모델 제의가 들어오기 시작했다. 당시 먹고 싶은 것, 사고 싶은 것을 다 살 수 있고, 또 무시당하지 않을 정도의 돈이 필요했으며, 전기세, 수도세, 휴대전화요금, 월세에 더 이상 쫓기지 않기 위해서도 돈이 필요했다. 제대로 돈독에 걸려서 돈 되는 일이라면 뭐든지 할 수 있었을 정도였던 내게는 거절할 이유가 없는 꿀 같은 제안이었다. 그 후 나는 연락이 오는 족족 모델 일을 무조건 했다. 의류는 물론이고 가발, 렌즈, 화장품까지 영역을 늘려갔다. 촬영한 것들을 나는 집으로 가지고 가서 평소에도 사용하기 시작했다. 나름대로 가발, 렌즈, 화장품 모델로서 당연한 것이라 생각했다. 하지만 당시는 남자가 렌즈를 끼고 화장하는 것은 엄청나게 생소한 일이었고, 그런 내 사진을 사람들은 더욱더 신랄하게 헐뜯으면서 내 사진들은 점점 더 퍼져나가기 시작했다.

사람들은 그런 나를 '인터넷 얼짱'이라고 부르기 시작했다. 당시 유행하던 인터넷 얼짱은 동네북과도 같았다. 심심하면 여기저기서 만만한 나를 소환해 악플을 달았지만, 그것마저도 돈을 벌기 위해서 참아야 한다고 생각했다. 하지만 남자인데 화장을 하고 렌즈를 착용했던 내게는 다른 애들보다 유독 악플이 심해서 가끔은 침대에서 이불을 뒤집어쓰고 울기도 했다. 그래도 사람들에게 내 이름이 알려지고 욕을 많이 먹으면 먹을수록 나

의 시급은 점점 올라갔고 촬영 횟수도 갈수록 늘어갔다. 이때 나는 그저 세상에는 여러 가치관을 가진 사람이 존재하고, 어차피 나를 이해하지 못하는 사람들은 평생 이해하지 못할 것이라 생각했기 때문에 사람들이 악플을 남길 때마다 악플 한 개에 10원씩 돈을 번다고 생각하며 신경 쓰지 않으려 했다. 나는 자연스레 같은 일을 하는 아이들과도 알게 되었다. 그리고 내 주변 친구들은 다른 얼짱들과 점점 친해져 가는 나를 부러워하기도 했다.

모델 일은 나를 더욱더 빠져들게 했다. 촬영한 사진들을 보면 나 자신이 멋져 보일 때도 있었고, 그동안 내가 몰랐던 숨겨진 내 모습을 발견할 때도 있었다. 촬영하러 가는 길에는 오늘은 어떤 콘셉트일까 늘 기대하며 가기도 했다. 여러 가지 모습의 나를 펼치는 것 같았고, 나의 매력을 다른 사람들에게 보여주는 것 같았다. 내가 착용한 무언가를 통해 사람들의 마음을 움직여 구매하게 만든다는 점도 흥미로웠다. 물론 나를 싫어하는 사람들도 있지만, 나의 새로운 사진이 업데이트되기를 기다리는 사람들이 있다는 것도 애정 결핍 상태인 내게는 너무나 감사한 일이었다. 모델 일에 푹 빠지면서 내가 사진을 찍는 것을 좋아한다는 걸 알게 되었고 이것이 내 적성이라 확신했다. 내 마음대로 내가 해보고 싶은 촬영이 생겼고 내 이름으로 된 쇼핑몰을 하고 싶다는 꿈과 비전을 갖게 되었다.

상상만 해도 나는 설레었다. 그러기 위해서 사진과 모델에 대한 공부가 필요했고, 미용과 옷에 대한 공부를 시작하게 되었다. 게다가 예전에는 사지 못했던 것들을 한풀이하듯이 모델 일을 하며 번 돈을 대부분 갖고 싶었던 옷, 갖고 싶었던 신발, 피부를 좋게 해주는 화장품 등을 본격적으로 쇼핑하며 외모에 투자하기 시작했다. 투자이기 때문에 나의 미래를 위한 것이었고, 나중에 나의 커리어에 도움이 되어서 몇 배로 돌아올 것이며, 쇼

핑 또한 내게는 공부라고 생각했다.

사소한 행복을 느끼고 있을 무렵, 방송 출연 제의가 들어왔다. 〈얼짱시대〉라고 하는 프로그램이었는데, 나와 같은 '인터넷 얼짱'들이 출연하는 서바이벌 방송이었다. 당시 굉장히 핫한 방송이었지만 네트워크상에서만 활동하던 나는 또다시 바뀔 환경에 대한 두려움이 컸다. 내가 잘할 수 있을까? 거기서도 사람들이 나를 싫어하면 어떡하지? 오프라인으로 나갈 마음의 준비가 안 된 겁쟁이였다. 그때까지 악플마저 나에겐 버거워서 더 많아지면 견딜 자신이 없었다. 그리고 경쟁 또한 지긋지긋했다. 경쟁에서 떨어져서 또다시 망신당하는 것도 나에겐 무서운 공포로 다가왔다. 두려움과 잘해낼 자신이 없던 나는 고민 끝에 결국 방송 출연을 거절했다.

괜찮아,

내가 손잡아줄게!

# 방황

난 여느 때처럼 등교하고 있었는데, 교감 선생님과 마주치게 되었다.

나는 90도 각도로 깍듯하게 인사를 했지만, 교감 선생님은 곧바로 내 머리카락을 쥐어 잡더니 나를 교무실로 끌고 갔다. 그러고는 교무실에서 마구잡이로 나를 폭행하기 시작했다.

몽둥이와 책, 서류파일 등으로 나를 마구 내리쳤고, 담임 선생님을 부르고는 내 앞에서 담임 선생님에게 욕설까지 하셨다. 나 때문에 담임 선생님이 당하는 것 같아서 마음이 아팠지만, 세 시간 동안 맞으면서도 내가 왜 맞고 있는지 이유를 알 수 없었다.

도대체 왜 때리시는지 그 이유를 여쭤봐도 교감 선생님은 발길질만 하셨다.

날벼락 같은 세 시간이 끝난 후 난 교실로 돌아갔고, 친구들이 나를 걱정해주고 위로해주던 중에 여러 선생님들이 차례대로 나를 찾아와서 교육청에 신고하라며 나를 부추기기 시작했다.

그중에서는 나를 가르친 적이 없는 선생님들도 계셨다. 어떤 선생님은 점심시간에 학교 밖으로 나를 데리고 나가 카페에서 교감 선생님을 교육청

에 신고하라고 하셨다.

모두 다 교감 선생님에게 원한이 있는 사람들 같았고, 선생님들에게 내게 이러는 이유를 묻자 학교에는 교장파와 교감파가 있다고 알려주셨다.

학교에는 학생들이 모르는 어른들의 세계가 존재했고, 난 그 어두운 면을 보게 돼버렸다. 하지만 충격도 잠시 정신을 차리고 난 누군가에게 휘둘리고 싶지 않았기 때문에 모두 거절하고 교실로 돌아갔다.

하지만 아직 교감 선생님은 분이 안 풀리신 모양이었다. 내게 부모님을 모셔 오라고 했다. 사실 나는 마음속으로 기대하고 있었다. 내가 자식이라면, 자식이 이유 없이 폭행을 당했다면, 교감 선생님에게 화를 내주지 않을까. 따지지 않을까, 하는 생각이 들었고, 나는 아버지에게 전화를 걸어 상황을 설명했다.

하지만 수화기 너머에 있는 아버지는 굉장히 귀찮아하는 것 같았고, 학교에 오셔서 교감 선생님에게 오히려 사과하고 돌아가셨다. 너무나 비참했다. 아버지는 내게는 그저 "교감 선생님에게 안 좋은 일이 있었나 보지."라고 말했다.

그 말이 마지막 결정타였고, 내 가슴에 비수를 꽂았다. 내가 죄인 같았다. 그 서러움을 말로 표현할 수 없었다.

그날 밤 나는 끓어오르는 화를 식히려고 방법을 찾아보다가 친구들과 함께 학교 벽과 정문에 래커 스프레이로 교감 선생님 욕으로 온통 도배했다.

그 후 난 고3이 되었고, 학교에선 친구들이 대학을 가기 위한 준비를 하기 시작했다.

하지만 나는 대학에 관심이 없었다. 아니 빨리 학교를 졸업해서 제대로 돈을 벌고 싶었고, 동네에서 벗어나 더 큰 세상을 보고 싶었다. 더 많은 세

상을 배우고 싶었다. 일찍 독립해서 돈을 벌며 사회생활을 하고 있던 내가 가끔 대견스럽기도 했고, 공부가 싫었던 내게 대학은 더더욱 그냥 그런 존재였다.

어느 날 아버지에게서 연락이 왔고 대학 진학을 권유하셨다.

아버지는 대기업 임원으로 계셨기 때문에 스펙을 중요시하는 사람이었다. 내게 계속해서 대학에 진학할 것을 요구했지만, 아버지의 말을 따르고 싶지 않았던 나는 계속해서 싫다고만 했다.

하지만 한편으로는 나를 때린 교감 선생님에게 보란 듯이 좋은 대학에 들어가서 한마디 하고 싶은 마음도 있었기 때문에 마음이 흔들리고 있었다. 고민이 되었다.

아버지와는 대학 진학에 대한 의견이 맞지 않아 마찰이 많았지만, 결국 수시 1학기만 지원해보는 것으로 합의를 보았다. 그리고 서로에게 조건이 하나씩 붙었다.

먼저, 아버지가 내건 조건은 수시 1학기 만에 승부를 결정해야 하므로 만반의 준비를 하는 것이었고, 나의 조건은 내가 일을 해야 했기 때문에 그런 나를 위해서 대학을 정하고 원서접수와 관련된 서류를 아버지께서 준비해주시기로 했다.

아버지는 성적이 좋던 나를 위해 내신 비중이 크고 일본어 자격증에 대한 가산점까지 포함되는 학교를 골라서 원서를 넣으셨고, 게다가 친누나와 함께 일본어 경시대회를 보러 다니며 입상한 적이 몇 번 있었는데 입상 실적 추가 가산점수도 고려하셨다. 재외국민 특혜는 중·고등학교를 한국에서 보낸 내게는 해당되지 않았다. 아버지가 수시를 접수한 곳들은 놀랍게도 모두 서울권이었다.

나는 대학 합격에 대한 부담감이 적었고 나름대로 면접 준비를 열심히 했기 때문에 긴장하지 않고 면접장에 들어갔다. 아니나 다를까 면접관들

은 나의 원서를 보고는 일본어를 꼭 시켰다. 나는 그때도 일본어는 자신 있게 할 수 있었다. 일본에 있을 때 일본인 학교에 다녔던 점, 그리고 한국에 돌아와서도 일본 방송을 자주 찾아봤고 일본 음악을 자주 들었기 때문에 실력이 녹슬지 않았다.

하지만 Y대 같은 경우에는 면접에 들어가자마자 내게 영어로 질문하셨고 포기가 빨랐던 나는 질문에 대해 대답하지 않고 영문과에 지원한 것도 아닌데 왜 영어를 시키느냐며 쿨하게 한마디를 던진 후 면접장을 나가버리기도 했다. 사실 지금까지도 그 질문의 내용이 뭐였는지 모르겠다.

그리고 학교에 지원한 동기를 묻는 말에는 "저는 어른이 돼서 할 수 있는 일들을 이미 학생 때 모두 경험해봤습니다. 그러니 대학교에 들어가서 성인이 되면 남들이 어른이 돼서 할 수 있는 일들을 할 때 무언가 제 미래를 위해서 열심히 하고 싶습니다."라고 당당하게 대답했다.

나는 수시에 턱걸이로 합격하게 되었다. 그래도 우리 학교에서는 꽤 좋은 학교에 진학한 것이었다.

복도에서 다시 교감 선생님과 마주쳤다. 나는 당당하게 물었다.

"교감 선생님, 그때 저에게 그런 이유가 뭐에요?"

"네가 머리에 파마를 했었잖니?"

"저, 곱슬머리인데요."

• • •

그 뒤로 학교에 가지 않아도 되었기에 그 동네에서 벗어나 이사하기로 마음먹었다. 곧바로 고시텔을 나와서 서울에 사는 친구들과 함께 신림동으로 이사를 갔다.

서울은 집값이 비쌌고 모델 일만으로는 생활비와 월세를 감당하기 힘들어서 새로운 일자리를 찾기로 했다. 나는 나만의 사업을 하고 싶어서 큰돈이 필요했고 주변 친구들에게 도움을 요청했다.

그러던 중 친구가 같이 호스트 바에서 일해보지 않겠느냐고 권유를 했다. 그 당시에 나는 돈에 눈이 멀었고, 정말 돈이 궁했다. 나는 뭔가를 해서든 먹고살아야만 했다. 게다가 모델 일을 진짜 포기하고 싶지 않았기 때문에 출퇴근이 자유로운 호스트 바는 내게 안성맞춤이었다. 그리고 친구도 함께였고 또 아무나 할 수 있는 일이 아니라는 생각마저 들었기 때문에 당당하기만 했다. 그렇게 나는 친구의 소개를 받아 호스트 바에 출근하게 되었다.

하지만 첫 출근부터 쉬운 일이 아님을 깨달았다. 첫날부터 과한 술로 인해 실신해버린 것이었다. 술과 나는 맞지 않았다.

그다음 날은 필름이 끊겨서 정신을 차리고 보니 경찰서에 있기도 했다. 길가에서 잠이 든 것이었다.

또 다른 날은 술을 먹다가 펑펑 울었다고 한다. 그래서 손님한테서 쫓겨났다.

한 테이블에서 나는 한 번도 끝까지 버티지 못했고, 술버릇도 좋지 않았던 나는 점점 그 일이 내 적성에 맞지 않는다는 것을 깨달았다. 게다가 숙취도 심했기 때문에 나의 생활은 그렇게 술에 찌들어서 점점 피폐해져만 갔다.

사람이 사는 것 같지가 않았다. 항상 술에 취해 있던 상태였던 것 같다. 그때는 술에 취하면 우는 버릇이 있었는데, 술을 마시고 눈물이 나왔던 이유는 아마 나 자신이 불쌍해서 저절로 나왔던 것 같다. 그때 나는 나를 사랑하고 있지 않았다. 돈을 벌기 어렵다는 현실은 또 한 번 나를 아프게 했다. 그리고 나는 일주일 만에 호스트 바를 그만두었다.

그 후 서울에서 신세계를 맛본 나는 점점 타락해갔다.

매일같이 친구들과 술을 마셨고, 돈이 없었기 때문에 술집에 외상만 쌓여갔다. 당시 나의 주 활동 지역이었던 홍대와 강남에서의 놀이문화는 모두 다 새로운 것들뿐이어서 처음엔 굉장히 자극적으로 다가왔다.

새로 사귄 서울 친구들과 노는 것이 즐거웠던 나는 그들과 자주 만나서 클럽이란 것에 빠지게 되었다. 술을 마시고 클럽에 입장해서 춤을 출 때면 모든 걱정에서 해방되는 것만 같았다.

그렇게 일주일에 두세 번씩 클럽에 자주 다니다 보니 클럽에서 일하는 형, 누나들과도 친해졌고, 나중에는 소개를 받아 클럽에서도 일하게 되었다. 춤추는 것과 클럽 음악을 좋아했기 때문에 처음엔 꽤 즐기면서 일을 할 수 있었다. 일하고 있으면 친구들이 클럽에 자주 놀러 왔고 일이 끝나면 항상 가는 삼겹살집에서 모여서 술을 마시곤 했다.

그런 나날이 매일같이 반복되었고, 난 아무런 발전도 없이 술만 마시는 일상이 서서히 지루해졌고 나 자신이 한심하다고 느껴지기 시작했다.

머릿속에서 '내가 서울에 온 이유는 이게 아닌데……, 내가 집을 나온 이유는 이게 아닌데……, 보란 듯이 더 성공해야 하는데……'라며 미래에 대해 계속 불안해하며 마음속으로 초조함을 느끼기 시작했다. 그리고 또 그 초조함을 없애기 위해서 술을 마셔야만 했다. 아마 이때 살면서 가장 많이 술을 마셨던 것 같다.

그 당시 나와 같이 살던 친구는 빚이 있었다. 그래서 매일 집에 빚쟁이들이 찾아왔고 문 두드리는 소리가 나면 우리는 늘 집에 아무도 없는 척하며 숨죽이고 있어야만 했다.

그러던 어느 날 이 친구가 결국 내 지갑에서 돈을 훔쳐서 도망을 갔다. 나는 어쩔 수 없이 다시 떠돌이 생활을 하게 되었다. 짐이 적었던 나는 이리저리 옮겨 다니며 여러 명의 친구들과 함께 살기도 하고, 다 같이 모텔

에서 달방을 잡아 생활하기도 했다. 이 생활로 여러 지역에 별의별 사람들을 알게 되었다. 당시에는 친구가 무조건 많은 것이 좋다고 생각했었기 때문에 누구든 가리지 않고 친하게 지내려 했다. 핸드폰에 저장된 연락처만 수없이 많아졌고 이때 매일매일 놀며 방황하며 그나마 얻은 거라면 다양한 가치관을 가진 사람들을 만나며 많은 것을 배우게 되었다는 것이다. 그중에서는 이미 성공한 사람들도 있었고 그런 사람들을 만나 다양한 이야기를 들으며 성공을 더욱더 갈망하고 동경하게 되었다. 세상은 내가 생각하는 것보다 훨씬 더 넓었다.

# 2부

## 사랑받고 싶었던 이유

# 색안경

나는 수시에 턱걸이로 합격하여 열아홉 살에 대학에 입학하게 되었다.

일본 초등학교는 우리나라보다 한 살 일찍 입학하는데 도중에 한국으로 돌아오는 바람에 난 다른 친구들보다 한 살 어렸다.

다들 대학에 대한 환상을 갖고 있듯이 나 또한 그랬다.

하지만 그 설렘은 신입생 OT 때부터 산산조각이 났다.

대학은 내가 생각했던 곳과는 매우 달랐다. 선후배 사이의 관계가 고등학교 때와는 다르게 마치 군대처럼 긴장의 연속이었다.

우리 학교에는 브레인들이 꽤 많았는데 지방에 있는 고등학교에서 전교 1등을 한 적이 있는 학생도 몇몇 있었다. 제대로 열심히 공부를 한 사람들이었다.

그래서 OT를 떠나는 버스 안에서부터 내 머릿속에서는 이번에는 공부를 잘하는 사람들과 잘 어울려서 아무런 문제 없이 학교에 다니고 싶다는 소망뿐이었다.

하지만 이미 네트워크상에서 내 사진이 여기저기 돌아다니고 있었기 때문에 나를 알아보는 사람들이 몇 명 있었고, '인터넷 얼짱'이 입학했다는 소문이 돌았던 터라 주목을 피할 수가 없었다.

사실 주목을 받는 상황은 이미 여러 번 경험해봤던 터라 처음엔 신경 쓰지 않으려고 노력했지만, 그들에게는 유독 눈에 띄는 신입생일 수밖에 없었다.

그리고 당시에 '얼짱'이라는 게 유행하긴 했지만 좋지 않게 생각하는 사람들이 적지 않았다. 학업과는 거리가 멀었고 안 좋은 것으로 자주 이슈거리가 되었기 때문에 사고뭉치 이미지가 많았고 외모지상주의의 표본이었기 때문에 나도 사람들의 그런 색안경에서 피해갈 수 없었다. 선배들은 괜히 내게 와서 툭툭 말을 건넸다.

"너 얼짱이냐?"

그런 질문을 받을 때면 주변의 시선이 민망하기도 하고 또 뭐라고 대답해야 할지도 몰라서 얼굴만 빨개졌다. 그냥 웃으면서 "아닙니다."라고 할 수밖에 없었다.

그런 내게 같이 입학한 신입생들은 쉽게 말을 걸지 못했고, 선배들 중에서는 이유 없이 나를 견제하기도 했다. 사람들이 모인 곳에서 눈에 띈다는 것은 그런 것이었다.

그 외에도 나를 불러서 여자 얼짱을 소개해달라거나 다른 얼짱들을 소개해달라며 괜히 친하게 구는 선배들도 몇 사람 있었다.

학교생활을 얌전히 잘하고 싶었던 나는 그저 모든 것을 웃음으로 넘길 수밖에 없었지만 그럴수록 내가 바라던 학교생활과는 멀어져만 가는 것 같았다.

마음속에 뭔지 모를 불안감이 점점 조여 오고 있었다. 그리고 역시나 그 불안감은 적중했다.

신입생들이 모인 자리에서 군기반장이라 불리는 선배가 나를 불러 일으켜 세웠다. 신입생들의 군기를 잡기 위해 본보기로 그의 눈에 가장 불량스러워 보였던 내가 당첨이 된 것이다.

"너 좀 노냐? 어디서 노냐? 나 홍대에서 내 이름 말하면 모르는 사람이 없을 거다. 너 까불면 서울 땅 못 밟는다."

충격적이었던 그 말들이 아직도 생생하게 기억난다. 분위기는 당연히 살벌해졌고 내 머릿속에서는 순간 '아…… 학교생활 망했다.'라는 생각이 스쳐 지나갔다. 날벼락이었다.

OT가 끝난 후에도 나를 향한 색안경은 계속되었다. 학생식당에 밥을 먹으러 가도 사람들은 나를 보며 자기들끼리 귓속말을 했다. 그들은 안 들린다고 생각했겠지만, 그 쑥덕거림의 표적이 된 사람에게는 의외로 잘 들렸다.

"쟤 얼짱이래."

"헐. 내 주변에 쟤보다 잘생긴 친구들 훨씬 많은데?"

모두 다 제멋대로인 얘기들뿐이었다. 마음대로 나를 신랄하게 비판하고 비교하고 심판을 가했다.

당시에는 너무 신경 쓰여서 누가 들을까 봐 불편하고 창피했다. 그저 아무렇지 않은 척, 들리지 않는 척, 내 이야기가 아닌 척하며 속으로 혼자 반박할 뿐이었다.

그 외에도 대학교 사람들이 가입하는 사이트에도 내 이야기는 자주 등장했고 다른 사람들이 담배를 피우고 꽁초를 버리면 아무렇지도 않지만 내가 같은 장소에서 담배를 피우고 꽁초를 버리면 곧바로 '역시나'라는 반응으로 몰아세웠다. 남들이 하면 그냥 넘어가는 일들이 내가 하면 조용히 넘어가지 않았다.

이런 일은 일상 속 아주 사소한 것까지 물고 늘어지며 자주 벌어졌고 내가 할 수 있는 것이라곤 늘 내 행동을 조심하는 것밖에 없었다. 그렇게 학생들의 입방아에 오르내리기를 반복하다 보니 어느새 포털 사이트에 내

이름을 검색하면 관련 검색어에 '단국대 얼짱'이라는 수식어까지 붙게 되었다.

대학생 때도 나는 먹고살기 위해 학교 수업이 끝나면 아르바이트를 하러 가거나 약속이 있는 경우가 많았고 그때마다 선배들과의 술자리를 어쩔 수 없이 거절하고 빠져야 했다. 그럴 때마다 선배들은 술자리에서 나를 안주 삼아 신입생들에게 내 욕을 했다. 건방지고 연예인병에 걸렸다고, 비싼 척한다며 씹었고 그 이야기들은 다음 날 학교에 가면 동기들이 알려주곤 했다.

나도 사람이기에 그런 이야기를 들으면 화가 났고 당장에라도 달려가서 따지고 싶었지만 나는 "아~ 그랬구나."라며 쿨한 척할 수밖에 없었다. 그러면 몇몇 아이들은 "너 착하구나. 좋은 애구나. 강하구나."라고 했지만 절대 그런 말을 바라고 한 것이 아니었다.

그저 내가 어떻게 해야 좋을지 몰라서 그렇게 말했을 뿐이었다. 선배들의 술자리를 거절한 것이 그렇게 잘못된 일인지, 참는 것이 이렇게 비참한 것인지, 내 머릿속은 엉망이었다.

대체 뭐가 어디서부터 잘못됐는지 알지 못했다. 내 존재 하나만으로 원인이 된 것 같았다. 같은 신입생 동기 중에서 학기 초에 내 마음을 알아주는 친구들이 몇 명 있었다.

하지만 선배들이 그 친구들을 불러서 "너 강혁민이랑 같이 다니는 게 걔 따까리처럼 보여. 걔 지금 소문 안 좋잖아. 너희까지 욕먹을 수도 있어. 다른 애들이 뒤에서 다 너희 강혁민 따까리라고 불러."라며 친구들에게 불안감을 주었다. 결국, 친구들은 그런 말들로 인해 내게서 점점 멀어져갔다. 처음에 그 이야기를 들었을 때는 너무 유치해서 헛웃음만 나왔지만 그런 말에 넘어가 버린 친구들을 굳이 붙잡지 않았다. 나를 잘 알지도 못하는 사람들이 하는 말에 넘어가 버린 그들과의 우정을 가벼운 것으로 생각

했다.

사람들의 입은 때때로 정말 무서운 흉기로 변했다. 말도 안 되는 소문도 생겨났고 많은 일들이 과장되어 학기 초의 내 학교생활은 원했던 것과는 다르게 순탄치 않은 방향으로 흘러갔다. 어느 순간부터 그냥 대학 생활에 미련을 갖지 않기로 마음먹게 되었다.

정말 잘해보고 싶었지만, 그것도 내 욕심이라는 생각이 들었다. 그 후로도 남을 헐뜯기를 좋아하는 사람들에게 욕을 먹으며 점점 커지는 색안경은 나를 외톨이로 만들어갔다. 한동안 수업이 끝나면 곧장 학교를 벗어나야 했다.

이때는 정말 모든 SNS를 탈퇴하고 잠적해서 '얼짱'이라는 것을 그만두고 싶었다. 하지만 그만둔다면 난 모델로서의 일도 할 수 없게 되기 때문에 포기할 수가 없었다.

• • •

학기 초에 학교 친구를 사귀기 어렵고 관계에 있어 늘 조심스러웠던 나를 위해 예전 동네 친구들이 학교 앞 자취방으로 자주 놀러 와주었다. 일주일간 자고 가거나 하는 일이 많았다.

그날도 친구가 우리 집에서 자고 가는 날이었는데 함께 편의점에 갔다가 집으로 돌아가는 길이었다.

그런데 누군가가 우리를 불렀고 길을 물어보는 줄 알고 다가갔는데 술 냄새가 진동했다. 그 사람은 나를 보자마자 욕설을 하며 내 볼을 툭툭 치기 시작했다.

"요즘 어린놈들은 세상 살기 좋아졌다."라며 술주정을 했다. 술 취한 사

람은 상종하지 말아야 한다고 생각해서 친구와 함께 그 자리를 피하려 했지만, 그 사람은 내 옷깃을 잡고 놓아주지 않았다.

그러던 중 점점 터치가 심해졌고 우리를 밀치며 주먹으로 가슴을 때리기 시작했다. 우리는 그 자리를 벗어나는 것을 포기하고 많이 취하셨다며 집에 가시라고 타일렀다.

그러자 그는 우리를 사람이 없는 상가 골목으로 끌고 갔고 갑자기 주머니에서 칼을 꺼내더니 내 목에 들이댔다. 그러고는 찌르는 시늉을 반복했는데 칼끝이 내 목에 닿는 짧은 시간 동안 별의별 생각이 내 머릿속을 스쳐 지나갔다.

'나는 이렇게 운 나쁘게 죽는 거구나!'

그때 나는 반사적으로 기절한 척을 했고 기절한 줄 알고 다른 데로 눈을 돌린 사이 친구와 사람들이 많은 거리로 뛰었다.

그러자 그는 엄청난 속도로 칼을 들고 뒤쫓아왔지만, 평소 지구대의 위치를 잘 알고 있던 내가 먼저 도착할 수 있었다.

지구대로 뛰어드는 것을 본 그는 달아났지만, 경찰분들이 인원을 총동원해서 수색한 결과 범인이 잡혔다. 나와 친구는 그 사람을 폭행죄와 살인미수로 신고했다.

그날 이후로 그의 가족들이 돌아가며 집 앞으로 찾아와서 무릎을 꿇고 합의를 요청했다. 취직을 앞두고 있었기 때문에 많이 다급해 보였다.

나를 죽이려 했던 그 사람은 우리 학교 학생이었고 술을 많이 마셔서 필름이 끊긴 후에 저지른 범행이었다.

하지만 나는 그날 밤일을 똑똑히 기억하고 있었고 그 뒤로도 그 사람을 학교나 학교 앞에서 마주칠 때마다 소름이 끼치고 공포에 휩싸였다. 누가 내 집에 문을 두드리면 그 사람이 복수하러 온 것이 아닐까 항상 두려움에 떨었다. 학교에 갈 때마다 불안해서 몸의 떨림이 멈추지 않아 정신병원

에 가서 안정제를 처방해 복용해야만 했다. 결국 나는 학교 앞에서의 자취를 그만두고 다른 지역으로 이사하기로 했다. 대학을 입학하기 전에 내가 기대하던 학교생활과는 정반대로 나의 학교생활은 최악의 사건들이 계속 일어났다. 기대한 만큼 실망도 컸다. 나는 내게 일어나는 많은 일들로 인해 내가 지금 불행한 상태라는 걸 들킬까 봐, 그리고 그런 불행한 나를 떠날까 봐, 누구에게도 얘기할 수 없었고, 단지 혼자서 견디고, 혼자 해결해야만 했다.

내가 만약 항상 불안하고 암흑과도 같았던 이 시기로 가서 나를 만날 수만 있다면, 난 아무 말 없이 그저 따뜻하게 안아주고 싶다.

# 지키지 못한 이야기

대학에 입학했던 열아홉 살의 봄, 얼마 지나지 않아 내게 여자친구가 생겼다. 여자친구 B는 내 아픔을 누구보다 옆에서 같이 아파해주었고, 나를 누구보다 이해해주었다. 난 늘 아무렇지 않은 척했지만 그녀를 속일 수는 없었다. 처음에는 그녀의 외모가 내 첫사랑과 너무나 닮아서 자꾸 쳐다보게 되었다. 그런 그녀에게 먼저 고백받았을 때는 당황했지만, 나도 그녀에게 끌렸으므로 망설임 없이 사귀기로 했다. 같은 과는 아니었지만 같은 건물에서 수업을 들었기 때문에 자주 만날 수 있었다.

시간이 지나 수업을 듣다 보니 같은 과에도 단짝 친구들이 생겼다. 그 친구들은 여자 넷과 나를 포함해 남자 셋으로 총 일곱 명이었고, 같이 수업을 듣고 같이 밥도 먹고 학교가 끝나면 같이 놀기도 하며 항상 함께였다. 짧은 시간이었지만 같이 웃고 떠들며 그들은 내게 너무나 소중한 사람들이 되어 갔다. 죽도 잘 맞았고 재미있기도 했지만 내가 그들에게 항상 고마웠던 건 그들은 주변 사람들의 시선과 험담, 소문 따위에는 신경 쓰지 않았다. 그게 항상 고마웠다. 그래서 나도 그들과 함께일 때는 마음이 편했고 주변을 신경 쓰지 않게 되었다. 함께 학교 행사에도 참여하며 같이

다니다 보니 나의 대학생활은 모두 그들을 중심으로 돌아갔고 추억과 정이 쌓이고 쌓여서 무얼 하든 그들이 가장 먼저 생각날 정도로 그들 없이는 살 수 없게 되었다. 그들을 만난 것에 감사했고 어딘가 기댈 곳이 생긴 학교생활은 즐거웠다.

학교 가는 것이 설레었다. 그들과 평생 함께하고 싶었다. 외톨이였던 내게 친구가 가장 필요한 순간에 의지할 수 있게 나타나 준 그들이 너무나 소중했다. 그들을 위해서라면 대신 죽을 수도 있다고 생각했다. 세상 사람들이 전부 적이 되더라도 나는 그들을 배신하지 않고 믿어줄 자신이 있었다. 그저 함께 있어 주는 것만으로도 너무나 감사했고 그들이 나로 인해서 상처받는 것이 가장 두려웠다. 그리고 그들이 슬퍼하는 모습이 세상에서 가장 보기 싫은 일이었다. 나는 그들에게 살아갈 수 있는 무한한 힘을 받고 있었고 내가 사는 이유가 되었다. 그래서 나도 사소한 일이어도 그들에게 힘이 되고 싶었다. 지키고 싶었다. 그들에게 문제가 생기면 나는 곧장 달려갔고 상처받는 것에 익숙했던 내가 뒤집어쓰더라도 그들을 보호해주었다. 그들에게 내 험담을 해서 이간질로 멀어지게 하려는 선배가 있으면 지금까지 아무렇지 않은 척하며 참아왔던 나였지만, 그들을 지키기 위해서 참지 않고 바락바락 대들었고 따지기도 했다. 어떤 날은 선배들이 단체로 나를 때리려고 과실로 부르는 일이 있었는데 그때는 그동안 참아왔던 나의 억울함과 친구들에게 더 이상 손해를 끼치기 싫은 마음이 폭발했다. 그래서 당시 알고 지냈던 건달 친구들을 불러서 역으로 과실에 있는 선배들을 위협해 다시는 나와 내 친구들을 건드리지 못하도록 한 적도 있었다. 모든 것들이 나의 학교생활에 치명적인 것이라는 걸 알면서도 그들을 잃기는 것보다는 낫다고 생각했다.

그 후에도 그들이 학교에서 누군가와 시비가 붙거나 한다면 나는 대신 싸워주기도 했고, 나의 일은 참았으나 그들과 관련된 일이라면 감정 조절

이 잘되지 않았다. 한번은 술을 마시다 친구들이 옆 테이블과 시비가 붙어서 옆 테이블에 있는 남자 한 명이 내 친구의 멱살을 잡고 "죽여 버린다." 고 위협하는 걸 보고 친구를 구하기 위해 그 자리에서 술병을 깨서 내 손목을 그은 후 깨진 술병을 멱살을 잡고 있는 놈에게 쥐여주며 피 흘리는 내 손목까지 내주면서 "나 먼저 죽여봐!"라고 했다. 그럴 때마다 그들은 내게 고마워했고, 난 항상 웃으면서 "친구니까."라고만 했다.

아무래도 내가 같은 과 친구들과 같이 있는 시간이 많다 보니 B도 나의 친구들과 같이 만나는 일이 잦았다. 단둘이 만나기보다 내 친구들과 함께 만나는 날이 더 많았지만, 그런 이기적인 내게 B는 아무 말도 하지 않았다. 그녀는 내가 사랑보다 우정을 더 소중히 한다는 것을 나보다 더 잘 알고 있었기 때문이었던 것 같다.

어느 날 그런 그녀가 내게 솔직한 모습을 보여준 적이 있었다. 사귄 지 두 달쯤 되어 가던 날 B는 술 취한 목소리로 내게 전화를 걸었다. 술집에서 혼자 술 마시고 있다며 내가 보고 싶다는 전화였다. 만취 상태인 것 같은 그녀가 걱정돼서 바로 달려갔다. 술집에 가니 만취한 그녀가 있었고 나를 보자마자 울음을 터트리며 말을 했다.

"왜 나한테 뽀뽀하자고 안 해? 나 안 좋아해?"

나는 몹시 당황해서 얼굴이 빨개졌고, 누가 들을까 봐 주변을 두리번거렸다. 그러자 그녀는 더 큰 소리로 울면서 말했다.

"왜 나한테 뽀뽀하자고 안 하냐고~"

그러자 주변에 있는 손님들이 우리를 쳐다보기 시작했고 너무 민망해서 그녀를 말리려고 했지만, 뽀뽀하지 않으면 울음을 멈추지 않겠다고 떼를 쓰기 시작했다. 결국, 나는 용기를 내서 사람들이 보는 앞에서 그녀와 첫 키스를 했다. 그러자 그녀는 마치 아기처럼 볼이 빨개지면서 수줍은 듯 웃

으면서 부끄러워했다. 너무나도 귀여웠다.

• • •

그러던 어느 날, 학교에서 체육대회가 열렸다. 그날 B의 과 여자애들이 내 친구들의 응원 소리가 시끄럽다며 시비를 걸어와, 결국 내 친구들과 B의 과 사람들이 싸우게 되었다. 그러는 와중에 B의 과 사람이 내 친구를 밀쳤고, 그 모습을 본 나는 그에게 달려들었다. 그러면서 순식간에 체육대회는 아수라장이 되었고, 나는 B의 과 사람들에게 엄청난 반감을 사게 되었다. 그 후 B는 나와 사귄다는 이유로 같은 과에서 온갖 수모에 시달리게 되었고, 선배들과 동기들의 미움과 괴롭힘을 받았다. 심지어 여자에게 치명적인 소문까지 나돌기 시작했다. B가 내 아이를 낙태한 적이 있다는 어처구니없는 소문부터 차마 입에 담지 못할 이야기들뿐이었다. 그렇게 과 내에서 B에 대한 차별이 심해져 갔고, 그녀와 놀아주는 친구들도 적어지기 시작했다. 그렇게 분명히 그녀는 무척 괴로웠을 텐데 내 앞에서는 한 번도 힘든 내색을 하지 않았다.

하지만 내가 이 모든 사실을 알게 되기까지는 그리 오래 걸리지 않았다. 그녀의 룸메이트들이 나를 찾아와서 B가 나 때문에 몹시 괴로워한다며 모든 사실을 들려주었다. 그리고 B가 밥도 잘 먹지 못하며 잠도 제대로 자지 못한다고 했다.

가슴이 아팠다. 나는 그녀를 지켜주지 못했다. 그녀는 나의 모든 것을 알아주었는데, 나는 그녀의 아픔을 알아주지도 눈치채지도 못했다. 내가 그녀를 힘들게 한다는 자괴감에 빠졌다. 그녀의 앞길에 더는 짐이 되지 않기 위해서, 그리고 그녀가 더 나은 생활을 하고 더 행복해질 수 있도록 기도하며 이별을 통보했다. 그게 내가 마지막으로 그녀를 위해 할 수 있는 일

이라고, 그녀를 지켜주는 일이라고 생각했다.

그 후 B는 내게 아무런 말도 없이 학교를 자퇴했다. 그녀가 학교를 떠났다는 이야기를 들었을 때는 이미 그녀는 그곳에 없었다. 너무나 미안했다. 너무나 착하고 여린 그녀는 아직도 나 때문이 아니었다고 말해준다. 항상 이기적이었던 내게 힘을 주고 나를 지지했던 그녀에게 미안하고 고맙다.

지금도 힘이 들 때면 어떻게 아는지 마법처럼 가끔 그녀에게서 전화가 온다. 그리고 천사처럼 위로를 해주고 나를 다독여준다. 언젠가는 꼭 그녀에게 모두 갚아야 할 은혜를 입었다고 생각한다. 그녀가 내게 해준 것들을 절대 잊지 않을 것이다.

그렇게 여자친구와 헤어지고 내 모든 걸 바쳤던 같은 과 친구들과의 관계도 오래가지 못했다. 무리 중 남자애 한 명이 같이 다니던 여자애 한 명을 좋아하게 되었다. 그런데 분위기 메이커 역할을 하던 나만 여자애들이 매번 찾으면서 남자애들이 점점 질투하게 되었다. 그래서 남자애들이 내가 없는 곳에서 여자애들에게 나의 험담을 하기 시작했고, 결국 그렇게 질투하는 모습이 불만이었던 여자애들과 남자애들은 싸우고 멀어지게 되었다. 나는 다시 예전처럼 돌아가기 위해서 서로의 관계를 이어주려고 노력했지만, 오히려 그 행동들이 남자애들의 질투를 더 불러일으켰다.

처음에는 남자애들이 여자애들에게 내 험담하는 것을 남자애들과 사이가 멀어지게 될까 봐 두려워서 모른 척하며 지냈다. 하지만 남자애들은 점점 나를 피하려고만 했고 이대로 두면 안 되겠다고 생각한 나는 남자애들을 따로 불러서 이야기를 꺼냈다. 나는 매달렸다. 다시 예전처럼 지내자고, '친구니까' 모두 다 이해한다고, 괜찮다고, 너희들을 잃고 싶지 않다고 말했다. 나는 '친구니까' 자존심 같은 건 모두 다 버렸다. 하지만 그들은 거절했다. 자기들이 나를 욕했기 때문에 미안해서라도 더 이상 친구로 지낼 수

없다고, 그리고 일이 이렇게 된 것은 모두 다 나 때문이고, 원망스럽다고 말하고 내 곁을 떠났다. 이미 엎질러진 물은 되돌릴 수 없었다.

그 후로 여자애들은 불쌍하다며 나를 챙겨주려고 했다. 일방적으로 갑자기 외톨이가 된 나를 계속 챙겨주는 아이들의 애쓰는 모습이 나를 더 힘들게 했고, 우리는 서로 지쳐가고 있었다. 내가 바라던 우리들의 모습은 이게 아니었는데, 피해만 주고 있다는 생각이 내 마음을 너무나 무겁게 했다. 그러던 어느 날 한 여자애가 만취 상태가 되어 전화를 걸어왔다. 그녀는 나 때문에 너무나 힘들다고 했다. 더 이상 주변 사람들의 시선을 견뎌낼 수가 없다고, 같이 있어 주지 못하겠다고 말했다. 나는 그저 말없이 눈물만 흘렸다. 그녀의 모든 말이 끝난 후 그녀의 모든 진심을 받아들인 나는 "응, 알았어. 미안해. 그동안 고마웠어."라고 말하고 전화를 끊었다. 언젠가부터 이렇게 되는 날이 올 거라고 생각했다. 아마도 남자애들과 여자애들 사이가 엇갈리면서 각오하고 있었던 거 같다. 내가 나의 소중한 사람들을 힘들게 만든다면 내가 사라지는 게 맞다고 생각했다. 하지만 그들과 다시는 함께하지 못하고 그동안의 추억들을 잊어야 한다고 생각하니 너무나 슬퍼서 눈물이 멈추지 않았다. 모든 걸 보여주고, 모든 걸 함께했고, 모든 걸 아낌없이 다 내주었던 친구들이기에 그들이 없어지고 난 후에 찾아온 것은 모든 것을 잃은 듯한 미래도 희망도 없는 공허함과 절망뿐이었다.

더는 살 자신이 없었다. 그들에게 의지하고 기대하고 정을 많이 준 만큼 아팠고, 내 모습이 빈껍데기 같았다. 그리고 소중한 사람들에게 피해만 주고 불행하게 만드는 내가 너무 미웠다. 나는 죽기로 결심했다. 그냥 그것밖에 방법이 없었다. 그렇지 않으면 내 가슴이 너무나 시려서 숨을 쉴 수도 견딜 수도 없었다. 너무나 괴로웠기 때문이다. 죽으면 모든 아픔과 안녕할 수 있을 것이라 생각했다. 더 이상 아무것도 노력하지 않아도 된다고 생각했다. 당시 학교 친구 외에 소중하다고 생각했던 친구들에게 유서 형식의

문자를 남겼다. 그동안 고맙다는 말을 남기고 천장에 밧줄을 설치하고 목을 매달았다. 눈물이 나면서 눈앞이 아른거렸다. 생각보다 죽기 전까지의 시간이 길게 느껴졌다. 그때 마침 문자를 받은 친구가 택시를 타고 달려와서 집에 들이닥쳤다. 그리고는 나를 끌어내리고 껴안더니 밤새 같이 울어주었다. 차가웠던 가슴이 따뜻해지고 아무것도 없는 빈껍데기 같았던 몸에 수증기가 차오르는 듯한 기분이 들면서 눈물이 더 많이 나왔다. 그때는 왜 나를 소중하다고 생각하지 못했을까. 나를 사랑하지 않았기 때문에 아마 사람들에게 사랑받지 못했던 것 같다.

며칠간 학교를 나가지 않았고, 시간이 지난 후 용기를 내서 학교에 갔다. 예상대로 그 친구들의 모습이 보였다. 나는 아무렇지도 않은 척 태연하게 있으려고 몇 번이나 다짐하고 연습했지만, 막상 눈앞에 보이니 가슴이 먹먹해지고 숨이 쉬어지질 않았고, 눈물이 나올 것만 같았다. 그 아픔은 꽤 오래갔다. 잊을 수가 없었던 나는 결국 학교를 휴학하기로 했다. 그리고 그들을 완전히 잊기 위해서, 다시 일어나기 위해서 아무 생각이 안 날 정도로 일에 전념하며 바쁘게 지내야겠다고 마음먹었다. 그냥 어디로든 먼 곳으로 떠나고 싶었다. 그렇게 나는 뭐 하나 지키지 못한 채 인간관계에 또 한 번 실패했고, 소중한 사람들을 잃게 되었다.

# 〈얼짱시대〉

나는 그들을 잊기 위해서 일을 늘리기 시작했고, 일이 없을 때는 집에 혼자 있지 않으려고 돌아다녔다.

하지만 일을 더 구하고 싶어도 나를 원하는 곳이 그리 많지 않았다. 그러던 중 나와 같은 일을 하는 주변 얼짱 친구들이 하나둘씩 〈얼짱시대〉에 나가기 시작했다.

그 후 그들의 몸값은 폭등했고 일이 쏟아졌다. 그들과 함께 일을 하거나 얘기를 할 때면 그 변화가 더욱더 실감 났다. 일할 때 촬영장에서의 대우도 달라졌으며, 다음 스케줄까지 쉴 틈이 없어 보였다. 시간에 쫓기고 여유가 없어 보였지만, 당시의 내게는 그런 삶이 꼭 필요한 것으로 보여 부러웠다. 돈도 많이 벌고 나보다 훨씬 앞서가는 것만 같아 빛나 보이기까지 했다.

그와 반대로 나는 처량하게 느껴졌고 매일 제자리걸음만 하는 것 같이 느껴졌다. 이대로는 안 되겠다고 느낀 나는 핸드폰을 들고 고민에 빠졌다. '내가 과연 잘할 수 있을까?……' 그런 숱한 걱정 속에서도 내 마음은 외치고 있었다. '한 번밖에 없는 인생 이대로 보낼 수 없어. 뭐라도 해서 바꾸고 싶어!'

그래서 나는 용기를 내어 예전에 연락을 주신 작가 누나에게 연락했다.

톱니바퀴가 하나 움직이기 시작하면 그 뒤로는 수많은 톱니바퀴가 저절로 움직여주는 것처럼 내 인생도 무언가 시도를 해야 미래가 바뀔 거라고 생각했다. 더는 잃을 것도 없다는 생각이 내게 큰 용기를 주었다. 시궁창 같은 현실에서, 그리고 내가 잊고 싶은 모든 것에서 벗어나길 간절히 바랐다.

작가 누나는 나의 출연 의사를 환영해주었고, 촬영까지는 한 달 정도 남았다. 이 기회가 내 인생의 전환점이 되기를 바랐고, 그러기 위해서는 이왕 하는 것 제대로 열심히 해보고 싶었다. 어쩌면 지금까지 내가 걸어온 길이 잘못되지 않았다는 것을 증명하고 싶었던 것 같다.

언제부터인가 나는 사랑받으면 안 되는 존재일 것이라는 생각을 하게 되었고, 그래서 더욱 나도 사랑받을 수 있는 존재라는 것을 증명하고 싶었다.

그렇기 위해서는 다른 사람이 아닌 지금까지의 일들을 겪으며 만들어진 나 자신을 보여주고, 있는 그대로의 내 모습을 보여주어야만 했다. 가식을 부리며 잘생긴 척하거나 이미지 관리를 하거나 콘셉트를 잡을 필요가 없었다. 그것은 진짜 내가 아니었기 때문이다. 그리고 사람들에게 사랑받지 못한다 해도 '이렇게 할걸, 저렇게 할걸.' 후회하지 않을 자신도 내게는 있었다.

작가님은 내게 물으셨다.

"혁민 씨는 어떻게 비춰지고 싶어요? 어떻게 하면 사람들이 좋아할 것 같아요?"

난 한 치의 망설임도 없이 대답할 수 있었다.

"그냥 제 평소 모습을 보여드릴 거예요. 그게 저한테도 편할 것 같아요."

촬영까지 2주가 남았다. 무언가 카메라 앞에서도 떨지 않고 내 모습을 당당히 보여줄 수 있는 자신감이 필요했다.

태어나서 처음 해보는 방송 출연은 아무래도 부담이 많이 되었다. 프로그램 이름부터 〈얼짱시대〉다 보니 가장 큰 걱정은 카메라에 비춰질 얼굴이었고, 얼굴 때문에 욕을 먹고 인정받지 못한다면 억울할 것 같아서 불안해지기 시작했다.

고민 끝에 예전부터 협찬해준다는 성형외과를 찾아가게 되었다. 처음엔 성형하려는 생각보다는 일단 내 얼굴의 단점이 무엇인지 알고 싶어서 갔다. 하지만 의사 선생님은 '무턱'이라며 턱에 보형물을 넣으면 엄청나게 호감형 얼굴이 될 거라고 하셨다. 또 그 수술은 남자 배우들이 화면에 잘 나오게 하기 위해 많이 하는 수술이라고 귀띔까지 해주셨다. 당시 처음 가보는 성형외과였기 때문에 의사 선생님의 말은 절대적인 것처럼 들렸다. 그 말에 홀린 나는 2주면 부기가 완전히 빠진다는 말에 기대하고 수술을 하게 되었다. 그게 나의 첫 성형수술이었다.

하지만 촬영 날은 점점 다가오는데 부기는 빠지지 않았다. 게다가 부작용으로 보형물이 고정되지 않고 이리저리 움직이기까지 했다. 엄청난 스트레스가 나를 덮쳤다.

나는 병원에 보형물을 제거해달라며 연락했지만, 병원에서는 내 전화를 아무런 설명 없이 피했고 아무런 조치를 해주지 않았다. 할 수 없이 그런 상태로 촬영 날을 마주하게 되었다. 성형수술 부작용에 대한 스트레스와 드디어 내가 심판받는 날이라고 생각하니 긴장돼서 도저히 잠을 잘 수가 없었다.

그 상태로 밤을 새운 채 촬영장에 도착했고 얼음판 같은 현장 분위기와 생각보다 많은 스태프들이 더욱 실감 나게 해서 긴장되었다. 입이 바짝 마르고 손의 떨림이 멈추지 않았다. 이대로는 망치겠다는 생각이 들었고 내

게 온 기회를 무용지물로 만들고 싶지 않았다. 더 이상 떨지 않기 위해 나는 나 자신에게 마음속으로 최면을 걸기 시작했다.

'그냥 카메라가 없다고 생각해. 그리고 친구들이랑 논다고 생각하자. 후회하지 않게끔. 내가 할 수 있는 한 최선을 다해서 나를 보여주자. 나라는 사람을 보여주자. 평소 하던 대로. 평소 하던 대로…….'

촬영이 시작되었고 본래 친구들에게 웃음 주는 것에 행복을 느꼈던 나는 망가지는 것을 꺼리지 않고 평소와 같이 날뛰었다. 다른 출연자들은 예뻐 보이고, 멋져 보이고 싶은 것과는 반대로 나는 더 재미있게 하고 싶다고 생각했기 때문에 유독 튈 수가 있었다. 처음 다른 출연자들은 지금까지 없던 캐릭터인 나를 보고 '쟤는 뭐지?'라는 눈빛으로 외계인 쳐다보듯이 바라봤지만, 점점 웃어주기 시작했고, 덕분에 나는 온전한 나를 더 보여줄 수 있었다.

촬영 시간은 아침 9시부터 밤 9시까지 12시간 동안 이어졌지만 나를 모두 보여줘야겠다고 생각한 내게는 짧게만 느껴졌다. 그래도 최선을 다했다고 생각했기에 집으로 가는 걸음은 가벼웠다.

• • •

첫 촬영을 마치고 첫 방송이 나가기까지 2주라는 시간이 있었다. 첫 방송 촬영에 대해 후회하지 않기로 했다. 시간을 되돌릴 수 있다고 해도 똑같이 했을 것이기 때문이다. 시간이 너무나 느리게 갔다. 잠도 오지 않았기 때문에 술의 힘을 빌려서 잠을 자곤 했다.

드디어 첫 방송이 나가는 날! 집에서 방송 시청을 했다. TV에 나오는 내 모습은 생각보다 엄청나게 부끄러웠다. 처음 내 얼굴이 나왔을 때는 충격적이었다. 내가 아는 내 얼굴보다 부하고 단점이 더 뚜렷이 도드라져 보였

고 너무 달랐기 때문이다. 게다가 턱에 넣은 보형물이 내 눈에는 더욱더 선명하게 도드라졌다. 그때 나는 소위 '화면발'이라는 것의 의미를 여러모로 실감하게 되었다.

방송은 금방 끝이 났다. 그리고 사람들의 반응을 살피기 위해 컴퓨터를 켜고 포털 사이트에 들어가 보니, 놀랍게도 내 이름이 실시간 검색어 1위를 하고 있었다. 너무나 신기했고 심장이 떨렸다. 저기 보이는 내 이름이 분명히 내 이름이 맞지만 내 것이 아닌 것 같았다. 그리고 저 검색어의 의미가 좋은 뜻의 1위인지 나쁜 뜻의 1위인지 확인해야 했다. 클릭하는 것이 망설여졌다. 나는 상처받을 준비를 하고 숨을 깊게 들이마시고 내 이름을 눌렀다.

반응은 뜨거웠다. 수많은 기사들이 쏟아져 나왔고, 댓글에는 재미있다며 신선하다는 글도 있었고, 보면서 웃겨서 눈물이 나왔다는 칭찬 글도 수두룩했다. 내 미음이 통한 것 같았고, 나를 좋아해주고 인정받는 것 같았고, 그동안의 노력이 위로를 받는 것 같아 기뻐서 눈물이 나왔다. 그동안 조마조마하며 불안했던 마음이 뻥 뚫리는 것 같았다. 나는 키보드에 눈물을 쏟으며 댓글들을 천천히 곱씹으며 읽어나갔다.

그 후에도 많은 것들이 내가 방송에 나왔다는 사실을 실감 나게 했다. 밖에 나가 길을 걸으면 많은 학생이 나를 알아보고 몰려들었다. 신기한 일들뿐이었다.

그리고 한동안 연락을 안 하던 지인들로부터 갑자기 수없이 연락이 왔다. 작가 누나도 반응이 좋다며 앞으로도 고정으로 촬영을 계속하자고 이야기해주셨다. 그 말을 듣는 순간, 누군가에게 쓸모 있는 사람이 된 것 같아서 너무나 행복했다.

사람들은 가식 없고 털털한 솔직한 내 모습을 좋아해주었다. 그래서 나는 그 마음에 대해 배신하지 않기 위해서 앞으로도 나다운 모습을 잃지

않기로 맹세했다.

더 많은 사람들을 재미있게 해주고 싶은 마음으로 다음 촬영에도 임할 수 있었다.

첫 방송 이후 일이 폭발적으로 늘어났다. 그리고 나의 모델로서의 몸값과 분야도 넓어졌다.

소속사에서 연락도 아주 많이 왔다. 나의 예능감을 높이 사겠다며 대형 기획사에서 집 앞까지 찾아왔다. 고민을 많이 했지만, 당시 내 꿈은 사업을 하는 것이었고, 연예인이 되고 싶은 생각은 없었다.

그리고 소속사에 들어가는 것이 나를 데뷔시켜준 〈얼짱시대〉에 대한 배신인 것 같았고 의리를 지키고 싶었다. 조금 더 내 데뷔 방송에 집중하고 싶었고, 그것은 너무 이르다고 생각했다.

그래서 소속사에서 온 연락들을 모두 정중히 거절했고, 주변의 다른 친구들을 소개해주거나 했다.

그리고 스폰서 관련 연락도 잦았다. 하룻밤을 같이 자주면 얼마를 시작으로 한 달에 몇 번을 자는 월급 형태까지도 있었다.

하지만 나는 좋아하는 일로 바쁜 생활을 원했다. 꼭 내가 하고 싶은 일들을 하면서 성공하고 싶었다.

무엇보다 일을 하며 받는 돈의 소중함을 알고 있던 나는 그런 돈을 원하지 않았기 때문에 모두 거절했다.

• • •

촬영하면 할수록 촬영장에서 점점 긴장도 하지 않게 되었고, 나는 친구들과 노는 듯이 촬영할 수가 있었다. 그 덕분에 더더욱 재미나게 할 수 있었고 분량도 점점 많아지고 그 후로도 검색어에 자주 오를 수 있었다. 그럴

수록 내가 바랐던 것처럼 아무 생각이 나지 않을 정도로 바쁜 나날을 보낼 수 있었다.

수많은 촬영과 함께 주말에는 행사까지도 하게 되었고 쉴 틈 없이 스케줄이 생겨났다. 행사를 하면 500~1,000명 정도의 사람들이 와주었고, 늘 편지와 선물을 가져다주셨다.

그래서 행사를 마친 후에는 나를 좋아해주는 사람들을 실망시키지 않아야겠다는 마음가짐과 앞으로 더 열심히 할 수 있을 것만 같은 에너지를 얻었다.

덕분에 생계에 대한 걱정이 사라졌다. 먹고 싶은 것을 사 먹을 수 있고, 가고 싶은 곳에 갈 수 있었으며, 월세, 전기세, 핸드폰 요금 등을 걱정하지 않고 돈에 얽매이지 않게 되었다. 열심히 일해서 사고 싶은 것을 샀을 때의 보람은 짜릿하기까지 했다.

그렇게 일하는 것에 재미를 느끼고 빠져들면서 잃은 것도 있었다. 중·고등학교 때 알게 된 친구들과는 오해가 생겨서 멀어지게 되었다. 바빠져서 자주 만나지 못하게 된 것이 가장 큰 이유였다. 친구들은 내가 어디 먼 곳에 가버린 느낌이 들었다고 했다.

나도 일하면서 친구들이 생각나기도 했고 보고 싶고 그들과 놀고 싶기도 했지만, 그토록 원하던 일이었기 때문에 일을 포기할 수 없어서 참아야만 했다. 하지만 계속해서 만나지 못하는 날들이 이어졌고 점차 친구들을 불안하게 만들었고, '믿어 달라'는 말과 '사랑한다'는 뜻이 함축된 "나도 보고 싶어."라는 말이 늘 반복되다 보니, 그 효력을 잃었고 그들과 점점 멀어지게 되었다.

하지만 속상해하고 싶지 않았다. 지금은 놀 때도 속상해할 때도 아닌 노력해야 할 때라는 것을 잘 알고 있었기에 그 미안한 마음마저 일로 묻어야만 했다.

많은 사람이 나를 알아봐 주고, 지켜봐 주고, 좋아해줄수록 자연스럽게 나를 싫어하는 사람들도 점점 늘어갔다.

그들은 나를 악플로 계속해서 공격했다. 인기에 비례해서 악플과 뜬소문들이 늘어가는 것은 참을 수 있었지만, 심한 날에는 미니홈피에 있는 악플을 무려 세 시간씩 지워야만 했다. 그렇게 했던 이유는 그 욕설들로 내가 상처를 받아서라기보다는 친구들이나 친누나나 누군가가 보고 나를 걱정하는 것이 싫었기 때문이다. 쪽지함에도 욕으로 도배된 쪽지들이 자주 왔다.

그중에서 항상 같은 시간에 꾸준히 욕 쪽지를 보내는 분이 계셨는데 내용도 심했지만, 어떤 누군가에게 이렇게까지 증오를 받을 수 있다는 사실에 너무나 섬뜩하기도 했다. 그분은 촬영장에서 기다리고 있다가 내가 나타나면 칼로 쑤시겠다고까지 했는데, 정말 나타날 것만 같아서 떨면서 촬영한 적도 있었다. 각종 포털 사이트나 인터넷 카페, 블로그에도 가끔 나에 대한 글 중에 욕이 있기도 했지만 되도록 보지 않으려고 노력했다. 그 욕들은 강도가 약한 것부터 강한 것들까지 상상을 초월했다. 부모 욕은 기본이었다.

"죽었으면 좋겠다."

"눈알을 후벼 파고 싶다."

"너무 싫다."

"보기 싫다."

"왜 사는지 모르겠다."

"강혁민, 나 아는 사람이랑 친구인데. 강혁민이 어떤 여자애를……, 강혁민 실제로 성격이……."

세상에 이런 욕도 있구나 싶을 정도로 종류별로 갖은 욕을 먹게 되었다.

'얼짱'이라는 것은 인터넷에서 활발히 활동하는 존재였고 외모지상주의

적인 특성과 학생들 위주의 화제성 때문에 쉽게 열등감 폭발, 즉 열폭(학벌이나 지적 능력 따위가 상대방보다 뒤처질 때 열등감 따위로 상대방에게 욕설이나 비방하는 행위)이나 마녀사냥의 대상이 되었다. 나이도 어린 우리는 같은 또래의 적이 되기도 쉽고 만만한 존재였기에 연예인들보다 쉽게 키보드 워리어의 먹잇감이 되었다. 그 외에도 다른 얼짱들의 팬인 경우에는 나를 끌어내리려고도 했다. 하지만 그런 사람들도 모두 내가 열심히 한다면 언젠가는 마음을 돌릴 수 있다고 믿었고, 그들 앞에서 더 밝게 빛나고 싶었다. 그때는 그 사람들이 나를 좋아해줄 때까지 하겠다는 오기를 가질 수 있었다.

# 약속 1

– 나를 잃지 않기 –

열심히 하면 할수록 미니홈피 방문자 수는 늘어갔다. 하루 평균 5~10만 명이 되었고 팬클럽도 생겨났다. 그들은 내가 행사하는 곳마다 따라와 주었고 나를 보며 힘을 내는 사람들이 있다는 사실이 나에겐 기쁨이었고 든든했다. 그중에서도 몸이 아프거나 우울한 사람들이 나를 보며 웃는다거나 힘을 낸다는 편지를 읽을 때면 마음속이 따뜻해져서 나같이 보잘것없는 사람도 열심히 하면 누군가에게 기쁨을 줄 수 있다는 사실에 보람을 느꼈고 더 잘해야겠다고 느꼈다. 그리고 그런 내 모습을 사랑해주는 사람들을 배신하지 않기 위해서 바쁜 생활 속에서도 나다운 모습을 지키고 변하지 않으려고 노력했다.

일을 하다 보면 수많은 유혹도 존재했고, 변하는 사람들을 많이 보게 되었다. 겸손하지 않고 소위 '연예인병'에 걸려서 거만해지는 사람도 많았고, 팬이나 카메라 앞에서만 착한 척을 하고 뒤에서는 못된 짓만 하고 다니며 팬들을 속이는 가식적이고 위선적인 사람들도 많았다. 팬들의 돈을 갈취한다든지 여자친구가 있음에도 문란한 사생활을 한다든지 종류는 다양했고, 비리투성이인 사람의 행실이 까발려져서 이슈가 되거나 할 때면 그런

사람으로 인해서 같은 업종에서 성실하게 열심히 살고 있는 모두의 이미지가 실추되고 편견과 선입견이 만들어지는 원인 같아서 몹시 불편했다. 그런 사람들을 볼 때마다 그저 '나는 저렇게 되지 말아야지. 변치 말아야지.' 속으로 되새겼고, 주변에 그런 사람들이 많을수록 나는 더 흔들리지 않을 수 있었다.

예전에 아는 동생이 잘 데가 없다며 우리 집에 찾아왔다. 그 동생은 많이 방황하는 듯했고 돈도 한 푼 없어서 안쓰러워 보였다. 촬영장에 갔다가 집으로 돌아와서 그 동생에게 밥은 먹었느냐고 물었지만, 돈이 없어서 아침부터 저녁까지 종일 굶었다고 했다. 배고픔의 고통을 누구보다도 잘 아는 나이기에 곧바로 나가서 동생에게 밥을 사주었다. 그리고 그 후로 밖에 나갈 때마다 동생에게 밥을 먹으라며 만 원, 2만 원씩 쥐여줬다.

어느 날은 내가 집을 비운 사이에 여자를 데리고 와서 잠자리까지 가졌지만 나는 못 본 척해주었다. 그리고 2주가 지났고, 결국 일자리도 못 구하고 답이 없음을 느낀 동생은 가족들이 사는 집으로 돌아간다고 했다. 하지만 가족들이 먼 지방에 살아서 기차를 타고 가야 하는데 기차푯값이 없어서 못 간다고 했다. 그래서 나는 그에게 3만 원을 주고 조심히 가라며 배웅까지 해주었다. 하지만 그 동생은 그 돈으로 집으로 돌아가지 않고 그날 밤 클럽에 갔지만, 나는 모른 척하며 아무 말도 하지 않았다. 그리고 몇 년 후, 그 동생을 방송에서 볼 수 있었다.

그리고 또다시 몇 달 후, 친구와 카페에 갔다가 우연히 그 동생을 보게 되었다. 나와 눈이 마주쳤지만, 동생은 예전이었으면 "형~ 혁민이 형~" 하며 반갑다고 달려들었을 테지만, 인사조차 하지 않고 눈을 돌려버렸다. 처음엔 설마, 라는 생각으로 그 친구 옆 테이블에 앉아, 언제까지 인사를 안 하는지 계속해서 그 동생을 쳐다보았다. 그러자 그 동생은 자신의 친구들과 이야기하기 시작했다.

"내 빠순이들한테 시켜서 XX 매장하라고 할까? 내 빠순이들, 시키는 거 다해줘."

그 이야기를 듣는 순간, 나는 내가 알던 사람과 같은 사람이 맞는지 소름이 돋았고, 너무 놀란 나머지 그 동생에게 말을 건넸다.

"야, 야야, 너 왜 그렇게 됐어? 정신 나갔어?"

그러자 그 동생은 못마땅한 표정으로 내 위아래를 훑더니만 친구들과 휙 나가버렸다. 정말 한 대 때릴 기세였다. 방송이 사람을 저렇게 망가트릴 수도 있다는 생각이 들었다. 한편으론 나는 저렇게 망가지지 않아서 다행이라는 생각이 교차했다. 그 아이는 결국 돈이 많은 팬들만을 만나 여러 명과 잠자리를 가지는 등 문란한 생활을 하다가 최근에는 일이 잘못되어 경찰서에 구속되었다는 소식을 들었다.

촬영장에서는 텃세도 존재했다. 평소에 나쁜 행실을 하고 다니던 사람이 한 명 있었는데, 열심히 하는 나를 뒤에서 병신이라고 말하고 다니며 출연자들에게 이간질하기도 했다. 내가 더 잘될수록 질투는 하늘을 찔렀고 어디 가서 남들과 공감할 수 있는 일이 아니었기 때문에 나 혼자 끌어안고 아무것도 들리지 않는 척, 안 보이는 척, 신경 쓰지 않는 척하며 꿋꿋이 내 할 일만 열심히 할 수밖에 없었다. 또 그는 자신의 가족사와 부모를 탓하며 자신에게 닥친 모든 불행에 대해 항상 불평불만을 토로했다. 그런 그를 보면서 세상에는 두 가지 부류의 사람이 있다는 걸 알게 되었다. 자신의 환경을 탓하며 자기 자신은 상황을 바꾸려고 아무런 노력도 하지 않은 채 남 탓과 상황 탓만 하는 사람과 같은 상황에서도 더 열심히 해야지, 그러니까 남들보다 더 노력해야지, 하며 발버둥을 치는 사람으로 말이다.

나는 그때부터 자기 자신이 가장 불행한 사람이라 생각하면서 그 불행에서 벗어나려고 노력하지 않는 전자와 같은 사람들을 싫어하게 되었다. 스

스로 열심히 하지 않고 스폰서에 의지하며 살고 있던 그 사람은 노력하지 않았기 때문에 저절로 사라지게 되었다. 아무리 잘생기고 예뻐도 인성이 중요하다는 걸 점차 깨닫게 되었다. 그리고 그런 사람들을 볼 때마다 이 바닥에서 살아남으려면 항상 겸손하고 착해야 오래 살아남을 수 있다는 것도 보고 배울 수 있었다.

그 외에도 여러 못된 사람들을 만나게 되었다. 그런 사람들을 볼수록 사람들의 겉모습은 점점 나에겐 껍데기에 불과하다는 생각이 들었다. 그리고 나다운 모습을 잃었을 때는 나도 빈껍데기가 된다는 사실도 명심하게 되었다.

괜찮아,
내가 손잡아줄게!

# 잔인한 상처 이야기

내가 하던 프로그램은 시즌제였다. 한 시즌이 끝나면 다음 시즌을 시작할 때까지 석 달이라는 시간이 주어졌다.

한 시즌이 끝나고 회식으로 고기 파티를 했는데 스태프분들과 이런저런 이야기를 나누고 있었다.

그중 한 스태프가 내게 "혁민이는 화면발만 잘 받으면 더 잘될 수 있을 텐데."라고 조언해주셨다.

평소 나는 주변 지인들로부터 화면에 비춰지는 얼굴에 대한 이야기를 많이 들었다. 다들 나를 보고 실물과 화면에 비춰지는 얼굴이 다르다는 이야기를 할 때면 항상 고민이었다. 게다가 턱에 넣은 보형물이 부각되거나 하면 속상했고, 화면에 비춰지는 얼굴이 실물로 느껴지는 시청자들에게 외모에 대한 지적과 악플로 공격당하는 일도 있었다.

방송에 나간 후로는 아무래도 더 많은 사람들이 내 얼굴을 평가하게 되었고 난 때때로 그들의 말에 위축되기도 했다. 실제로 방송에서 더 예쁘고 멋지게 나오는 출연자들을 볼 때면 속으로 나도 화면에 더 멋지게 나오고 싶다는 생각이 드는 건 어쩔 수 없었다.

결국, 나는 다음 시즌을 시작하기 전, 휴식 기간 동안 지금보다 내가 더 잘되기 위한 준비를 하기로 했다. 당시에는 여러 성형외과에서 협찬 문의가 많이 들어왔고, 나는 계약서를 꼼꼼히 검토한 후에 한 성형외과와 계약을 맺었다.

그 병원에서는 항상 내게 친절하게 대해주셨고 좋은 사람들 같았다. 나는 원장 선생님께 먼저 턱에 들어 있는 보형물을 제거하고 싶다고, 화면발을 잘 받고 싶다고 이야기했다.

제발 외모에 대한 악플이 줄어들기를 소망하며 수술대에 올랐다.

당시 난 성형에 대해 개방적이었다. 사람들이 무언가 목표를 가지고 열심히 일해서 돈을 모아 명품 가방이나 자동차를 사거나 자신이 갖고 싶은 것을 사는 것처럼, 성형수술도 자신의 콤플렉스와 단점을 보완해주고 자신감을 사는 것으로 생각했다. 게다가 TV에 나오는 사람들, 사람들에게 보이는 일을 하는 사람들에게 성형은 불가피한 일이고 그것도 내가 잘되기 위해서는 아파도 견뎌야 하는 일의 한 부분이라고 생각했다.

다만, 그게 내가 될 줄은 상상도 못 했다. 나에겐 자연스럽게 조금씩 고치는 방법도 있었지만, 거짓말과는 어울리지 않았던 나는 어차피 성형한 것을 모두 밝힐 생각이었기 때문에 신경 쓰지 않고 한 번에 화면발이 잘 받는 얼굴로 몇 군데를 다듬기로 했다. 이번 수술로 자신 있게 더 열심히 할 수 있고 더 나은 나를 보여줄 수 있는 계기가 된다면 후회하지 않을 자신이 있었다.

분명히 후회하지 않을 자신이 있었는데 수술을 마치고 집으로 돌아가는 길에 계속 눈물이 나왔다. 아파서 운 게 아니었다. 나 자신에게 너무나 미안했다. 지금까지 많은 일들을 버텨주고 함께했던 내 모습인데, 그런 나를 내가 버린 것만 같았고, 지운 것만 같았기 때문이다. 그리고 예전의 내 얼굴이 싫었던 것이 아닌데…… 나는 그저 사람들에게 사랑받고 싶었을 뿐

인데…… 타인의 시선으로 인해 내가 이렇게까지 해야 했나, 하는 자괴감 마저 들었다. 예전의 나와 작별인사를 하는 것만 같아서 나는 계속해서 나 자신에게 미안하다고 말하며 집으로 들어가지 못한 채 쪼그려 앉아 몇 시간 동안 울기만 했다.

새로운 시즌이 시작되었다. 수술 후 처음으로 내 얼굴을 보여주는 순간이었다.

나는 솔직하게 수술 사실을 공개했고, 강력하게 자신감을 무장하고 돌아왔다는 것을 강조했다. 방송에 나오는 사람들은 대부분 성형 사실을 절대로 발설하지 않았다.

내가 수술을 그렇게 많이 한 것은 아니었지만, 당시 그것도 남자가 자신의 입으로 성형수술 사실을 고백한다는 것은 이례적인 일이었기에 사람들에게 깊은 인상과 성형에 대한 이미지를 심어주게 되었다. 때로는 억울할 때도 있었지만 그래도 숨기지 않고 떳떳한 것이 좋았기에 마음이 편하기도 했다.

그런데 어느 날 내가 계약한 성형외과에서 고의로 나의 성형 전후 사진을 무단으로 공개했다.

그 사진의 성형 전 사진은 메이크업도 세수도 안 한 사진에 포토샵으로 더욱 못생기게 조작되어 있었고, 성형 후 사진은 모든 메이크업과 헤어까지 세팅이 되고 포토샵으로 잘 꾸며져 있어서 전후 비교가 너무나도 뚜렷하게 악의적으로 편집된 사진이었다.

그 사진은 공개되자마자 인기 검색어에 올랐고 그 사진을 본 나는 경악했다. 그 사진은 원장님이 수술 전후 경과를 비교하기 위해서 원장님만 보기로 하고 찍은 사진이었고, 계약서에는 전후 사진을 공개하지 않기로 되어 있었을뿐더러 내게 아무 말도 없이 공개했기 때문이었다. 순식간에 악플이

쏟아졌다.

그때 나는 카페에서 커피를 마시고 있었는데, 너무 충격적이라 화장실로 들어가서 문을 잠그고 30분가량 울기만 했다.

그 후 이 일을 해결하기 위해서 정신을 가다듬고 성형외과에 전화했다. 나는 원장님께 너무 실망스럽고 계약 위반으로 고소하겠다고 했지만, 원장님은 어린 내게 이렇게 협박했다.

"고소해봤자 소용없다. 내 인맥으로 너 정도는 소리 없이 죽이는 건 쉬운 일이다."

친하다고 생각했던 원장님이 돌변하는 건 한순간이었다. 너무 무서웠다. 어떻게 해야 할지 몰랐다. 전화를 끊고 울면서 이 사태가 잠잠해지기를 기다리는 수밖에 없었다.

그 병원은 내 덕에 대박이 났다. 사람들은 그 사진을 보고 내게 성형괴물이라며 대놓고 내 앞에서 그 사진을 보며 비웃기도 한다. 그리고 사람들은 때때로 내가 머리를 염색하고 메이크업을 진하게 받거나 분위기가 조금만 달라져도 또 성형했다며 성형중독자로 몰아가기도 한다.

동시에 성형에 대한 질문이 엄청나게 쏟아졌다. 처음에는 그런 모든 것들이 그 병원과 관련된 일들을 떠올렸기 때문에 너무나 억울하여 싫고 괴로웠다. 하지만 이제는 그런 이미지 또한 내가 짊어지고 가야 한다는 것을 인정하게 되었고, 나만의 또 하나의 색(色)으로 받아들이게 되었다.

모든 것들이 나를 보고 궁금해하고 부러워해서 물어본다는 사실을 알게 되었고, 내가 만약 못났더라면 사람들은 그런 것들을 말하지도 물어보지도 않는다는 사실을 깨닫게 된 후부터였다.

자기관리를 하고 싶은 사람들에게 내가 관리하는 사람으로서 비춰지고 도움을 줄 수 있다는 것도 나만의 행복이고 무기이다. 하지만 지나친 욕심은 화를 부른다는 것도 알고 있다.

주변에 과한 수술로 얼굴이 망가져 가는 사람들을 많이 보았다. 그래서 나는 지금 내 얼굴이 너무나 마음에 든다. 그런 내 모습을 유지하기 위해서 나는 지금도 계약된 병원에서 꾸준히 시술과 피부 관리를 받거나 피부에 좋다는 화장품을 쓰고, 내게 어울리는 머리 스타일을 찾고 염색도 자주 하고, 쇼핑을 하고, 운동도 하며 나를 더 꾸미는 방법을 찾고 그것들을 실천해보며 자신에게 많은 투자를 한다.

하지만 당시에는 그 모든 것을 깨닫기에는 난 너무 어렸고, 그때 일어난 일들이 어린 내가 견디기에는 상처가 되고 잔인하게 느껴질 뿐이다.

• • •

그 후로 나는 여러 회사나 업체들과 계약할 일이 많았는데, 항상 경계하게 되었다. 어린 나를 뭣도 모른다고 생각하고 이용하려고 하는 것은 아닐까 의심했지만, 내가 더 열심히 하면 할수록 일로든 친구로든 나를 이용하려는 사람들은 더 많이 다가왔고, 아무리 당하지 않으려 해도 어쩔 수 없는 것들은 존재했다.

실제로 어릴 때 나는 계속해서 이용당하고 사기당했다. 이렇게 여러 번 당하고 나서 얻은 것은 어느 정도 상대방의 마음을 읽을 수 있게 되었다는 것이다. 그중에서도 가장 위험하다는 생각이 들었던 사람들은 아부를 떨며 친한 척하거나, 단내 나는 말들로 나를 유혹하거나, 인지도에 따라서 대우를 달리하는 사람들이었다. 그들은 내가 쓸모없어지면 언제든 가차 없이 나를 버릴 수 있는 사람들이었기 때문이다.

어느 날 네이버 지식인에서 글 하나를 보게 되었다. 나의 실물이 어떤지에 관해 묻는 글이었고, 그 답변이 매우 흥미로웠다. 답변에는 자신이 나와

같은 대학교이고 같이 여러 번 놀았다고 돼 있었다. 그리고 그 뒤로는 나의 인성이 안 좋다는 것과 내가 못났다는 이야기뿐이었다.

나는 그 사람이 누군지 정말 궁금했다. 마음속에서 차라리 그 사람이 내가 모르는 사람이길 바랐다. 그러면 모든 것이 거짓이 되기 때문이었다. 제발 내 주변의 내가 믿었던 사람이 아니길 바랐다.

찝찝함을 털어내고 싶었던 나는 그 답변을 한 사람의 프로필을 눌러보았다. 그 사람의 이름과 나이까지 모든 것이 내 눈앞에 떴다.

그 사람은 같은 학교지만 나보다 한 살 많은 다른 과 선배였고, 나는 그 선배와 친하게 지냈다. 믿을 만한 사람이라고 생각했고 좋은 사람이라고 믿었기 때문에 휴학하고 나서도 자주 만나서 내가 밥과 술을 사주기도 했고, 돈도 빌려주었으며 내 친구들을 소개해주기도 했던 형이었다.

하지만 그 형은 내가 잘 안되기를 바라고 있었던 모양이다.

너무나 슬펐다. 차라리 나와 말도 안 해본 사람이라면 좋았을 것을……. 나를 잘 아는 사람이 그렇게 말했다는 사실이 나에겐 큰 상처였다.

많은 사람들이 이렇게 내게 물어온다.

"악플 받으면 속상하지 않아요? 기분이 어때요? 악플 때문에 힘들겠다."

하지만 나는 나를 제대로 안다면 분명 좋아해줄 거라는 믿음이 있다. 나를 잘 모르니까 싫어하는 것으로 생각했기 때문에 악플에 크게 신경 쓰지 않을 수 있었다.

하지만 모르는 사람이 나를 깎아내리는 것보다 나를 실제로 잘 아는 사람이 깎아내리는 것에 대한 충격은 훨씬 컸다. 주변 아주 가까운 곳에 나의 적이 있다는 사실이 무서웠다. 내 주변의 또 누군가가 나를 미워하고 있지 않을까, 라는 생각이 들었고, 나는 점차 사람들과 만나는 것이 무서워졌다.

그렇게 나의 마음에 여유가 없어질 무렵, 내게 스토커도 생겼다.

그녀는 나보다 나이가 많아 보였고, 자신을 화려하게 꾸미는 스타일이었다. 처음에는 그저 집 앞에 기다리고 있거나 내가 다니는 미용실 앞에서 기다리며 나의 동선을 파악하는 정도였지만, 그 강도가 점점 심해졌다.

하루는 혼자 살던 내가 잠자다 일어나니, 부엌에서 요리를 하고 있기까지 했다. 밖에서 걸을 때면 그 사람에게 감시당하는 것만 같아 마음속이 항상 불안했다.

어느 날 밤, 나는 잠을 자다가 가위에 눌렸고 답답해서 눈을 뜨니 그 사람이 내 위에 올라타고 있었다. 놀란 나는 울음을 터트렸다.

물론 그 사람 때문이기도 했지만, 그동안 내게 일어났던 모든 것들에 대한 억울함이 폭발해서 더 서럽게 울었던 것 같다.

내가 너무 서럽게 울자, 그 사람은 그 뒤로 내 앞에 다시는 나타나지 않았다.

여러 가지 많은 것들이 나를 힘들게 했지만, 이를 악물고 독하게 마음먹고 앞만 보며 달릴 수밖에 없었다. 남들이 뭐라고 하든 아무렇지 않은 척하며 무조건 달려야만 했고, 장애물이 있어도 힘들지 않은 척하며 뛰어넘어야 했다. 상처가 나도 안 아픈 척해야만 했고, 눈물이 나올 것 같아도 참아야 했다. 그러면 언젠가 모두가 열심히 하는 걸 알아줄 거라고 생각했다. 열심히 하면 노력은 배신하지 않고 보답해줄 거라 믿었다. 힘들수록 그만큼 내가 할 수 있는 일을 더 열심히 했다. 그리고 하루하루 나는 앞으로 나아갔다.

촬영장에서 MC 아저씨는 처음에 내게 차가우셨다. 하지만 점차 내 노력을 알아주셨는지 아저씨도 마음을 여는 듯 보였고 잘해주셨다. 어느 정도

친해진 나는 나중에 회식 자리에서 MC 아저씨에게 처음에 왜 차갑게 대했는지 물어보았다. 아저씨는 몇 번 보고 말 사이는 헤어질 때 마음이 아프니까 아예 정을 안 준다는 이야기를 해주셨다.

그때 나는 '아저씨가 참 정이 많고 헤어짐의 슬픔을 아는 따뜻한 사람이어서 아저씨에게도 많은 일들이 있었겠구나!'라는 생각이 들었다. 나는 내가 하는 프로그램이 좋았다. 어쨌든 이게 나의 데뷔작이고 앞으로 어떻게 되든 나에겐 큰 경험이고 추억이 될 것이기 때문에 뭐든지 다 잘되길 바랐다. 그런 내 마음이 통했는지 작가 누나들도 내게 잘해주셨고 친해질 수 있었다. 그럴수록 나는 작가 누나들에게 도움이 되고 힘이 될 수 있는 일은 모두 다 도우려고 했다.

한 시즌이 끝나갈 때쯤 방송에서 인기투표를 했다. 마음속으로 꼭 1등이 되고 싶었다. 내가 열심히 했다는 것을 누군가에게 말하지는 못했지만, 지금까지 내게 일어났던 모든 것들에 대한 위로로 주는 상이 되길 바랐다. 결과를 발표할 때 나는 간절히 기도했다.

그 순간 내 이름이 호명됐고 정말로 난 1등을 했다. 그동안 힘들었던 일들이 하나둘씩 주마등처럼 머릿속을 스쳐 지나갔다. 지금까지 카메라 앞에서는 약한 마음을 들키고 싶지 않았기 때문에 눈물을 흘린 적이 없었다. 한번 눈물이 나오면 다시는 일어서지 못할 것 같은 생각이 들어서 울지 않으려 했던 것이다. 어쩌면 나는 웃음 뒤에 수많은 콤플렉스를 숨기고 억누르고 있었는지도 모르겠다. 내게 부족했던 무언가를 채우기 위해서 그동안 계속해서 발버둥 쳤던 것 같다. 한번 나오기 시작한 눈물은 마치 눈물샘이 고장 난 듯 멈춰지지 않았다. 그동안 애써 참았던 것들이 일시에 몰려왔던 것 같다. 절대 슬퍼서 나는 눈물이 아니었다. 태어나서 처음 흘려보는 기쁨의 눈물이었다.

'이 순간을 위해서 지금까지 노력한 거였구나. 그래서 그렇게 힘들었던 거구나. 열심히 하길 정말 잘했다. 포기하지 않길 정말 잘했다.'

그동안 있었던 일들이, 그런 날들이 있었기에, 혼자서 남몰래 흘렸던 눈물이 있었기에 가능했던 것이다. 나에겐 그 무엇보다 더 값지고 뜻깊은 것이었다.

어딘가에서 내 노력을 알아주는 것 같았다. 사랑받는다는 게 이토록 행복하다는 것을 느끼게 해주었다. 나는 무엇과도 바꿀 수 없는 값진 경험과 보람을 느낄 수 있었다. 모든 것이 치유되었고, 위로받았고, 용서할 수 있었다. 지금까지 힘들었던 일도 기뻤던 일도 버릴 것은 하나도 없었다. 어쩌면 모든 게 나 자신 '강혁민'을 만들기 위한 성장통이었을 뿐이었다.

나는 그 후로 얼짱으로서 전성기를 맞게 되었다.

# 3부

# 강해진 이유

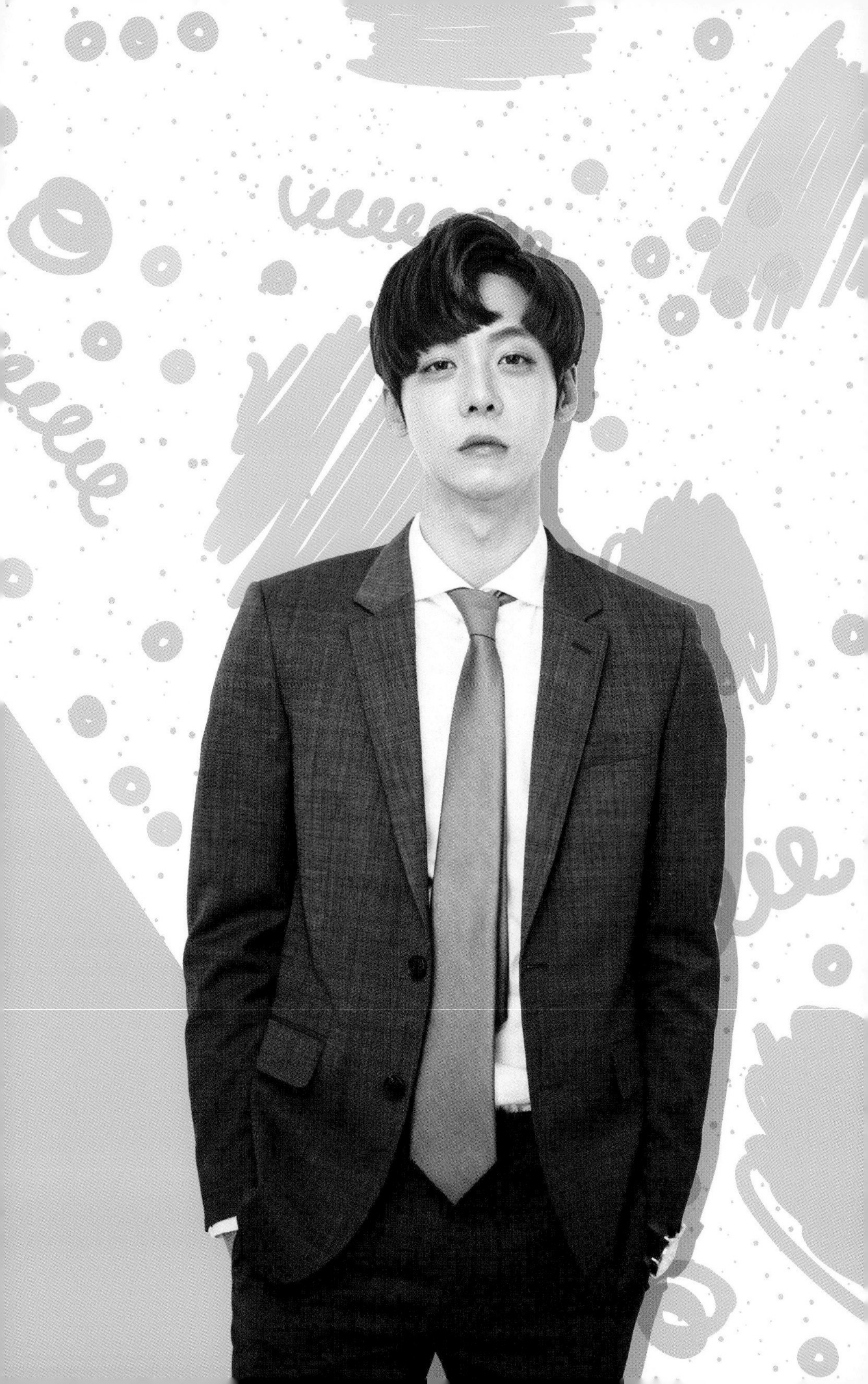

# 연애

같이 촬영을 하던 아름송이라는 친구와 친해졌다. 물론 다른 출연자들과 안 친했던 건 아니었지만, 다른 출연자들과는 달리 나이가 비슷했기 때문에 더 친해질 수 있었다. 쉬는 시간에도 밥을 먹을 때도 촬영 중에도 항상 함께 있게 되었다.

그녀는 처음엔 소심하고 말수가 적었지만, 내가 하는 말에 항상 웃어주었고 착한 아이 같았다. 그녀는 카메라 앞에서는 긴장해서 말수가 적어졌지만, 적어도 나와 단둘이 있을 때만큼은 말이 많았다. 나도 아름송이와 함께 있으면 마음이 편했다.

방송에서 말수가 적어지는 그녀가 서바이벌 프로그램에서 잘릴까 봐 걱정이 된 나는 카메라 앞에서 일부러 그녀에게 말을 많이 걸기도 하며 나만의 방법으로 그녀를 챙기기 시작했다. 그러자 아름송이도 긴장하지 않게 되었고 말수도 늘어나고 재미있는 사람이라는 걸 사람들이 조금씩 알아주었다.

이렇게 그녀와 자주 이야기하는 모습이 화면에 잡히다 보니 커플로도 많이 엮이게 되었고, 그녀와 나는 서로 재미있는 콤비가 되었다. 정말로 커플이 아니냐는 소문도 나기 시작했고, 둘이서 사귀기를 응원하는 사람들도

생겨났다. 처음에는 그냥 그런 이야기들이 들려도 우리는 서로 그냥 편한 친구 사이고 서로를 잘 이해해주고 의지가 되는 존재였고 연애 감정이 없었기 때문에 신경 쓰지 않았다.

그러던 그녀에게 남자친구가 생겼고, 아름송이는 몰랐겠지만, 그녀가 나를 떠나는 것 같아서 조금 서운했다. 그래도 그녀와 나는 서로 비밀이 없었기 때문에 남자친구에 대한 고민을 자주 내게 털어놓곤 했다.

아름송이의 남자친구는 당시 바람기가 많았고 내 친구들과도 바람을 피우곤 했기 때문에 아름송이는 그 문제로 많이 힘들어했다. 그런 그녀의 모습에 가슴이 아팠고 이 아픔이 연애 감정인지 친한 친구로서의 감정인지 혼란스러워질 때도 있었다.

나도 잘 모르는 내 마음 때문에 우리 사이가 변할 수 있다는 생각에 내 마음을 티 내지 않고 금방 접어버렸다.

다만, 아름송이는 정말 착하고 좋은 아이인데 그런 남자친구와 사귀는 것이 정말 아깝다고 느낀 나는 빨리 헤어지길 바랐고, 그래서 그녀가 답답해 보일 때도 있었다.

나는 그녀와의 우정을 계속해서 지켜나갔고, 우리는 둘도 없이 친한 사이가 되었다.

어느 날 그녀에게 안 좋은 기사가 터졌고, 그녀는 악플에 시달리게 되었다. 게다가 남자친구와도 싸워서 그녀는 정신적으로 너무 힘들어서 촬영을 펑크 냈다. 그날 촬영은 나와 아름송이가 짧은 드라마를 찍는 것이었다.

나는 몹시 화가 났다. 촬영장에 있던 사람들은 그녀가 펑크를 내서 드라마를 찍을 수 없게 되는 바람에 내 방송 분량이 날아가서 화가 난 줄 알았지만, 내가 진짜 화난 이유는 그런 게 아니었다.

난 그녀에게 너무 서운했다. 힘들 때 내게 힘들다고 한마디라도 말해주길 바랐고, 슬프다고 말해주길 바랐다. 그 정도로 우리 사이가 돈독한 줄

알았다. 게다가 그날 그녀와 함께 더 있고 싶은 마음에 매니저 형에게 부탁해서 촬영장에 가장 먼저 도착해서 그녀가 오기만을 기다리고 있었다. 하지만 그녀는 내게 아무 말도, 아무런 연락도 하지 않았다.

그 후로 그녀와의 관계는 한동안 어색했다. 그때만큼 친하게 지내지는 않지만, 지금은 풀고 친구로 잘 지내고 있다. 그녀는 내가 자신 때문에 서운했고 힘들어했던 것조차 전혀 모르고 있다.

그렇게 약간은 바보 같고 어리바리한 모습마저 그녀답다고 생각한다. 지금은 그녀에 대해 연애 감정은 눈곱만큼도 없지만, 그녀와 함께 일하고, 촬영하고, 힘든 시간을 견디고, 공유해온 추억과 정이 소중하기 때문에 나는 항상 아름송이를 응원한다.

• • •

사람들은 내게 왜 연애를 하지 않느냐고 많이들 물어본다. 내가 처음부터 연애하지 않으려 했던 건 아니었다.

어떤 여자아이를 친구 소개로 알게 되었다. 그녀의 꿈은 모델이었고 그녀는 유명해지고 싶어 했다. 그녀의 외모가 나의 이상형이었기 때문에 점차 그녀를 좋아하게 되었다.

그녀는 아직 나와 사귀는 상태가 아니었는데도 여기저기 여러 사이트에 나와 사귄다며 자작 글을 올린 것을 내게 들키기도 했다. 그래도 나는 그녀를 용서했고 만남을 지속했다.

그러던 어느 날 그녀와 홍대에서 데이트하기로 했는데, 연락이 잘되다가 약속 시각이 다 될 때쯤 그녀가 나타나지 않았다.

나는 그 자리에서 그녀를 기다리면 나타날 것만 같아서 아침까지 8시간을 기다렸다. 그러나 그녀는 끝까지 나타나지 않았다.

그리고 그다음 날 그녀를 소개해준 친구에게서 충격적인 이야기를 들었다. 그녀는 양다리를 걸쳤고 오래된 남자친구가 있다고 했다. 그녀를 소개해준 친구는 그녀가 오래된 남자친구와 정리할 거라는 말을 믿고 나를 소개해준 것이었고, 내가 그녀를 8시간 동안이나 기다렸다는 말에 미안한 나머지 내게 모두 털어놓았던 것이다.

그녀는 나와의 약속 장소로 가던 도중 오래된 남자친구를 만났고, 양다리를 들키지 않기 위해서 결국 그 남자와 데이트를 했다는 것이었다.

그 이후로 나는 사람을 소개받지 않기로 했다. 그리고 절대로 겉모습과 첫인상만으로 누군가를 좋아하지 않게 되었다. 중요한 것은 '믿음'이라는 것을 깨달았다.

가끔 술을 같이 마시는 모임이 있었다. 그중의 한 명이 여자친구가 생겼다며 여자친구를 그 모임에 자주 데리고 왔다.

나는 신경 쓰지 않았지만, 어느 날부턴가 내가 그 모임에 끼는 날이면 그 커플이 안 왔고, 혹은 내가 늦게라도 그 모임에 합류하면 그 커플은 황급히 자리를 뜨거나 택시를 타고 사라졌다.

처음엔 당연히 나랑 상관없는 일이라고 생각했지만, 그런 일이 반복되자 눈치가 빠른 편이었던 나는 이상하다는 생각이 들었다.

그날도 뒤늦게 모임에 잠시 들렀는데 같은 상황이 벌어졌고, 나는 그 커플이 자리를 떠난 후에 남은 사람들에게 물어보았다.

"재네, 나 피하는 거 맞지?"

그러자 남은 사람들이 고개를 갸우뚱하며 내게 물었다.

"네가 재 여자친구 꼬셨다며?"

나는 정말 눈알이 튀어나올 뻔했다. 그 여자아이와는 단 한 번도 말을 해본 적이 없었기 때문이다. 그 후에 다른 아이들이 그동안의 일을 설명해

주었다.

그 여자아이는 자신의 남자친구에게 내가 자꾸 자신을 꼬시려 한다고 말했고, 그러자 그 친구는 나를 경계하고 미워하게 되어 내가 그 자리에 가면 자신의 여자친구를 데리고 항상 피했던 것이다.

너무나 억울했던 나는 그 커플이 지금 어디에 있는지 물어본 후 그곳으로 향했다. 그리고 그 여자아이에게 말했다.

"진짜로, 내가 너 꼬셨어? 너, 내 스타일 아닌데?……"

여러 번 다른 여자를 만나보기도 했다.

어떤 여자는 내게 대놓고 "내가 지금 연락하는 사람이 세 명인데, 첫 번째 오빠는 XX를 선물해줬고, 두 번째 오빠는 XX를 줬는데, 오빠는 뭘 줄 거야?"라고 했던 사람도 있었고, 자신이 성형수술을 할 것이라며 두 달 후에 부기가 모두 빠진 후에 다시 만나자고 하는 사람도 있었다.

그리고 어떤 사람은 처음 만난 날에 잠자리를 같이하자고 하는 사람도 있었고, 잠자리를 같이하지도 않았는데 잤다고 소문을 내는 사람도 있었다. 그리고 내게 거짓말을 하다가 들킨 사람도 많았다. 광고회사에서 일한다고 했지만, 알고 보니 밤일을 하다가 걸린 적도 있었다.

나는 점점 연애할 때 상대방의 내면을 소중히 여기게 되었지만, 이런저런 일들이 반복되자 누군가를 만나도 그 사람의 말을 믿지 못하고 점점 의심만 많아지게 되었다.

연애할 때마다 너무 많은 것에 신경을 쓰게 되었고, 불행해질 때도 있었다. 그리고 내가 더 좋아할수록 돌아오는 건 배신감뿐이었다.

정이 많던 나는 헤어질 때마다 상대방보다 더 힘들었고 잊는 게 어려웠다. 분명히 행복해지려고 사귀는 것인데 사서 마음고생을 하는 것 같은 기

분이 들었고, 연애는 내게 너무나 어렵고 머리만 아프게 한다는 생각이 들기 시작했다.

그러자 누군가를 더 좋아하게 되는 것이 겁이 나기 시작했다. 더 좋아져서 나에게 없어선 안 될 사람이 되었을 때 헤어진다면 너무나 힘들 것만 같았기 때문이다.

나에게 사랑이란 감정은 각별하고 진지하다. 사랑을 소중하게 생각하기 때문에 가벼운 마음으로 아무나 만날 수 없었다. 그렇게 하면 지금까지 만났던 순수했던 사랑의 추억들이 오염되는 것 같았다.

내가 유독 운이 없는 것일 수도 있겠지만, 분명히 지금 사귀면 언젠가는 이별할 확률이 높고, 또 헤어질 때 남는 건 허무함과 부질없음이라는 생각이 들었다.

무엇보다도 현실적으로 나는 연애할 때가 아니었다. 나는 모든 준비가 다 되어서 결혼하고 싶을 때 사귀기로 했다. 그때 만나는 사람은 절대 헤어지지 않을 것 같았다.

대신 나는 사람들이 머리 아픈 연애를 할 동안 내게 더 정성과 시간을 쏟기로 했다.

그렇게 한동안 연애를 하지 않아야겠다고 생각한 후, 그 시간을 내게 쓰고 나를 위해 투자하거나 일을 하거나 자기 계발을 할 수 있었고, 취미 생활, 그리고 돈까지 적금하며 누구에게도 감시받지 않는 자유로운 생활도 가능해졌다.

무엇보다도 연애로 인한 마음고생을 하지 않게 되었다는 것이 가장 큰 수확이었다. 신경 쓰이는 일이 사라지게 되었다.

사람들은 이런 나를 보고 외롭지 않으냐고 묻지만, 그것을 대체할 수 있는 건 세상에 참 많다.

나 같은 경우는 드라마나 만화를 보면서 외로움을 즐기고 있다. 그리고 그 외로움은 있다가 없으니까 느껴지는 것이지 어느 정도 시간이 지나면 느끼지 못하게 된다. 다만, 어딘가에 내 운명의 상대가 있다고는 아직 믿고 있다. 하지만 드라마나 만화에 늘 빠져 있다 보니, 로망만 커지는 것도 문제인 것 같다.

# 사람

/

어느 날 촬영장에 C가 찾아왔다. 그는 쇼핑몰을 운영했고 주로 모델들을 관리하는 소속사의 사장이기도 했다. 그 당시 나는 그런 사람들로부터 많이 휘둘린 상태였기 때문에 그런 사람들에 대한 경계심이 극에 달해 있었다. 그도 처음엔 단내 나는 말들로 나를 이용하려 하는 줄 알았지만, 그는 내가 말하지 않아도 혼자서 일을 처리해주며 이리저리 당하며 지쳐 있던 나의 고충들을 모두 알고 있었다. 그리고 그는 자신의 회사로, 자신의 품으로 오면 케어해주겠다며 스카우트 제의를 했다. 그가 내 고충들을 잘 알고 있었던 것은 그의 회사에는 나와 같은 일을 하는 친구들이 이미 여러 명 속해 있었기 때문이다. 그리고 모두 승승장구하는 사람들이었기 때문에 그런 그에게 조금 더 믿음이 갔다. 그중에서도 영기는 내가 이전에 친구에게 소개를 받았던 아이였다. 그녀에게 C에 대해서 물으니, 그를 많이 의지하고 신뢰하고 있었으며, 그녀 또한 승승장구하고 있었다. 그래서 나는 C의 제안을 받아들였고, 그는 내 모든 일들을 처리해주는 나의 첫 매니저가 되어주었다. 뭐든지 다 해결하는 그의 모습이 멋있었고, 그는 나의 첫 롤모델이 되었다. 그리고 나도 누군가의 롤모델이 되어서 열심히 할 수 있게 동기를 부여해주는 사람이 되고 싶었다.

C의 회사로 들어간 후에 방송 일을 더 수월하게 할 수 있었다. 그리고 나도 그 보답으로 그의 쇼핑몰에 도움이 되고자 노력했다. 그의 쇼핑몰은 나와 영기를 등에 업고 계속해서 번창해서 연 매출이 50억을 넘게 되었다. C와 나는 일하는 분야를 더 넓혀나가기로 했다. 얼짱으로서 전성기를 맞이하게 된 나는 다른 프로그램에도 게스트로 출연하거나 CF도 찍게 되었고, 교복 브랜드 모델, 잡지, 리포터, 영상콘텐츠 등 그는 내가 최선을 다할 수 있도록 도와주었다. 내가 하는 〈얼짱시대〉 프로그램도 시청률 상승세를 보였고 내가 나온 장면은 시청률 최고치를 찍으며 미니홈피 방문자 수가 하루 평균 15만 명에 달했고 방문자 랭킹 1위도 할 수 있었다. 그 당시 일에 있어서 모두 다 잘 풀렸던 건 C와 함께여서 가능했다고 생각한다. C가 있으면 듬직했고, 나는 C를 더 의지하고 믿게 되었다. 뭔가 문제가 생겨도 항상 해결해주는 사람이 있다는 것만으로도 늘 혼자였던 내게는 너무나 듬직했다.

스물한 살이 되었다. 나는 내 꿈이 쇼핑몰 사업을 하는 것이라는 것을 C에게 말했고, 그는 그런 나를 전면적으로 도와주었다. 모르는 부분을 하나하나 가르쳐주었고 큰 사무실을 쓰고 있던 그는 내게 사업을 하라며 작은 방까지 빌려주었다. 이미 옆방에서는 영기가 사무실로 쓰면서 사업을 하고 있었다. 즉, 하나의 큰 사무실에 세 개의 쇼핑몰이 운영되는 구조였다. 그 후로 영기와 함께 동고동락하며 친해졌다.

사실 우리가 겪는 모든 일들에 관한 고충은 친구들에게 말해도 공감하거나 이해하기 어려운 부분들이 많았다. 그런 것 때문에 가끔 외롭다고 느껴졌다. 하지만 영기랑은 통하는 이야기가 많았다. 같은 일과 같은 방송을 했고, 공통된 아픔도 있었으며, 공감되는 것이 많았기 때문에 누구보다도 서로를 잘 이해할 수 있었다. C의 보호 아래에 있던 우리는 서로를 보듬어주고 의지해가며 최고의 파트너가 될 수 있었다. 대부분 C와 함께 일하는

영역을 넓혀가며 새로운 일에 도전하는 것들이 많다 보니 짊어지는 짐도 나누는 것 같았고, 욕을 먹을 때도 함께여서 신경 쓰지 않을 수 있었다.

나는 사업에 몰두했다. 몇 년 동안 바라던 내 꿈을 드디어 이룰 때라고 생각했기 때문이다. 나의 생활은 사흘을 꼬박 밤을 새우고 사흘에 한 번씩 귀가해서 잠을 자는 마치 기계처럼 일하는 것이었다. 주변에 쇼핑몰을 운영하는 사람들이 많았기 때문에 많은 도움을 받았다. 주변의 수많은 사람들이 응원해주었고 지켜봐주었다. 그래서 더 열심히 해야 한다고 생각했다. 이때 생전 처음으로 과로와 스트레스로 쓰러지게 되었다. 머릿속이 한 바퀴 핑 돌더니 아무것도 기억나질 않았다. 새벽에 아무도 없는 사무실에서 쓰러졌기 때문에 다음 날 아침 출근한 직원이 쓰러져 있는 나를 발견했다. 그렇게 나의 첫 사업은 열정 그 자체였다. 직원들과 트러블도 있었고 당연히 많은 시행착오가 있었지만, 나의 롤모델이었던 C처럼 되고 싶었기에 그를 보면서 항상 일에 몰두했다. 나의 노력도 있었지만, 그동안 사람들에게 되도록 많이 노출되었던 덕분에 사업은 번창할 수 있었고, 끝없이 주문이 밀려들어왔기 때문에 나도 쉴 틈 없이 움직여야만 했다.

하지만 언제부턴가 나는 점점 웃음을 잃어갔다. 자신감 넘치던 내 모습은 희미해져 갔다. 사업이 잘될수록 어딘지 모르게 허전함이 느껴졌다. 꿈을 이루었지만 행복하지 않았다. 나는 그 원인을 한동안 찾지 못했지만, 내게 그런 걸 찾을 여유는 이미 없었다. 어딘가부터 서서히 나의 정신력이 부서져 내리고 있다는 사실만 알고 있었다. 그리고 그 속도는 점점 빠르게 진행되었고 안 좋은 일들은 항상 한꺼번에 몰려왔다.

CARVEN

# 약점

어렸을 때부터 친하게 지내던 친구들이 있었다. 그중 한 명은 애인을 잘 사귀지 못했던 친구였는데, 어느 날 애인이 생겨서 연애를 시작했고 우리는 진심으로 그들을 응원해주었다. 그리고 그 친구는 다른 지역에 사는 D라는 아이와도 친했는데, 우리에게 자신의 애인을 보여준 것처럼 그에게도 자신의 애인을 보여주며 연애 사실을 알렸다. 나와 D는 그 친구 때문에 안면은 있었으나 친하지는 않았다. 하지만 D는 내게 종종 연락을 취해서 쓰고 있는 화장품이라든가 갖가지 정보를 물어보았다. 그 후 얼마 지나지 않아서 D는 인터넷상에서 훈훈하다며 유명세를 타기 시작했다. 그런데 어처구니없게도 D는 내 친구의 애인을 유혹했고, 내 친구는 실연을 당하게 되었다. 내 친구는 차인 슬픔과 함께 친구에게 배신당한 고통까지 함께 느끼며 힘들어했고, 나는 옆에서 그런 내 친구를 위로하면서 동시에 화가 머리끝까지 치밀었다. 의리 없는 D를 용서할 수 없었던 나는 D에게 연락해서 욕설을 했고, 그 뒤로 나와 D는 원수지간이 되었다. 그때부터 그와의 악연이 시작되었다.

그리고 몇 년의 시간이 흘렀고, D와 나는 사람들에게 얼짱이라 불리게 되었다. 서로 일을 할 때 보이콧을 했기 때문에 우리가 사이가 안 좋은 건 이미 같은 업종의 많은 사람들이 알고 있었다. 그는 내가 싫어하는 행동만

골라서 하는 것 같았다. 문란한 사생활과 인성 문제, 사람들에게 상처 주는 행동 등 안 좋은 이야기들만 내 귀에 들려왔다.

그런 D가 당시 나와 가장 친했던 서울 친구들에게 메신저로 친구 요청을 했고, 내가 D와 사이가 안 좋은 걸 잘 알고 있었기에 친구들이 그를 만나지 않을 것이라고 믿었다. 그러나 D는 사업을 시작해서 바빠진 나의 틈을 타서 내가 자신을 이유 없이 싫어한다며 눈물을 흘리며 친구들에게 이간질했고, 내가 그 사실을 알았을 때는 이미 내 친구들과 D는 친한 사이가 되어 있었다. 나는 친구들에게 너무나 서운했다. 그리고 D가 죽도록 미웠다. 나는 내 친구들이 D 같은 아이와 어울리지 않기를 바랐다. 그래서 나는 내 진심을 친구들에게 말했지만, 오해가 생겨서 다투게 되었다. 그렇게 친구들과 다투던 중 D가 그 자리에 왔고, 나는 친구들과 다투게 된 모든 사연과 그동안 친구들에 대해서 서운했던 점, 그리고 그를 향해 참아왔던 증오심이 폭발해서 D를 본 순간 때리고 말았다. 그러자 친구들은 D를 감싸주었고, 내 눈에는 그들이 사이비종교에 빠진 사람들처럼 보였다.

그날 이후로 나는 친구들과 연락하지 않게 되었다. 몇 년 동안 친하게 지낸 친구들이었고, 내게 마지막으로 남은 친한 친구들이었는데, 안 지 얼마 되지 않은 D에게 뺏긴 것만 같아 너무나 비참했다. 생각보다 굉장히 힘들었다. 혹여나 SNS에 내 친구들이었던 그들과 D가 함께 노는 사진들이 올라오거나 하는 날에는 마음에 구멍이 생긴 것만 같았고, 가슴이 찢기는 기분마저 들었다. 난 또다시 그렇게 인간관계에 실패하고 말았다.

당시 내 핸드폰에 수많은 사람들이 저장되어 있었지만, 이런 일들을 마음 터놓고 말할 수 있는 친구가 단 한 명도 없다는 사실을 깨닫게 되었다. 모두 다 얇은 종이 같은 사이였고, 부질없는 것처럼 느껴졌다. 생각해보니 나는 친구가 힘들어하면 늘 곧바로 달려갔지만, 내가 힘들어할 때면 아무

도 내 곁에 없었다. 그리고 지금까지 내가 힘들어할 때면 아무도 내 옆에 없었다는 사실도 새삼 깨닫게 되었다.

'내 주변에 진심으로 나를 친구라고 생각해주는 사람이 과연 몇 명이나 될까? 가장 친하고 평생 믿을 수 있는 친구는 누구일까?'

나 자신에게 물어봤지만, 대답할 수 없는 나를 발견하게 되었다. 외로움과 쓸쓸함이 물밀 듯이 밀려왔다.

'왜 항상 사람들은 내게서 멀어지고 떠나가는 걸까? 그리고 사람들이 떠날 때 왜 나만 힘들어할까?'에 대해서 깊이 생각하게 되었다. 그 결과, "인간관계에 영원한 건 없다."는 결론을 내리게 되었다. 누군가와의 만남과 시작이 있으면 반드시 끝이 있고, 헤어짐은 언젠가 찾아온다는 것을 깨달았다. 그리고 그 헤어짐은 정이 많은 내게는 너무나 치명적이라 나를 힘들게 했고, 그럴 때마다 나는 항상 죽을 고비를 넘겨야 했다. 이별은 내게 약점이었던 것이다. 그렇게 나는 내 문제를 파악하며 인간관계가 나의 가장 자신 없는 분야임을 받아들이게 되었고, 내가 살기 위해서는 그 누구도 곁에 두지 않고 앞으로 혼자서 살아갈 수밖에 없다고 생각했다. 아무에게도 마음을 열지 않고 정을 주지 않으면 관계가 끝났을 때 힘들거나 상처받는 일은 없을 것이라는 생각을 했다. 어차피 떠날 거라면 아무도 내게 잘해주지 않길 바랐다. 나를 슬프게 하는 사람이라면 애초부터 없는 게 낫다고 생각했다. 그리고 누군가를 미워했을 때의 대가가 크다는 것도 알게 되었다. 누군가를 미워해서 내게 돌아오는 건 상처뿐이었다. 모두 다 내게 부메랑처럼 돌아왔다. 나를 위해서도, 또다시 힘들지 않기 위해서도 아무도 미워하지 않고 용서하기로 마음먹었다.

결국, 나는 그렇게 방어 태세에 들어갔다. 상처 주는 것도 상처받는 것도 싫어서, 결국 아무에게도 기대지도 의지하지도 미워하지도 않는 길을 택했다. 스물한 살, 인간관계에 대한 회의감이 밀려들었다.

# 동물

스스로 고독의 길을 걷기로 결심을 하고 혼자 살기로 마음먹었지만 허전함과 외로움으로 고통을 느끼는 건 어쩔 수가 없었다. 아무에게도 정을 주지 않고 살아가야 한다는 생각이 나를 몰아세우고 있었다. 그러던 어느 날 사무실로 출근하는 길 동물병원 앞을 지나치는 데 나의 발길이 멈추었다. 어린 강아지와 눈이 마주쳤고 홀린 듯이 강아지에게 다가갔다. 운명처럼 꼭 데리고 가야 한다는 생각이 들었던 나는 강아지를 데리고 집으로 오게 되었다. 혼자 살던 내게 아침에 일어나면 가장 먼저 나와 눈을 맞춰주었고, 강아지와 함께 아침밥을 먹으면서 나의 하루가 시작되었다. 일을 마치고 집으로 돌아오면, 강아지는 나를 반겨주고 위로하고 같이 잠이 들며 내게 가족이 돼주었다. 나의 허전함과 외로움을 채워준 강아지 덕분에 나는 견딜 수가 있었고, 내게 없어서는 안 될 존재가 되었기 때문에 '대박이'라고 이름을 지었다.

하루는 동물병원에서 사료를 샀더니, 행사 기간이라며 증정품으로 통조림을 하나 주었다. 집에 돌아와 통조림을 대박이에게 먹였는데 그 뒤로 매일 구토하고 힘을 잃어가기 시작했다. 걱정이 된 나는 곧바로 병원으로 대박이를 데리고 가서 90만 원이라는 거금의 검사비를 내고 온갖 검사를 다

했지만, 병원 측에서는 아무런 이상이 없다고만 했다. 며칠 지나면 괜찮아질 것이라는 말을 믿고 나는 다시 대박이를 집으로 데리고 왔지만 상태는 호전되지 않았다. 대박이는 밥에 입도 대지 않고 점점 쇠약해져갔다. 분명히 뭔가 잘못되고 있다고 느낀 나는 다시 한 번 병원을 찾아갔고, 또다시 정밀검사를 요구했다. 병원에서는 또다시 90만 원이라는 돈을 요구했고, 나는 대박이를 살릴 수만 있다면 전혀 아깝지 않다고 생각했기에 그 비용을 망설임 없이 지급하고 의사 선생님에게 잘 부탁한다는 말씀까지 드렸다. 검사 결과는 또다시 아무 이상이 없다고 했다. 하지만 나는 검사가 잘못된 것 같다며 이해할 수 없다고 계속해서 문제를 제기했다. 끈질긴 내 항의로 병원에서는 그럼 하루 동안만 입원을 시키며 상태를 보자고 권유했고, 나는 제발 낫기를 바라며 대박이를 홀로 병원에 두고 집으로 돌아가야만 했다.

대박이가 없는 집은 너무나 허전했다. 너무 조용한 집과 조용한 아침은 대박이의 빈자리를 너무나 크게 느끼게 했고, 견딜 수가 없었던 나는 다음 날 아침 곧바로 병원으로 달려갔다. 병원에 도착하니 웬일인지 병원 직원들은 내 눈을 피했고 이해할 수 없는 표정을 하고 있었다. 그러더니 한 직원이 내게 대박이가 죽었다며 조심스럽게 말을 전했다. 나는 믿기지 않았고 다른 강아지와 헷갈린 거라며 보여 달라고 했다. 그러자 직원은 나를 냉장고 앞으로 데리고 갔고, 그 차가운 곳에서 대박이의 사체를 꺼냈다. 나는 손이 떨리고 입이 떨렸다. 나의 대박이가 분명했기 때문이다. 나는 끌어안고 오열했다. 갑작스러운 상황에 뭐가 뭔지도 모른 채 차가운 대박이를 감싸 안고 그저 눈물만 흘렸다. 그러다 문뜩 머릿속에서 예전에 누군가한테 들었던 말이 스쳐 지나갔다. 강아지는 죽는 순간에도 주인 옆에서 죽고 싶어 한다는 말이었다. 나는 그 사소한 것조차 해주지 못했다. 대박이의 마지막을 함께하지도 지켜보지도 못했던 것이다. 대박이는 그저 혼자

외롭게 쓸쓸히 나만을 기다리며 죽어간 것이었다. 너무나 미안해서 그 자리에 주저앉아 미안하다는 말만 반복했다. 그리고 나의 슬픔은 곧바로 분노로 바뀌었고, 의사 선생님에게 달려갔다. 분명히 아무 문제도 없다고 하지 않았냐며 소리쳤다. 그리고 대박이가 죽은 시각에 바로 내게 연락하지 않은 점과 통조림의 부패 여부, 그동안 잘못된 검사 결과들을 하나하나 따졌지만, 의사는 내게 아무 말도 하지 않았다. 내게 모두 환불해주겠다고만 했다. 그의 입 밖으로 나온 말이 나를 더 화나게 했다. 나는 그 병원이 다음 진료를 하지 못하게 깽판을 부리기 시작했다. 그러자 그런 나를 보며 누군가가 한마디 던졌다. 아무리 그래도 죽은 강아지는 돌아오지 않는다고. 그 말을 듣자 갑자기 힘이 빠졌고, 병원 사람들과 얘기하는 것을 포기하고 집으로 돌아왔다.

집으로 돌아오니, 강아지가 죽은 사실이 더 실감 났다. 강아지가 쓰던 물건들이 그대로 놓여 있었고, 아무도 반겨주지 않는 고요한 집은 나를 더욱 미치게 했다. 눈물만 나왔다. 잘해주지 못한 게 많은데, 아직 앞으로 해줘야 할 것들이 많았는데……. 나는 사소한 것도 해주지 못했는데, 대박이는 내게 위로와 선물만 잔뜩 주고 떠났다. 받은 것밖에 없어서 미안했다. 나밖에 몰랐던 강아지를 잊고 살아가고 싶지 않았다. 나만 바라봐준 강아지를 내가 잊어버리면 너무 불쌍하다는 생각이 들었다. 그래서 나는 내 가슴속에서, 내 기억 속에서, 내 마음속에서도 계속 존재하기를 바라며 잊지 않기 위해서 강아지가 쓰던 물건들을 평생 보관하기로 했다. 그리고 소중한 추억을 덧칠하고 싶지 않아서 아직도 강아지를 키우지 못한다. 내가 해줄 수 있는 게 그것밖에 남아 있지 않았다. 아마도 내가 너무 외롭고 힘들어해서 잠깐이라도 버틸 수 있도록 잠시 하늘에서 내려와 준 게 아닐까. 가끔 그런 생각을 한다. 너무 보고 싶다, 우리 대박이.

# 고장

/

한꺼번에 일어난 수많은 안 좋은 일들로 인해 잘 버티던 나의 멘탈은 부서져 갔지만, 새로운 시즌의 방송은 어김없이 시작되었다. 이번 시즌의 제작 협찬을 C의 쇼핑몰이 맡았다. 출연자 입장인 내게는 회사와 방송국 간의 복잡한 계약 같은 건 알 리 없었고, 지금까지 하던 대로 하면 된다고 생각했다. 오히려 내가 하는 방송에 내가 모델로 있는 쇼핑몰이 투자한다니 도움이 되는 것 같았다. 하지만 얼마 지나지 않아 방송사와 쇼핑몰은 의견이 엇갈렸고 서로가 계약을 위반했다며 대립하기 시작했다. 그리고 그 불똥은 엉뚱하게도 나에게까지 튀었다.

시즌 처음부터 함께한 PD님이 계셨는데 나는 그분을 많이 따랐고 함께한 시간도 길다 보니 정이 많이 들었다. 하지만 갑자기 돌변한 PD님은 촬영할 때 내게 온갖 구박과 차별을 하기 시작하셨다. 항상 나를 보고 웃고 계셨던 분이었기에 굉장히 서운했다. 아무리 회사 대 회사 간에 문제가 있었다고 하지만 그런 일로 인해 내게 쏟아지는 화살에 적응하기는 힘들었고, 날 너무나 괴롭게 했다. 게다가 다른 스태프들이 보는 앞에서 화를 내거나 욕을 하고 대본으로 때리거나 과민 반응을 하며 날 무시하실 때면 벌거벗겨지는 기분마저 들었다. 창피함을 넘어서 가죽이 벗겨지는 것 같았다. 그

것들은 점점 더 나를 조여 왔고 차별은 더욱더 심해졌다. 그럴 때면 너무 서러워서 늘 차에 들어가 울었다. 사람 대우를 받고 싶었다. 내게 촬영장이 지옥처럼 느껴지기 시작했다. 촬영 날이 다가오는 것이 무서웠고, 전날에는 내일은 무슨 일을 당할까 불안해서 잠을 자지 못할 정도였다.

나는 재차 PD님께 C의 쇼핑몰에 속해 있는 모델은 맞지만 정말 자세한 내용은 모를뿐더러 내가 할 수 있는 일은 없다고 호소했다. 하지만 PD님은 C에게 연락해서 해결하라고 재촉하기만 하셨다. 그럴 때마다 C에게 너무 괴롭다며 살려달라고 애원했지만, 방송사와의 이견은 좁혀지지 않은 채 계속해서 매주 촬영이 진행되었고, 나의 스트레스와 불안은 한계를 넘고 있었다. 지금까지 열심히 했던 것에 대한 보답이 이런 것이냐는 생각에 배신감마저 들었다. 그때는 그런 PD님을 도저히 이해할 수 없었다. 하지만 지금 생각해보면 PD님도 그 일로 인해서 많은 스트레스를 받았던 것 같다. 그리고 PD님이 그렇게 될 수밖에 없었던 사정이 분명히 있었을 것이라는 생각이 든다. 하지만 이 모든 것은 당시 스물두 살의 어린 내가 감당하기에는 너무나 벅찬 일이었다.

• • •

결국, 나는 산산조각이 났다. 마음이 약해진 상태에서 너무 많은 것들이 나를 덮쳤고, 그동안 참아왔던 것들이 터져서 극심한 우울증에 시달리게 되었다. 평소에는 아무렇지도 않던 사소한 악플마저도 우울증 상태에서는 너무나 크게 다가와 뼈저리게 깊이 파고들기 시작했다. 피해망상에 시달린 나머지 모두가 나를 미워하고 수군대며 욕하는 것처럼 느껴져 마음이 항상 불안하고 자신감은 바닥을 쳤다. 그로 인해 대인기피증과 공황장애가 생겨 사람이 많은 곳에 가면 다리가 떨리고 바닥만 봐야 했고 누군가와 대

화할 때는 손이 떨리고 상대방의 눈을 볼 수 없게 되었고, 난 집에서 뭔지 모를 형체도 없는 무언가를 탓하며 울부짖었다. 완전히 고장이 난 나는 영혼 없는 인형 상태가 되었고, 결국 작가 누나에게 하차 의사를 말할 수밖에 없었다. 당시 출연자 중 많은 분량과 재미난 역할을 맡고 있었기 때문에 작가 누나들은 나를 붙잡으려고 애를 썼지만, 그럴 때마다 그동안 너무 열심히 일만 해서 피로가 쌓여서 쉬고 싶다며 여러 가지 핑계로 둘러대야만 했다. 나도 작가 누나들을 곤란하게 하고 싶지는 않았지만, 도저히 희망이 보이지 않아서 몸도 마음도 엉망인 나는 도망쳐야만 한다는 생각뿐이었다. 그런 내 의사로 인해 나는 죽은 것과 같은 상태에서 마지막 촬영을 하게 되었다. 나는 촬영을 하며 그동안 나를 지켜봐 주셨던 사람들에게 현재의 내 상태를 표현했고, 내가 하차하는 이유를 열심히 전달하려 했지만, 누구의 의도인지는 모르겠으나 나를 연예인병에 걸린 사람으로 만들어서 방송이 되어 버렸다. 내가 말하고 싶었고, 전하고 싶었던 것은 그런 게 아니었다. 그런 내 모습은 온데간데없었으므로 사람들은 그 방송을 보고 내게 연예인병이라며 공격했다. 그동안 연예인병에 걸린 사람들을 보며 나는 절대 그렇지 않으리라 노력했던 것들이 한순간에 물거품이 되었다. 게다가 앞에서 언급했던 D로 인해서 내가 힘들어했음을 모두 알고 있던 제작진들이 내가 하차한 후에 나 대신 곧바로 D를 섭외해서 나의 빈자리를 채우려 했다. 하지만 이미 나는 심적으로 최악의 상태였기 때문에 더는 슬픔도 배신감도 억울함도 분노도 느껴지지 않았다. 그저 내 머릿속은 검은 안개라도 낀 듯해서 아무것도 없는 무(無)의 감정을 느끼며 눈물만 나왔다. 차라리 끝까지 열심히 하겠다고 다짐했던 사람들에게도, 방송국 사람들에게도, 아무에게도 미안해하지 않아도 된다는 생각이 들어서 오히려 잘된 것 같았다. 문득 사람들에게 악플로 공격당하는 것에 무뎌진 나를 발견했고 그런 것에 적응되고 있는 내가 한없이 애처롭고 불쌍해 보였다.

결국 그렇게 하차를 했고, 모든 일정을 취소하고, 계약마저도 해지한 후 모든 활동을 접었다. 쇼핑몰도 직원들에게 맡겼다. 도저히 사무실에 나갈 수가 없었다. 두 달 동안 집에만 틀어박혀서 나가지 않았다. 내 안에는 어둠만이 존재하고 있었다. 이번 인생은 실패한 것 같았다. 그리고 앞으로 또 다시 올 시련을 견뎌낼 자신이 없어서 모든 걸 포기하고 싶다는 생각이 들었다. 하루하루 우울증약과 불면증약으로 버티며 눈물로 지내고 있었다. 아침이 오는 게 너무나 싫었다. 아무렇지 않은 듯이 해가 뜨는 걸 보면 더 살고 싶지가 않았다. 그냥 기억상실증에 걸리고 싶었다. 평생 잠에 빠져 꿈에서 깨고 싶지 않았다. 고통이 없는 곳으로 가고 싶었다.

괜찮아,
내가 손잡아줄게!

# 약속 2

– 나를 사랑하기 –

내게는 많은 생각을 정리할 시간이 필요했다.

어둠 속에서 멍하니 앉아 어디서부터 잘못된 것인지, 내가 어디서부터 웃음을 잃었는지, 어디서부터 힘들었는지, 어디서부터 행복하지 않았는지, 어디서부터 나다운 모습을 잃기 시작했는지, 내가 어쩌다 왜 이렇게 된 건지 머릿속에 떠올렸다. 두 달이라는 시간 동안 나만을 생각하며 나를 위해서만 생각했다. 나 자신과의 대화하는 시간을 가졌고, 잠을 자고 일어나서 생각만 했다.

내가 부서지기 시작한 시점은 사업을 시작하고부터였다. 항상 마음속에서 '이게 아닌데…… 이게 아닌데……'라고 외쳤었지만, 나는 그것을 계속해서 외면하고 있었다. 그렇게 바라고 바라던 꿈을 이루었지만, 동시에 나는 꿈을 잃고 목표와 목적지를 잃어버렸다. 그리고 무언가에 쫓기듯이 일을 했고, 내가 좋아하는 패션과 사진 찍는 일조차 애정을 느끼지 못하고 있었다. 내가 바라던 행복과 꿈은 그런 게 아니었는데…… 나는 애써 부정하고 있었다. 꿈을 꾸고 꿈을 향해 달릴 때는 난 분명히 행복했고 빛나고 있었다. 꿈이란 것은 '어떠한 목표를 이루는 과정' 그 자체였다. 그리고 그 과정

에서 나다운 모습으로 나답게 나인 채로 있을 수 있었기에 행복을 느낄 수 있었다는 것도 알게 되었다. 나는 꿈을 이루고 꿈이 사라짐과 동시에 목적이 사라진 채 기계가 되어 있었다.

꿈의 의미와 행복의 조건을 깨달은 것만 해도 엄청난 수확이었다. 그 지푸라기 같은 희망을 잡고서 나를 힘들게 했던 것들과 나를 조여 왔던 것들, 엉켜 있는 것들을 차근차근 하나씩 풀어나가며 생각을 정리하기 시작했다. 두 달이란 시간이 걸렸지만, 절대 헛된 것은 아니었다. 다시 새 출발을 하기 전에 이런 상황, 이런 어둠에 빠지지 않기 위해서 내가 더 강해지고 바뀌어야 한다고 생각했다. 어떻게 바뀌어야 할까, 어떻게 강해져야 할까 생각했다. 내가 그동안 흘린 눈물들을, 시련과 아픔들을 양분으로 삼았다. 모두 경험치이고 성장통이었다고 생각하고, 그 조각들을 하나씩 다시 끼워 맞춰서 나라는 사람을 진화시키기로 마음먹었다. 그래서 잠시 지금까지 내가 살아온 인생들을 뒤돌아보았다.

그동안 수많은 일이 있었고 수많은 교훈과 가르침이 있었다. 지금까지 가시밭길을 혼자서 견뎌냈고, 혼자서 다 해결하며, 혼자서 열심히 살아온 내가 있었다. 지금까지 힘들었던 내 인생을 생각해보니, 앞으로는 뭐든지 해낼 수 있을 것만 같았다. 지금까지 힘들었던 것에 비하면 앞으로 닥칠 웬만한 일은 '이 정도쯤이야!' 하고 별 충격 없이 끄떡하지 않을 것만 같았다.

그리고 그 기억 속에서 지금의 내가 다시 상처받지 않기 위해서 조심해야 할 것과 대처하는 법을 하나하나 가르쳐주었고, 나는 무엇과도 바꿀 수 없는 것들을 확실히 소중하게 건네받았다. 그 소중한 기억들, 그동안 일어난 모든 일들에게 고마워하고, 지금까지의 내 아픔들을 헛되지 않게 소중히 간직하기로 했다. 그렇게 해서 내가 보고 느끼고 경험한 것에서부터 나는 새롭고 강하게 재탄생하게 되었다. 그리고 이제부터라도 새로운 나를

계속해서 아껴주고 사랑해주고, 누구보다도 나를 가장 먼저 바라봐 줘야겠다고 결심했다.

• • •

그렇게 나 자신을 사랑해주기 시작했다.

그것은 내게 수많은 변화를 주었다. 세상이 달라 보이기 시작했다. 이기적으로 들릴지 모르겠지만, 내게 손해가 가는 일은 절대로 하지 않게 되었다. 내게 좋은 것만을 보여주고, 좋은 일만을 하고 싶어졌다. 인생이 정말 한 번뿐이라면, 내 인생 속의 나는 너무나 암울하고 불쌍하다는 생각이 들었다. 내가 만약 죽게 된다면 나 자신이 불쌍해서 쉽게 눈감지 못할 것만 같았다. 그래서 이제는 나를 위해서, 내 인생을 좀 더 밝게 바꿔주기 위해서 살아야겠다고 생각했다. 그러려면 먼저 나약한 마음을 버려야 했다. 나는 너무 생각이 많아서 쉽게 상처를 받고 여렸다. 무언가 사소한 일도 집에 와서 자꾸 떠올리며 그것을 파고들었고, 혼자만의 생각에 빠지곤 했다. 어릴 땐 그것을 생각이 깊은 거라고 여겼지만, 그것은 그냥 나를 학대하는 것이자 자기 자신을 불행하게 만드는 것이었다. 이 험난하고 잔인한 세상에서 사소한 일에 대해 혼자 생각에 빠져든다는 것은 아무것도 해결하지 못한 채 그저 우울하기만 하고, 나를 괴롭히는 손해만 가득한 어리석은 짓이었다. 나 자신이 상처받지 않고 더 행복해질 수 있도록 모든 일을 단순하게 생각하기로 마음먹었고, 그 덕분에 점점 쿨한 사람이 될 수 있었다. 그러자 쓸모없는 감정 소모를 안 하게 되었고, 점차 긍정적이고 낙천적으로 변화되기 시작했다.

내가 나와 마주하고 나를 아껴주기 시작하면서 두 번째로 변화된 것은

내가 선택한 것에 대해서 후회하지 않게 되었다. 눈을 감고 내 인생을 돌아보니, 후회되는 일로 얼룩져 있었다. 하지만 아무리 후회해도 과거를 되돌릴 수는 없다. 하지만 같은 실수를 반복하지 않을 수는 있다. 그래서 나는 내 인생 속에서 수많은 눈물이 가르쳐준 것들을 하나하나 주워담으며 앞으로는 그동안의 많은 교훈을 바탕으로 결정하기로 했다. 그러자 내가 선택한 결정도 믿게 되었고, 후회하지 않게 되었다. 그리고 그 결정은 과거로 다시 되돌아간다 해도 분명히 같은 선택을 했을 것이라고 확신하게 되었다. 이렇게 나 자신을 믿어주는 것은 나를 더 강하고 곧게 만들어 주었다. 항상 나라는 사람이 내 편을 들어주고 나 자신을 믿어주니 이것보다 든든한 것은 없었다. 그리고 그것은 누군가에게 휩쓸리지 않고 나답게, 나인 채로 있을 수 있는 방법이기도 했다.

세 번째로 외로움을 버릴 수 있게 되었다. 더 이상 나 자신을 피하지 않고 마주 보면서, 즉 나 자신에게 솔직하게 되면서 그동안 내가 힘들 때 곁에 아무도 없었던 것이 나를 더 슬프게 했고, 그게 싫었던 나는 다른 사람들에게 더 사랑받으려고 했고, 의지하려 했다는 것이 보였다. 그리고 혼자서 사람들의 편견과 선입견과 질타와 맞서 싸울 때면 외롭고 서럽고 불안할 때가 많았다. 하지만 이건 모두 내가 선택한 길이니까 누군가에게 의지하려 하지 말고 그런 마음마저 내가 모두 짊어지고 책임져야 한다는 것을 깨달았다. 이제는 누군가에게 의지할 필요 없이 나 자신을 믿고 의지하고 더는 혼자인 것을 쓸쓸하거나 슬픈 것으로 생각하지 않기로 마음먹었다. 만약 아무도 내 곁에 없고 나를 믿어주지 않아도 나 자신만 잃지 않는다면 흔들리지 않을 만큼의 강인함이었다.

나는 특별하지 않다. 어쩌면 다른 사람보다 무서운 것도 많고, 더 겁쟁이

일지도 모른다. 하지만 그런 내가 소중한 것처럼 소중하지 않은 사람은 없다는 것도 알게 되었다. 지금까지 나 자신도 사랑하지 않고 미워하면서 남들에게는 사랑받으려고 했다. 내가 나를 좋아하지 않는데, 믿지 않고 소중하게 생각하지 않는데, 누가 나를 좋아해주고 믿어주고 소중하게 대할 수 있을까. 내가 나를 좋아하지 않는데, 믿지 않고 소중하게 생각하지 않는데, 내가 누군가를 좋아하고 믿어주고 소중하게 대할 수 있을까. 나 스스로가 나를 너무 외롭게 만들고 있었다. 이제부터는 먼저 사랑받으려 하지 말고 내가 먼저 다가가서 사랑해줘야겠다고 마음먹었다. 그러자 항상 여유가 넘쳐 나게 되었다.

이제부터는 나를 가장 소중하게 아껴주자. 그리고 늘 나를 이해해주고 내 편이 되어주자. 그렇게 생각하고 나니, 하루가 다르게 세상이 다르게 보였다. 너무나 아름다운 세상이고 하나하나가 감사한 일로 가득했다. 자기 생각에 따라서 세상은 다르게 보인다. 어떻게 생각하느냐에 따라서 모든 게 달라지고, 다시 태어날 수도, 다시 일어날 수도, 다시 시작할 수도, 다시 더 성장할 수도 있다. 그 어떤 상황에서도 자신만의 방법으로 극복할 방법은 꼭 존재한다. 그리고 그것을 극복하고 넘어섰을 때 사람은 더 강해진다. 그리고 언젠가는 슬픈 일들도 웃으며 말할 수 있는 날이 올 것이다.

자기 자신에 대해 생각하고 자신을 파악할 수 있는 시간은 꼭 필요하다. 사람과 인생은 배움의 연속이기 때문이다. 그 배움 속에서 자기 자신을 소중하게 대하고 사랑하는 법을 배웠다면 당신은 이미 행복한 사람이다. 어떤 일이 덮쳐도 자신이 자신을 다독여줄 수 있다면 무적이 되고 강철 정신을 갖게 된다. 모두가 자신을 사랑해주고 소중하게 생각한다면 모두 다 행복해질 것이다. 가끔씩 잊고 살아가지만, 우리는 모두 행복해지기 위해서 살아가고 있다는 걸 잊지 말았으면 좋겠다.

# 모험

/

나는 더 업그레이드되었다. 하지만 명심해야 할 것도 있었다. 나의 유일한 약점은 주변 사람이기 때문에 누군가가 또 내게서 언제든지 떠날 수 있다는 것을 기억하며 항상 마음의 준비를 해야만 했다. 또 앞으로는 정이 많은 나는 쉽게 다른 사람에게 상처 주는 사람들을 경계하며 곁에 두지 않아야 한다. 그래서 특단의 조치로 다시 나의 인간관계를 모두 정리하고 재정비하기로 했다. 혼자서 다시 처음부터 리셋하고 시작하려 했다. 자신이 없고 아무도 믿음이 가지 않는다면 그것은 그것대로 나쁘지 않다고 생각했다. 지금까지 힘들 때 혼자서 잘 해결해왔기 때문에 앞으로도 누군가의 도움을 받지 않고 혼자서도 잘해낼 수 있을 것이라 생각했기 때문이다. 무섭지 않았다.

그래서 두 달이라는 폐인 생활을 접고, 나는 가장 먼저 핸드폰을 사러 갔다. 지금까지의 일들로 내가 깨달은 것은 친구의 숫자는 정말 중요하지 않다는 것이었다. 그동안 수많은 사람들과 알고 지냈어도 진실한 단 한 명이 없어서 힘들었기 때문이다. 수많은 얕은 사이보다 내 곁에 언제나 있어 주는 단 한 사람이 더 값진 것임을 절실히 느꼈다. 앞으로는 단 한 명이라도 좋으니, 그 사람에게 더 표현하고, 더 많이 같이 있어 주고, 관계를 유

지하기로 마음먹었다. 그런 마음가짐으로 번호를 바꾸고 새로운 핸드폰에 연락처를 옮기기 시작했다. 옮기면서 생각한 내 마음속의 기준은 '나를 떠나지 않을 확신이 있는 사람'이었다. 그 결과 새로운 핸드폰에 저장된 사람의 수는 다섯 명이었다. 그래도 나는 다섯 명이나 있다는 것이 너무나 값져 보였고 그 누구도 부럽지 않았다. 그들이 떠나지 않도록 나의 애정이 분산되지 않도록 새로운 사람보다는 다섯 명에게 나의 모든 애정을 쏟아 부어서 지키고 싶었다. 하지만 이 다섯 명이 나를 떠날 수도 멀어질 수도 있으며, 그때는 원래 모두들 그럴 수 있다며 마음 편히 포기할 마음도 가지기로 했다.

그렇게 사람들을 정리하고 새로운 생각을 가지고 나니, 마음이 한층 편해지고 홀가분해졌다. 실제로 내 주변에 사람들이 없어지니 사람에게 상처받는 일이나 인간관계로 인해 신경 쓰이는 일이 거의 없어졌다. 이후로는 누군가와 다투거나 무슨 일에 휘둘리지도 않게 되었고, 누군가가 나를 미워하거나 내가 누군가를 미워하는 일조차도 사라졌다. 가끔 주변 사람들이 내 사람과 아닌 사람의 구별이 너무 칼 같고 확고해서 차가워 보일 때도 있다고 하지만, 그래서 나는 힘들지 않을 수 있고, 서로를 위해서 그게 최선이라고 생각한다.

• • •

그다음으로 나는 행복해지기 위해서 또다시 꿈이 필요했다. 목표가 다시 필요한 시점이었다. 그러기 위해서도 내가 잘하면서도 하고 싶고 즐길 수 있는 일이 무엇인지 다시 찾아야 했다. 그러던 중 C의 소식을 듣게 되었다. 내가 잠시 슬럼프에 빠져 있던 두 달 동안 C의 회사가 사업에 있어서 여러 가지 실수로 인해서 많은 부채가 생겼고, 결국 한순간에 부도가 나서 파산

했다고 했다.

회사 사무실로 가보았지만 이미 C는 도망가고 없었고, 사무실에는 임금을 받지 못한 직원들이 노동청에 그를 신고하거나 끝없이 전화를 걸며 독촉하고 있었다. 나 또한 몇 달 동안 못 받은 임금이 있었기에 C에게 전화를 해보았지만, 받지 않았다.

그리고 며칠 후 우리 회사 모델들의 사진이 무단으로 사용되기 시작했다. 무단으로 사용하는 회사에 연락을 했더니 돈이 급했던 C가 우리들의 사진 저작권을 동의 없이 매매한 사실을 알게 되었다. 그 일로 모델들과 C와의 신뢰가 깨지게 되었고, 모델들은 하나둘씩 회사를 이탈했다. 하지만 나는 그동안 내게 잘해준 것과 좋은 추억들을 떠올렸고, 지금쯤 힘들어하고 있을 그를 생각하니 마음이 편치 않고 아팠기 때문에 더 이상 재촉하지 않고 기다려주기로 했다. 나의 롤모델이었던 C가 무너지는 건 정말 순식간이었다.

그러던 어느 날 회사일로 바빴던 C를 대신해서 한동안 촬영에 동행해주었던 매니저 형에게서 연락이 왔다. 매니저 형은 자신이 아는 회사로 옮겨서 제대로 연기 활동을 해보자고 제안했다.

나는 곧바로 제안을 받아들이지 않고 집에 가서 곰곰이 생각해보았다. 사업이 꿈이었던 나는 지금까지 여러 소속사의 제안을 거절했지만, 이번 일로 배우는 것의 소중함을 알게 된 나는 아직 내가 해보지 못하고 배우지 못한 것들을 이것저것 더 배워보고 경험해보고 싶은 마음이 생겼다. 아직 어리다고 생각한 나는 배우고 경험하면서 내가 하고 싶은 걸 찾아도 아직 늦지 않다는 생각이 들었다. 무엇보다 아직 꿈이 없는 지금 내게 온 특별한 기회를 해보지도 않고 놓치면 나중에 후회할 것 같았다. 시간이 지난 후에 안 해보고 후회하기보다는 직접 해보고 미련 없는 것이 백 배 낫다고 생각

했다. 가보지 않은 곳으로 모험을 떠나는 것도 나쁘지 않을 것 같았다. 또 당시 그 매니저 형에게 큰 신뢰가 있었으므로 며칠 동안 고민한 끝에 소속사 회장님과 미팅을 하게 되었다.

미팅하기 전, 매니저 형은 내게 건달분들이 운영하는 회사라고 귀띔해주었다. 하지만 난 내게 나쁜 짓을 하거나 하면 곧바로 회사를 나오면 된다고 생각했기 때문에 신경 쓰지 않았다.

또 어릴 적 철없을 때 내가 만나봤던 그런 사람들은 해만 가하지 않으면 모두 착한 분들이었기 때문에 편견을 갖고 무서워하지 말고 일단 만나본 후에 생각하기로 했다. 순조롭게 미팅이 진행되었고 너무나 친절하게 잘 대해주셨다. 다들 좋은 분들 같았다. 계약 조건 또한 합리적인 조건으로 마무리되었다. 계약서를 다시 한 번 잘 검토한 후에 도장을 찍고 나는 곧바로 연기학원에 다니게 되었다. 새로운 시작과 새로운 모험을 떠나는 것만 같아서 당시에는 마음이 두근거렸다. 공짜로 배울 수 있는 것도 감사했다. 그리고 여기서 배운 것이 나중에 어떤 모양으로든 꼭 내게 도움이 되고 좋은 경험이 될 거라고 확신했다.

회장님께서는 내가 연기에만 집중하기를 원해서 쇼핑몰을 운영하는 걸 원치 않으셨다. 그리고 사업 이미지 또한 버리기를 원하셨다. 당시 나도 쇼핑몰에는 이미 마음이 떠나기도 했지만, 나를 믿어주고 기대하시는 회장님에 대한 예의가 아니란 생각이 들었다. 무엇보다 어중간하게 뭔가를 하는 것은 질색이었기 때문에 쇼핑몰이든 연기든 어느 쪽으로도 좋지 않다고 판단되어서 망설임 없이 곧바로 정리했다.

연기를 배우는 건 내게 매우 자극적이고 흥미로운 일이었다. 처음엔 누군가에게 슬픈 감정, 즐거운 감정 등 여러 감정을 느끼게 해주는 것이 마치 마술 같아 보였다. 열심히 배우던 중 연기자로 데뷔한다는 기사가 떴다.

곧바로 인기 검색어에 오르며 "네가 무슨 연기를 하냐? 개나 소나 연기하네."라며 악플이 쏟아졌다. 하지만 난 한 번밖에 없는 인생, 누군가에게 얽매여서 누군가의 시선으로 인해 포기하고 싶지 않았다. 한 번밖에 없는 인생, 조금 튀더라도 평범하지 않더라도, 남들과 다른 길을 걸어도 된다고 생각했다. 그 길이 아무리 힘든 길이라도 내 인생이니까 내 결정을 믿고 내가 하고 싶은 대로 해도 된다고 생각했다. 오히려 사람들이 내 연기에 기대를 하고 있고, 지켜봐 주고, 이를 갈고 있는 것 같아서 나중에 멋있는 연기를 보여주면 나를 다시 봐줄 수도 있을 것 같아서 더 집중할 수 있었다. 나를 욕하던 사람들을 깜짝 놀라게 해주고 싶었다.

같이 연습을 하던 사람들 중에는 어릴 때부터 연기를 배운 아이들도 있었고, 연극영화과에서 전공을 한 학생들도 있었고, 교수들이 밀어주는 아이들도 있었고, 타고난 아이들도 있었다. 확실한 건 나는 뒤늦게 시작한 데다 그들을 따라잡으려면 더 열심히 해야 한다는 것이었다.

# 길

첫 여섯 달 동안의 일상은 아침에 일어나서 연습실에 나간 다음 연기 수업을 받고 끝나고 나면 경락이나 피부 마사지, 운동을 한 후에 저녁에는 숙제를 하거나 사장님이 누군가를 소개해준다는 명목하에 자주 불려 나가서 여러 사람과 술을 마시거나 했다. 그것 또한 연습생이 견뎌내고 모두가 하는 것으로 생각했기 때문에 불평불만하지 않았다. 그나마 내가 편했던 건 다른 연습생들은 아르바이트를 뛰거나 부모님에게 도움을 받으며 생활했지만 나는 사업을 하며 통장에 모아놓은 돈으로 생활할 수 있었다. 자유로운 이동을 위해서 차도 한 대 뽑을 수 있었다.

그러던 중 C에게서 전화가 걸려왔다. 당시 나는 C와 친한 웹툰 작가 형이랑 자주 연락을 했는데, C는 채권자들로부터 도망을 다니며 그 형에게 많이 의지하는 듯했고, 형은 내게 C의 상황을 자주 알려주곤 했기 때문에 C가 어떤 상황이고 급한 빚을 막기 위해서 이리저리 돈을 빌리러 다니던 것은 이미 알고 있었다. 상황이 사람을 만드는 것처럼 지금 C의 상황이 그만큼 안 좋다는 것은 직감했다. 하지만 나는 피하지 않고 C의 전화를 받았고 만나기로 했다. C는 빈털터리가 되어 있었다. 마음이 아팠다. C는 나를 만나서 소속사 회장님을 소개해달라고 부탁했다. 그가 회장님에게 돈을 빌려

새로운 사업에 투자하려는 목적임을 눈치챌 수 있었다. 고민에 빠졌지만, C를 믿었다. 내가 잘되길 바란다면, 그가 회장님에게 못된 짓을 하진 않을 것이라 생각했다. 그리고 그에게 조금이라도 도움이 돼서 빨리 멋지게 재기하는 모습이 보고 싶었다. 그가 그동안 내게 잘해주고 도와준 사실은 틀림없었고, 안 좋은 추억보다 좋은 추억이 많았기 때문이다. 그래서 나는 큰 결심을 하고 C를 회장님과 이어주었다. 하지만 C는 회장님에게 큰돈을 빌린 후 연락을 끊고 잠적해버렸다. 정이라는 것은 정말 무서운 것이다. 정을 더 생각하고 더 주는 쪽이 결국에는 손해를 보는 것이라는 걸 잊고 있었다. 그 후로 내 입장이 곤란해졌다. 나는 C에게 연락을 취했지만, 그는 받지 않았다. 너무나 속상했다.

안 좋은 일은 또 벌어졌다. 나와 함께 이적한 매니저 형이 회사 돈을 횡령했던 것이다. 회장님은 나를 불러서 통장 내역까지 증거물로 이미 확보했으므로 매니저 형을 고소하겠다고 했지만, 나는 아닐 거라고, 그럴 리가 없다며 다시 한 번 확인해달라고 부탁했다. 하지만 회장님은 이미 화가 단단히 나 있어서 나는 어떻게 해야 할지 몰라 입을 닫고 있었다. 매니저 형은 내게 횡령하지 않았다고 끝까지 주장했지만, 이미 증거물을 봐버린 나는 누가 누구를 배신하고 있고, 누구의 말을 믿어야 할지 선택의 갈림길에 서게 되어 혼란스러울 뿐이었다. 어른들의 세상은 온통 배신으로 얽혀 있었다. 나는 그 누구도 선택하지 않고 아무것도 모른 척하며 가만히 결과를 기다려야만 했다. 결국, 매니저 형은 회사를 나갔고, 나는 회사에서 혼자 남게 되었다. 그동안 오랜 시간 나와 동행했기 때문에 신뢰도 두터웠고 회사 안에서 가장 친했던 사람이 갑작스럽게 사라져서 빈자리가 더욱 쓸쓸하게 느껴졌다.

그렇게 버티며 연습만 하던 중 어떤 드라마의 시놉시스가 드디어 내게로 오게 되었다. 내 역할은 주인공의 남동생이었고 조연이었지만, 내게 딱

맞는 역할 같아서 잘해낼 자신도 있었고 잘해야겠다는 생각이 들었다. 하지만 그 역할에 들어가는 조건으로 소속사에서는 몇 억이라는 돈을 제작에 투자해야 하는 상황이었다. 나를 위해 투자하기 위하여 회사로 투자자들이 자주 모여서 항상 회의를 하셨다. 하지만 점점 대립하기 시작했고, 게다가 회장님이 하던 사업의 상황도 안 좋아지고 있었다. 상황이 안 좋아진 가장 큰 이유는 회장님이 도박 중독에 빠져서 큰돈을 잃으신 후, 잠적하셨다. 결국, 투자 회의에는 회장님을 제외한 투자자들만 모이게 되었고, 나는 갑자기 홀로 남겨져 공중에 뜬 것과 같은 애매한 상황이 되어 버렸다. 그러다 투자 기간을 놓쳐서 그 역할을 다른 회사에서 가져가 버렸고, 끝까지 나를 책임지지 못한 회장님에 대한 신뢰가 사라져 버렸다. 그러던 중 투자자분들이 나를 다른 회사로 데리고 갔고, 나는 갑작스럽게 소속사를 옮기고 다시 연기 연습을 하게 되었다. 그리고 나의 첫 작품이 되었을 그 드라마는 방영을 했고 엄청난 흥행을 거두었다. 매일매일 하루도 빠짐없이 본방사수를 했다. 드라마를 보며 내가 연기했으면 어땠을까, 라는 상상을 자주했다.

옮긴 회사에서는 나에게 곧 데뷔할 아이돌 그룹에 들어가게 된다며 갑자기 통보했다. 나는 그 결정을 이해할 수 없다고 했지만, 실장님은 아이돌로 데뷔한 후에 나를 예능과 연기로 돌려주겠다며 설득하셨다. 그 후로 나는 갑작스럽게 아이돌 연습을 시작하게 되었다. 지금까지 살면서 아이돌을 하고 싶다고 생각한 적이 단 한 번도 없었다. 그런 어중간한 마음으로 연습을 시작했고, 다른 연습생들과 같이 연습을 할 때면 그 망설임은 더욱 더 심해졌다. 연습이 시작되면 다른 아이들의 눈에서는 빛이 났고 매우 즐기며 하고 싶은 일을 하는 것 같았기 때문이다. 그럴 때마다 나는 이 길이 옳은 것인지, 그저 이런 내가 가수가 되어도 되는 건지 다른 아이들에게

죄책감과 미안함을 느끼곤 했다. 어릴 때부터 가수가 꿈이었다는 다른 연습생들의 이야기를 들을 때나, 춤을 추거나 노래를 할 때 행복하다고 말하는 이야기를 들을 때, 데뷔가 정말 하고 싶다고 할 때면 그 죄책감은 증폭되었다. 내게는 그 아이들만큼 간절함이 없었기 때문이다.

나는 그 후로도 이리저리 회사에 팔려 다니는 신세가 되었다. 회사 사람이 나를 또 다른 회사에 소개해주었고 그 회사로 이적하면, 또다시 나를 다른 회사로 소개해주는 등 총 다섯 번이나 소속사를 옮겨야 했다. 그 소속사들 중에는 대형 기획사도 있었고, 오래된 회사들도 있었다. 일본어를 잘했기 때문에 일본으로 수출할 예정인 그룹으로 들어가거나 이미 팬을 보유한 얼짱이라는 이유로 여론 몰이를 하기 위한 그룹이나, 비주얼 담당이 필요한 그룹, 혹은 화려한 입담으로 예능으로 돌려야 할 멤버가 필요한 그룹 등 내 의사는 물어보지도 않은 채 모두 다 마음대로였다. 연습을 나가고 적응하기 시작하면 또 옮겨야 했고, 또다시 새로운 곳에서 새로운 사람들과 새 출발을 하면서 점점 내가 무엇을 하고 있는 것인지, 잘하고 있는 것인지, 희미해져 가고 있었지만, 이것도 연습생들이 모두 겪어야 하는 과정이라며 애써 나를 다독였다.

• • •

모델 일을 시작한 후로부터 내 주변에는 연습생 신분의 친구들이 많았다. 게다가 내가 연습생이 되고 여러 회사들로 옮겨 다니면서 더욱 많은 연습생 친구들을 사귀게 되었다. 그러던 중 같이 연습하면서 친했던 친구가 연습생들의 모임이 주기적으로 매주 있다고 알려주면서 같이 나가자고 했다. 그 모임은 여러 회사의 연습생들이 다 같이 모여서 노는 것이었고, 주

된 목적은 서로 다른 회사들에 대한 정보 공유였다. 그렇게 친구의 권유로 처음 그 모임에 나가게 되었다. 아이들은 그 모임에서 자신이 소속된 회사 연예인들에 관한 이야기들을 하거나 자신의 회사에 대한 불평을 얘기하거나 어떤 회사에서 신인이 나온다거나 하는 여러 정보들을 서로 교환했다. 그리고 그 자리에는 가끔 연예인들이 몇 명씩 끼기도 했는데 우리에게 선배로서 충고하거나 여러 미담들을 들려주거나 했다. 반대로 군기를 잡거나 우리를 깔보거나 노예 대하듯이 욕을 하는 분들도 계셨다. 좋았던 점이라면 그 당시 연예계에서 일어난 일들을 누구보다 빠르고 자세하게 들을 수 있었다. 모임에 나왔던 연습생들은 언제 데뷔할지 모르는 수많은 불안감을 견뎌야 했다. 그래서인지 아이들은 무언가를 호소하거나 분풀이를 하듯이 놀았다. 그 자리에서는 문란함을 넘어서 현실 도피를 위해 발악하는 것처럼 보이기도 했다.

나도 그때는 불안감에 휩싸여서 또다시 불면증에 시달렸다. 연습을 하고 집에 돌아오면 밤 10시를 훌쩍 넘었지만, 피곤함에 지친 몸과는 다르게 막상 침대에 누우면 많은 불안감이 나를 덮쳤다. 내 길이 맞는 길인지, 사람들이 나를 점점 잊으면 어떡할까, 잘되지 않으면 어떡할까…… 나의 불안감을 터놓지도 못하고 그저 침대에 누워 많은 생각이 머릿속을 스쳐 지나가는 바람에 뜬눈으로 아침을 맞이하곤 했다. 그러던 중 인터넷방송이라는 것을 알게 되었고, 잠이 안 올 때 소속사 몰래 방송을 켜서 사람들과 대화하기 시작했다. 사람들에게 이런저런 이야기도 하며 고민거리도 풀어놓았다. 사람들은 나를 항상 즐겁게 해주었다. 나를 위해서 시작한 방송이었는데 많은 사람들이 들어와 주었고 내게 용기를 주었다. 사소한 위로도 그 당시 나에겐 큰 힘이 되었고, 누군가와 대화하는 것 자체가 나에겐 큰 웃음이 되고 우울한 생각이나 잡생각, 불안감을 해소하며 견딜 수 있었다. 너무나 감사했다.

그리고 연습생을 하면서 많은 연예인들을 만났다. 소개받는 자리도 많이 있었고, 시상식 같은 게 있으면 인사하러 돌아다니기도 했고, 저녁 식사를 하며 좋은 이야기를 들을 기회도 많았다. 그중에서는 착하고 겸손한 분들도 계셨지만, 성격파탄자인 사람도 많았다. 물을 마실 때도 자기 허락을 맡고 마시라는 가수도 있었고, 거만한 사람도 많았다. 어떤 아이돌 가수는 그룹 내에서 왕따를 당한다고 하는데, 그 스트레스를 항상 연습생들에게 모질게 대하는 것으로 풀기도 했다. 이때는 예전에 했던 방송 생활이 도움이 되었다. 그때 그런 사람들을 몇 번 겪고 난 후였기 때문에 태연하게 나만의 방법으로 대처할 수 있었다. 또 데뷔할 신인으로서 대기실을 돌아다니며 인사를 해야 하기도 했는데, 인사를 안 받아주고 아예 무시하는 사람들도 많았다. 그것도 이미 연습생을 시작할 때부터 다른 아이들에게 많이 들어서 자존심을 내려놓았기 때문에 괜찮았다. 하지만 한번은 어떤 연예인과 싸운 적이 있었다. 같이 연습하던 친구에게 말도 안 되는 짓궂은 심부름을 시켰고, 그 모습을 본 나는 친구가 너무 안 돼 보여서 그분에게 부당하다고 말했지만, 내게 건방지다며 계속 욕을 해서 결국 다투게 되었다. 너무 화가 나고 서로 감정이 격해져서 폭력이 오갔고, 주변 사람들이 말리는 바람에 겨우 싸움이 끝났다. 하지만 다음 날 내게 전화를 걸어서 직접 죽이고 싶지만, 기사가 터지면 안 되니까 사람을 시켜서 나를 죽이겠다고 협박했다. 하지만 다음 날 아무도 나를 죽이러 오지는 않았다.

예전에 아이돌로 데뷔했다가 잘되지 않아서 다시 같이 연습하던 형이 있었는데 그 형의 텃세가 너무 말도 안 됐기 때문에 나를 포함한 다른 연습생들과 자주 크고 작은 갈등이 있었다.

그 외에도 같이 연습을 하던 친구가 한 명 있었는데 나는 그 친구와 가깝게 지내며 같이 미용실도 다니고 경락도 받으러 다니며 쉬는 날에는 만나서 놀기도 했다. 내가 그 친구를 좋아했던 이유는 열심히 연습해서 같이

성공하자고 약속을 했고 무언가 같은 길을 걷는 전우 같은 감정을 느꼈기 때문이다. 하지만 그 친구는 뒤에서 내가 절대로 성공할 수 없고 노래와 춤이 엉망이기 때문에 데뷔할 수 없다며 내 욕을 했고, 그 이야기를 들은 아이들은 내게 알려주었다. 하지만 같이 데뷔해서 같이 활동을 해야 할 수도 있는 친구였기 때문에 나는 그 친구 앞에서 뒷이야기를 들은 것을 모른 척하며 평소와 똑같이 아무렇지 않게 지냈다. 하지만 혼자 속으로 사람이니까 그럴 수 있다며, 나는 어른이니까 이제 사람 때문에 상처받을 나이는 지났다며, 그저 그날 같이 성공하자고 했던 약속만 없었던 일로 하면 된다며 애써 잊어야만 했다. 그런 모든 일들이 내게는 아무렇지도 않았다. 예전의 나였으면 힘들어하고 쉽게 상처받았겠지만 아무렇지 않게 느껴졌던 건 내가 그만큼 강해졌고, 그것보다 더 힘든 일들도 그동안 많았기 때문이다.

결국, 아이돌 그룹으로 데뷔하는 날이 정해졌다. 그리고 음반사와 계약하는 날도 다가왔다. 이 계약을 하면 이제 정말 돌이킬 수 없게 되는 것이었다. 하지만 그동안 연습을 하던 시간들은 나의 해답을 찾기엔 이미 충분했다. 이제는 결정해야 할 때였다. 마지막으로 다시 나는 내게 신중하게 물어보았다.

'이 일을 하면 정말 행복할 수 있을까?'

나는 망설임 없이 "아니!"라고 대답할 수 있었다. 이 일은 나의 적성과도 맞지 않았고, 내가 바라던 길도 아니었다. 나는 예전과 같은 일을 반복하고 싶지 않았다. 나 자신을 속이고 외면하면서 진행한다면 결국 나는 무너지고 만다는 것도 알고 있다.

나는 그동안 연습생 생활을 하면서 나는 아주 중요한 걸 알게 되었다. 그동안 당연한 듯했던 일상들이 나에겐 소중했었고, 춤을 추고 노래를 하는 것보다 내가 지금까지 해왔던 사진을 찍고 영상을 찍는 일들이 내게는

더 행복할 수 있고 감사한 일이었다. 다른 아이들이 춤 연습을 하고 노래 연습을 할 때 빛나던 그 눈빛처럼 나도 내가 그럴 수 있는 일을 해야겠다고 생각했다. 나는 내가 가야 할 길이 확실히 보였다. 꿈에 대한 확신이 있었다.

이렇게 아이돌에 대해 불완전한 마음으로 데뷔하고 머지않아 슬럼프가 온다면 나중에는 내게 잘해준 팀원들에게도 피해를 줄 수도 있을 거라는 생각이 들었고, 더는 데뷔하는 팀에 피해를 주지 않기 위해서도 서둘러 벗어나야 한다는 생각이 들었기 때문에 곧바로 회사에 가서 이사님에게 내 마음을 그대로 전했다.

"진지하게 연습생으로 연습하면서 여러 생각을 했습니다. 나다운 것이 무엇이고, 나를 잃지 않은 채 행복할 수 있는 길이 무엇인지를 고민하고 찾았습니다. 하지만 제가 원하고, 하고 싶었던 것은 아이돌이 되는 것이 아니었습니다. 다른 아이들은 춤을 추고 노래하는 것 자체가 행복이지만, 저는 이런 마음으로 억지로 몇 년 동안 해낼 자신이 없습니다. 아마 저는 머지않아 지쳐서 망가질 수도 있다고 생각합니다. 지금까지는 다른 아이들과 함께 걸어왔지만, 여기서부터 이 길은 제 길이 아닙니다. 제가 다른 길에 대해 이 길이 내 길이라는 확신을 가지고 있는 것처럼, 다른 아이들은 이 길이 자신의 길이라는 확신을 가지고 있다고 생각한다면, 저는 더 이상 여기에 있을 수가 없습니다. 저보다 더 간절한 친구를 저 대신 그룹에 넣어주세요."

그동안 감사했다는 말을 전하고, 나는 망설임 없이 데뷔 조에서 탈퇴했다. 나는 내 발로 1년 반 동안의 연습생 기간에 마침표를 찍었다. 20대에서 1년 반이라는 시간은 결코 짧은 시간이 아니었지만, 그만큼 많은 걸 얻었고 성장했기에 절대로 후회하지 않았다. 모든 것이 내 선택이었기 때문에 누구의 탓도 아니며 누군가에게 그 시간을 보상해달라는 생각도 들지

않았다. 이사님께 말씀드리고 나오는 내 발걸음은 가벼웠고 속이 시원하고 개운하기까지 했다. 나는 1년 반 동안 값진 경험을 했고 많은 걸 배울 수 있었다는 걸로도 충분했다.

짧은 기간이라도 같이 연습을 했거나 알고 지낸 연습생 친구들 중에서 데뷔해서 승승장구하는 친구들도 있다. 나는 뒤에서 나를 대신해서 더 열심히 해주기를 항상 바라고 있다. 사람들은 종종 내게 "누구는 잘됐고, 누구는 성공했고, 누구는 더 유명한데, 배 아프지 않으세요?"라는 질문을 하는데, 그들과 나는 꿈이 다르고 목적지가 다르므로 전혀 배 아프지 않다고 당당하게 대답을 한다. 그들을 보면 오히려 자랑스럽고, 비록 길은 다르지만, 열심히 사는 것 같아서 뿌듯하기까지 하고, '나도 내 일을 열심히 해야겠다.'는 자극도 받아서 좋다. 물론 만약 내가 아이돌로서 데뷔했다면 다른 사람이 보기에 더 반짝반짝 빛났을지 모르지만 그런 건 정말 겉모습일 뿐이다. 나는 지금 내 안에서 무엇보다 값진 행복을 찾았고, 지금 생활이 너무나 만족스럽고 좋다. 내 분야에서 내가 하고 싶은 일을 열심히 하고 있고, 내 꿈을 향해서 열심히 달려가고 있는 내 모습은 내 안에서 가장 반짝반짝 빛나고 있다.

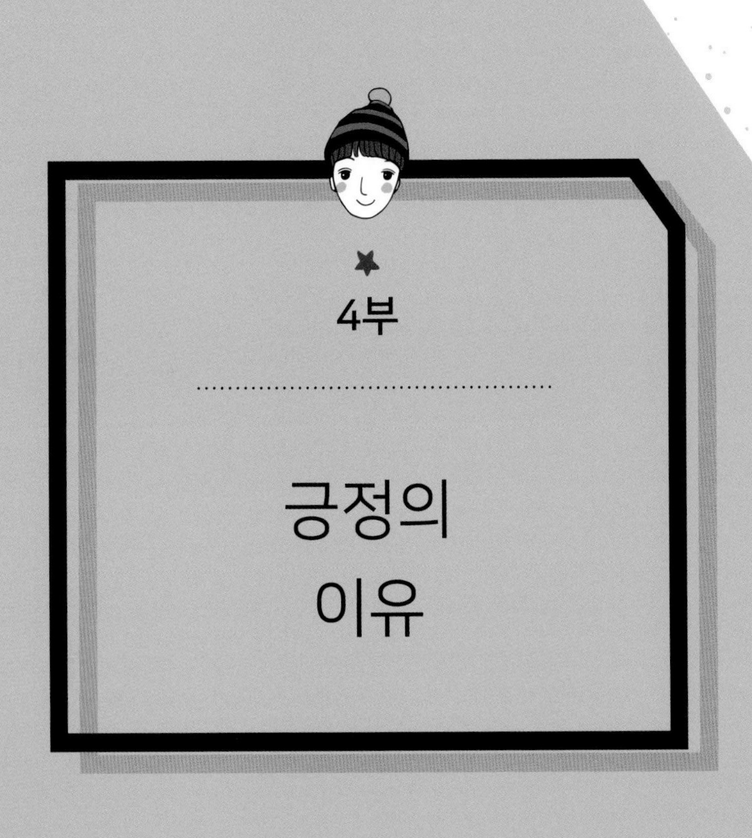

# 4부

# 긍정의 이유

## 장수

/

나는 연습생 신분을 청산하고 다시 자유의 몸이 되었다. 연습생 기간에는 하지 못했던 일들이 많았다. 그래서 며칠 동안 아무 걱정 없이 늦잠을 자기도 하고, 게임에 빠지기도 하고, 친구들과 밤새 술을 마시기도 하고, 밀린 TV를 시청하거나 노는 것에 열중했다.

신나게 놀았던 이유는 노는 것에 질리기 위해서였다. 노는 것도 계속하다 보면 부질없게 느껴진다는 것을 어릴 적 경험으로 알고 있었다. 그래서 그 기간은 되도록 누구보다도 신나게, 곧 다시 열심히 살아야 한다는 생각에 일분일초가 아깝지 않게 쉬지 않고 노는 것에 집중했다.

어느 날은 술을 너무 많이 마시고 만취 상태로 친구와 어깨동무를 하며 길을 걷던 중 다리가 꼬여서 친구와 함께 넘어졌다. 나는 코가 부러졌고, 친구는 앞니가 사라졌다. 그때는 그런 어처구니없는 일마저도 너무나 웃겼고 사소한 일 하나하나가 다 재미로 느껴졌다. 그리고 얼마 지나지 않아 내 계획대로 나는 점점 일을 하고 싶어서 안달 나게 되었다. 노는 것에 대한 충전은 모두 완료되었다. 그리고 그 타이밍을 놓치지 않고 다시 정신을 차리고 성공을 위한 시동을 걸기 시작했다.

이미 내 마음속에는 이제 누가 뭐라고 하든 상관이 없을 정도로 내가 앞으로 해야 할 일들이 확고해진 상태였다. 1년 반 동안 연습을 하면서도 회사에 부탁까지 하며 내가 포기할 수 없었던 얼짱으로서의 일들, 나의 커리어가 너무나 소중했다는 걸 깨달았다. 어릴 때부터 해왔던 일이라 그게 당연한 것인 줄 알았다. 그리고 그 소중함을 미처 알지 못할 때는 사람들이 내게 '얼짱'이라고 부르는 것에 대한 감사함을 알지 못했다. 오히려 그 이미지는 내게 해가 되기도 하고, 사람들에게 심판받을 때는 억울하고 불만도 많았다. 하지만 그 모든 것이 있었기에 지금의 내가 존재한다는 것도 깨달았다.

다른 사람들이 대학을 다니며 공부할 때 나는 이 한 가지만을 해왔기 때문에 나는 누구보다 그 일에 대해서 잘 알고 있었고, 자신 있게 잘할 수 있었다. 많은 것을 포기하면서도 다시 이 길로 돌아올 만큼 이미 내 마음속은 굳게 정해져 있었다. 누군가가 그것에 대해 비하하거나 무시를 해도 나만이 잘할 수 있는 일이라는 것이 더 멋지게 느껴졌다.

다만, 한 가지 걱정이 있다면, 평생 직업이 아니라는 것이다. 하지만 나는 생각을 조금 바꿔보았다. 지금 매 순간 최선을 다하면 미래라는 건 수없이 바뀐다고 말이다. 물론 같이 옆에서 촬영하고 일하던 사람들의 수명이 다해 일이 없어지고 어느 순간 사라지는 걸 수없이 많이 봐왔지만, 내가 지금도 사라지지 않고 꾸준히 일을 할 수 있는 것은 내가 항상 현재에 충실하며 열심히 했기 때문이다.

나도 내가 오랫동안 이 일을 할 수 있을 줄은 몰랐다. 내가 또다시 열심히 한다면 예전의 내 노력 덕분에 지금까지 수명이 이어질 수 있었던 것처럼 미래도 어떤 모양으로든 좋게 바뀔 것이라 생각했다. 머리 아프게 생각할 필요 없었다. 아무도 미래는 예측할 수 없는 것처럼, 미래의 일은 그때 생각하면 된다. 그저 지금 이 순간에 충실한 것이 답이다. 수많은 편견과

한계를 깨고 얼짱으로서 가장 길게 최장수하며 기록을 세우는 것이 지금 나의 목표다.

어릴 때 이 일을 시작한 후, 어느덧 7년이란 시간이 지났다. 그동안 많은 일들을 경험하면서 확실히 알 수 있게 된 것은 그동안 긴 시간만큼 나를 알아주고 응원해주는 사람들과 힘들 때나 즐거울 때나 항상 함께였다는 것이다. 그리고 그런 사람들 덕분에 나는 지금도 존재할 수 있고, 아직도 내가 하고 싶은 이 일을 할 수 있다는 사실 자체가 감사할 뿐이다. 물론 나의 이 생활이 영원하지 않을 수도 있다. 나도 언젠가는 사라질 수도 있을 것이다. 그래서 더 감사하고, 나를 어릴 때 좋아하던 사람들이 지금은 다 큰 성인이 된 것처럼, 누군가의 추억 속에 있다는 사실만으로도 감사하다는 생각이 든다. 아직도 나를 찾아주고 계속해서 좋아해주는 사람들이 있다는 사실에 매일매일 무한한 힘을 얻고 나는 다시 내 길을 걸어갈 수 있는 것 같다.

• • •

당시 나에겐 '세대의 변화'라는 큰 쓰나미가 몰려오고 있었다. 사람들은 싸이월드를 접고 하나둘씩 페이스북이라는 걸 하기 시작했다. 하루하루 감소하는 내 미니홈피의 방문자 수를 봐도 그 속도는 굉장히 빠르게 진행되고 있었다. 우리들은 특성상 SNS로 많은 사람들과 소통을 하고 인지도를 얻기 때문에 새로운 SNS의 개막은 물갈이와도 같았다. 그래서 대부분 나처럼 모델 일을 하고 방송을 했던 주변의 얼짱들이 페이스북으로 갈아타면서 실패했다. 인지도를 잃고 모델로서의 수명이 끝나서 다시 평범한 삶으로 돌아가거나 대학을 다니며 공부를 시작하거나 사업을 했고, 혹은 술에 찌들어 살거나 술집에서 밤일을 하며 몸을 파는 등의 생활을 하며 다

양한 형태로 뿔뿔이 흩어졌다. 그만큼 새로운 SNS 시대의 개막은 SNS를 매개체로 삼는 우리에겐 엄청난 이변과 부담이었다. 그중에서도 우리를 위협했던 건 새롭게 떠오르기 시작했던 'SNS 스타'라고 불리는 존재들이었다. 페이스북에는 방문자 수가 아닌 '팔로워'라는 개념이 있었고 그 숫자가 늘면 늘수록 일도 많아지는 시스템이었다. 그리고 어느 정도 '팔로워'가 많아지면 그들은 'SNS 스타'라고 불리는 것이었다. 가장 색다른 점은 그동안의 '얼짱'이라는 개념은 외모에 중점이 있었다면, 페이스북은 대중에게 공감을 불러일으키거나 동영상을 게재하는 것이 중점이었기 때문에 개성과 유머 감각 등 각자가 가진 자신의 캐릭터로 승부를 보며 자신만의 색깔로 자리를 굳건히 지키고 있었다. 게다가 SNS를 통한 광고, 즉 다중 채널 네트워크(Multi Channel Networks, MCN) 사업이 유행하기 시작하면서 그들은 더 부각되었고, 전성기도 시작되었다. 참고로, MCN 사업이란 1인 미디어 증가와 SNS 활성화 등에 힘입어 유튜브, 아프리카TV 등의 동영상 사이트에서 인기 있는 콘텐츠의 유통·판매·저작권과 콘텐츠 제작자 등을 관리하는 미디어 사업을 가리킨다.

나는 그동안 나의 모든 것을 담아왔던 미니홈피를 쉽사리 버리지 못했다. 먼저, 페이스북을 지켜보면서 전체적인 상황을 파악하고 난 후에 얼짱 중에서는 가장 늦게 페이스북을 시작했다. 솔직히 말하면, 겁이 나서 쉽게 시작하지 못한 것도 있었다. 팔로워 0이라는 숫자부터 시작해야 하는 것이 내게는 이만저만 걱정거리가 아니었다.

나는 후발주자였기 때문에 서둘러 다른 사람들을 따라잡아야 한다는 생각이 들었다. 하루에도 수없이 많은 게시물이 올라오고 격하게 서로서로 추월하며 새로운 인재들이 끊임없이 뜨고 지는 그곳에서 내가 두각을 나타내기에는 부족할 것이라는 생각이 들었다.

'대체 나다운 게 뭘까?'

나는 누구에게도 지지 않는 나만의 무기를 찾으려 했다. 비록 빠르지 않더라도 천천히 꾸준하고 길게 나만의 특색으로 밀어붙이며 입지를 다져야 한다고 생각했다. 나는 내가 그동안 가지고 있던 밝은 에너지로 밀어붙이기 시작했고, 매일 빠짐없이 업로드하며 관리하기 시작했다. 또한, 얼짱이라는 진한 나만의 이미지를 한층 더 진보시키면서 뷰티 크리에이터(beauty creator)로 영역을 확장해 나가려 했다. 다행히 많은 사람들이 나를 다시 알아봐주고 페이스북에 몰리기 시작했다. 남녀 상관없이 내게는 항상 외모 관리에 대한 질문들이 넘쳐났다. 다른 아이들보다 월등하게 오랫동안 활동한 경력은 모든 것들에 수월하게 대처할 수 있는 나만의 강점이기도 했다. 그렇게 나는 파도에 휩쓸려가지 않고 목숨을 부지할 수 있었다.

새롭게 들어오는 일들은 사진보다는 영상 위주의 일이라는 것이 지금까지와 가장 다른 점이었다. 내게는 아무래도 뷰티와 관련된 일과 화장품회사에서 모델 제안이 몰려왔다. 남자가 뷰티 관련 일이 몰려오는 것도 나의 강점이었다. 하지만 나는 수명을 길게 생각했기 때문에 신중하게 고려했다. 모델과 광고 일은 신뢰가 가장 중요하다. 사람들의 마음을 움직여서 그 제품의 좋은 점을 전달해야 하므로 진정성 또한 있어야 한다. 돈이 되는 대로 전부 일을 한다면 분명히 이미지 소비가 심할 것이고, 아무 제품이나 광고를 한다면 신뢰와 진정성 또한 잃고 수명이 줄어든다는 것을 지금까지의 경험으로 알고 있었다. 무엇보다 지금까지 나를 응원하며 나를 믿고 구매해주는 사람들을 속이는 행동은 절대로 있을 수 없다고 생각했다. 고민 끝에 나는 내게 모델 제안을 하는 회사들의 상품을 몰래 결제를 해서 사보았고, 직접 사용해보고 정말 사람들에게 추천할 수 있는 회사만을 골라서 직접 선택하고 일을 시작했다.

• • •

촬영할 때 SNS 스타와 같이 촬영하는 일이 많았다. 처음 그들을 만났을 때가 기억난다. 마치 데자뷔를 보는 것처럼, 우리들의 예전 모습과 변한 게 없었다.

착하고 예의 바른 아이들부터 그때 그 아이처럼 영악한 아이도 있었고, 그때 그 아이처럼 거만한 아이, 인성이 바닥인 아이까지 똑같은 일이 반복되고 있었다. 그들에게 예전의 기억 때문에 연민을 느끼기까지 했다.

그중에서도 내가 저절로 눈살이 찌푸려졌던 아이들은 자신보다 낮은 팔로워 수를 가진 사람들은 무시하고, 자신보다 높은 사람들에게는 아부를 떨고 친하게 지내려 하며 대우를 달리했다. 또 서로의 팔로우를 뺏으려고 접근하는 아이들, 그리고 서로의 팔로우를 공유하기 위해서 계약 연애를 하는 아이들까지 악질인 아이들도 있었다.

예전에 팔로워 수가 높던 아이가 굉장히 거만하게 행동을 해서 한번 주의를 시킨 적이 있었다. 그 아이는 내게 "오빠는 팔로워 수가 적어서 돈도 적게 받겠다." "오빠는 팔로워 수가 적어서 광고나 협찬도 나보다 안 들어오겠다." 이런 말을 나뿐만 아니라 주변 사람들에게도 자주 했다. 크게 화를 내지는 않았고, 그 아이가 다른 사람에게도 그런 말로 깔보고 상처를 줄까 봐 주의를 시켰다. 그런 말로 상처받은 아이는 분명히 누구보다도 팔로우 숫자로 사람들을 판단하게 될 것만 같았다. 솔직히 내 마음속으로는 그런 아이와 긴말을 하기보다는 착한 아이들에게 더 신경을 쓰고 함께하고 싶었다. 그때는 조금 더 어른인 내가 누군가를 변하지 않게 혹은 상처받지 않게 할 수 있을 줄 알았다.

일을 하다가 어떤 동생과 친해졌다. 원래 일을 하며 정을 주거나 하지 않는 게 나의 스타일이었지만, 그 동생은 이제 막 이 일을 시작했고, 때 묻지

않고 심성이 굉장히 착해 보였다. 그래서 나도 그 아이를 아껴주고 잘해주었다. 열심히 하는 그 아이의 모습도 정말 보기 좋았다. 처음엔 그 아이의 팔로워 수가 엄청나게 적었기 때문에 그 아이가 사라지지 않도록 도움도 주었고, 험난한 이 바닥에서 상처받아 쓰러지지 않도록 내가 아는 것들을 최대한 알려주고 조언해주었다. 그리고 늘 그 아이에게 "절대로 너는 변하지 말아줘!"라며 나의 간절함을 전했다.

하지만 그 아이는 인기가 높아짐에 따라 점점 변했고 검게 물들어갔다. 팬들에게 돈을 받거나 돌아가며 잠자리를 가지는 일들을 하기 시작했고, 그렇게 변한 모습이 너무나 안타까웠다. 그리고 그 아이는 뒤에서 자신이 더 인기가 많다며 나를 퇴물이라며 다른 아이들에게 욕까지 했고, 그러면서도 내게는 늘 일을 소개해달라며 아무렇지도 않은 척 연락해왔다.

하지만 그런 사실을 모두 알고 있었던 난 그 뒤로 그 아이에게 아무런 말을 하지 않았다. 그 아이의 그런 거만한 행동들이 파멸의 지름길이라는 걸 알고 있었기 때문에 알아서 사라질 거라고 생각했다. 이쪽 일은 바닥이 좁아서 소문이 굉장히 빨랐고, 업계나 광고회사에 금세 소문이 났다. 행실이 올바르지 못하면 수명이 단축되는 건 시간문제다. 사람들의 관심과 사랑으로 살아가면서 비밀이 없다는 것과 그 생활이 영원하지 않을 수 있다는 걸 왜 모를까. 자신이 못되게 대하고 무시한 사람들이 나중에 빛을 받아 다시 어떻게든 마주칠 수 있다는 생각을 왜 하지 못할까. 내 노력에도 불구하고 그 아이가 변하는 걸 막을 수 없었다.

결국, 나는 포기했고, 아끼던 동생을 잃었다. 또한, 그것을 통해 내가 누군가를 변치 않게 할 수 있다는 생각이 나의 오만이었다는 것도 깨닫게 되었다.

C는 다행히 재기에 성공했다. 사업에 대한 전망이나 사람들의 유행을 빨

리 내다볼 줄 알았던 그는 SNS 스타들의 소속사를 만들었다. 그 회사는 페이스북 스타들과 전속계약을 하고 여러 가지 광고 일을 가져와서 수수료를 받는 구조였다. 그리고 그는 예전에 내게 했던 것처럼 몇몇 아이들을 멋지게 키워냈고, 그 아이들로 인해서 빚도 모두 정산하고 큰 회사의 잘나가는 사장님이 되었다.

오랜만에 만난 그는 비싼 고기를 사주었다. 나는 그전에 받지 못한 임금을 달라고 조심스레 말을 꺼냈다. 그러자 그는 단칼에 그 돈을 줄 수 없다고 대답했다. 사실 그때 너무 당황스러웠다. 기다려준 내가 바보가 된 것 같았다. 그러자 그는 그 돈 대신 자신의 회사에 들어오면 더 많은 돈을 벌 수 있게 해주겠다고 제안했고, 나는 그를 한 번 더 믿고 그의 회사에 들어갔다.

처음에는 다시 예전과 같은 모습으로 같이 즐겁게 일할 수 있을 것 같아서 신이 났다. 하지만 그와 일을 하면 할수록 돌아오는 건 울적함과 씁쓸함뿐이었다. 그곳에는 이미 나를 대신할 새로운 아이들이 많았다. 그에게는 예전에 나와 같은 새로운 파트너가 이미 많이 존재하고 있었고, 내 자리를 대신해서 많은 아이들이 꿰차고 있었기 때문에 내가 있을 곳은 이미 없는 것 같았다. 이제는 내가 C 옆에 없어도 되는 것 같은 현실이 나를 슬프게 했다. 또 C와 일을 할 때마다 그에게서 받은 상처들이 자꾸 떠올랐다. 그를 마음 편히 예전과 같이 믿고 따라야 하는데, 자꾸 그를 의심하고 있었다. 분명히 예전에는 C의 그늘 아래 있는 것이 마음 편안하고 정말 좋았지만, 이제는 많은 것들이 변해버린 것 같았다.

더 이상 상처받고 싶지 않았던 나는 C에게 회사에서 나오고 싶다고 말했다. 그러자 그는 언제든지 다시 돌아오라고 말해주었다. 그 따뜻한 말을 듣는 순간, 복잡한 마음이 북받쳐서 눈물이 나올 것만 같았다. 많은 세월이 지나서 그와의 거리가 멀어졌다고 생각해서였을까. 그에게서 받은 상처

들이 그 순간에 치유되어서일까. 그냥 그 말 한마디가 너무나 고마웠던 것 같다.

나는 애써 눈물을 참으며 웃으면서 아무렇지 않은 척하며 나왔다. 그동안 못 받은 돈도 그냥 포기하고 받지 않기로 마음먹었다. 생각해보니 그가 나를 위해 해주었던 많은 일들과 따뜻한 어릴 적 추억들을 돈으로 계산하는 것이 무의미하다는 생각이 들었다. 돈으로 살 수 없는 것들을 받았다고 생각되었다. 돈 관계로 그와의 추억과 기억이 상처받는 것이 싫었고, 그를 미워하고 싶지 않았다. 이제는 같은 실수를 하지 말고 더욱더 번창했으면 좋겠다. 그리고 언젠가 그가 나의 도움을 원하고 내가 필요한 날이 올 때는 언제든지 돕고 싶다. 그때까지 나를 키워준 그의 품에서 벗어나 나도 열심히 할 것이다. 내게 돌아갈 수 있는 집이 있다는 사실만으로도 난 충분하다.

# 승자와 패자

어느 날 팬들이 내게 SNS로 무언가를 알려주었다. 어떤 사람이 자꾸 나를 공격하며 욕을 한다는 것이었다. 처음에는 그저 나를 싫어하는 사람인가 보다, 라고 대수롭지 않게 생각했다. 하지만 누군지 궁금해서 찾아보았다. 그 순간 난 쇠파이프로 머리를 맞은 것처럼 머리가 멍해졌고 믿기지 않았다. 충격 그 자체였다.

E를 처음 알게 된 것은 내 나이 열아홉 살 때였다. 친구를 만나기로 했을 때 친구가 아는 동생을 데리고 온다고 해서 데리고 왔던 게 바로 E였다. 매우 착하고 예의가 바른 아이였고 금세 친해져서 내가 많이 아끼기도 했다. E에게는 조금 특이한 사항이 있었다. E는 조폭과 함께 사는 조폭이 키워주는 꼬마 건달이었으며 공개수배도 떨어진 아이였다. 하지만 나는 그에게도 그런 인생을 살아야만 하는 이유가 있을 것이라 생각했다. 그 당시 내게는 남들의 색안경과 편견으로 인한 상처가 있었기에 E에 대해 편견을 갖지 않고 그 아이 자체를 보려고 노력했다. 그리고 정말 착한 아이였기 때문에 그의 배경 같은 건 신경 쓰지 않았다. 자주 만나 데리고 다녔고, 나와 친한 여자아이까지 소개해주어서 서로 사귀게 되었다. 나는 내 소개로

만나 사귀게 된 것이 너무나 뿌듯했고 진심으로 축하했다. 그 후 둘은 동거를 시작했고 사귀느라 바쁜 탓인지 연락은 점점 끊겼지만, SNS를 통해서 근황을 볼 수 있었다. 그들의 SNS는 정말 알콩달콩 깨가 쏟아졌다. 커플티와 커플 반지, 안고 있는 사진, 뽀뽀하고 있는 사진에 오그라드는 문구까지 사랑하는 커플의 완벽한 모습이었다. 그리고 유명해지고 싶어 했던 E를 위해서 그들의 커플 사진을 자주 내 SNS로 퍼갔고 당시 방문자 수가 많았던 내 SNS를 통해서 그들의 커플 사진이 조금씩 퍼져나가기 시작했고 '훈훈 커플'이라며 유명세를 타기 시작했다. 나는 그 커플을 항상 응원했으며 너무나 보기 좋았다.

하지만 몇 달 후 E의 여자친구였던 내 친구가 울면서 전화를 했다. 놀란 나는 황급히 뛰어나갔고 너무나 충격적이어서 믿기지 않는 이야기를 듣게 되었다. 그녀는 내게 차근차근 처음부터 설명하기 시작했다. 처음에 사귀었을 때는 정말 잘해줬다고 했다. 그러던 어느 날 그녀가 E의 집에 놀러 가게 되었고, 그의 집에는 놀랍게도 가구가 하나도 없었으며, 경찰이 들이닥쳤을 때 언제든지 도망가기 위해 여행 가방 몇 개만 놓여 있었다고 한다. 그런 집을 보고 처음엔 놀랐지만, 그런 아픔조차 모두 다 감싸주어야 한다고 생각해서 태연한 척했다고 했다. 하지만 안쪽 방에 자물쇠가 달린 방이 하나 있었고, 왠지 모르게 그 방이 신경 쓰여서 E가 잠시 편의점에 간 사이 그 방문을 몰래 열어봤더니 두 명의 어린 여자아이가 감금되어 있었다고 했다. 그녀는 그 아이들에게 자초지종을 물었고, 방에 감금되었던 어린 여자아이들은 시간이 되면 E가 성매매를 시켜서 돈을 벌어 와야 했고, 한 사람당 20만 원을 벌어오지 못하면 심하게 폭행을 당한다고 했다. 도망치면 가족을 모두 죽이겠다고 협박했기 때문에 그 아이들은 도망도 치지 못한다고 했다. 그런데 아이들의 엄청난 이야기를 듣고 있던 사이에 E가 집으로 돌아왔고, 그 장면을 목격한 E는 그녀의 핸드폰을 빼앗은 후 도망칠

틈도 없이 집에 가지 못하게 거실에 감금했다. 다행히 그녀에게는 성매매를 시키진 않았지만, 그날부터 지옥이 시작되었다고 한다.

E가 처음 그녀를 때리기 시작한 건 그녀가 이별 통보를 하고 집으로 가겠다고 했을 때부터였다고 한다. 그 뒤로 매일같이 E에게 강간과 폭력에 시달렸고, 시간이나 강도도 점점 높아져서 골프채나 야구방망이 등으로 맞게 되었다고 했다. 또 이상한 성 취미가 있던 E는 잠자리를 가질 때는 항상 전기선 같은 것으로 그녀의 목을 졸랐고, E는 호흡곤란에 시달리는 그녀를 보고 쾌락을 느끼곤 했다고 했다. 그리고 E는 아주 치밀했다. 그녀의 부모가 걱정하지 않도록 일주일에 한 번씩 그녀를 귀가시켰다. 그녀의 집은 어머니와 단둘이 사는 반지하 집이었는데 그녀가 밖으로 나가지 못하게 종일 그녀의 방에 있는 창문 앞에서 망을 보았다고 한다. 또 누군가에게 도움을 요청하지 못하도록 그녀의 컴퓨터에 실시간으로 몇 초 간격으로 화면이 캡처되어서 E의 컴퓨터로 자동 전송이 되는 프로그램마저 깔아두었다. 또 그 프로그램으로 E는 멀리서도 그녀의 컴퓨터 전원을 끌 수도 있었다. 그동안 SNS에 올린 훈훈한 커플 사진들도 E가 피시방에 강제로 데리고 가서 시킨 것이었고, 커플 사진을 찍을 때 웃지 않으면 맞아야 했고, 사랑스러운 문구마저도 E가 그녀에게 받아 적게 한 것이었다. 그 외에도 E의 소름 돋는 행실들은 많지만, 더 이상은 이 책에 적을 수가 없을 것 같다.

그러던 어느 날 그녀가 E에게 머리를 세게 맞았고 피가 철철 흘렀다고 했다. 6시간 동안 계속된 폭력으로 정신이 몽롱해지면서 정말 이대로라면 죽겠다는 생각이 들었다고 했다. 그녀는 온 힘을 다해 도주를 시도했고, 뒤도 돌아보지 않고 가장 가까운 친구의 집으로 달렸다고 했다. E는 칼을 들고 쫓아왔지만, 친구가 먼저 그녀를 발견해 보호해주었고 곧바로 경찰에 신고해서 E는 경찰서에 잡혀 들어가게 되었다.

나는 그동안의 이야기를 듣고 나서 온몸이 떨렸다. 그가 벌인 행동들이

무섭기도 했지만, 그의 인간성과 내 앞에서 했던 연기, 너무나도 다른 앞뒤, 그리고 그 치밀함에 악마라고밖에 생각이 들지 않았다. 그 뒤로 E는 미성년자였기 때문에 소년원을 가게 되었다. 그리고 그녀는 그 후에도 후유증으로 괴로워했고, 정신병원에 입원하며 치료를 받아야만 했다. 그녀에겐 평생 갈 상처로 남았다. 하지만 E는 소년원에서도 그녀에게 수없이 협박편지를 보냈고, 아버지가 재력가였던 E는 아버지의 힘으로 형량을 깎고 열 달 만에 풀려나게 되었다. 그 열 달 후에도 우리는 혹시나 E가 다시 그녀에게 찾아와서 나쁜 짓을 하지 않을까 걱정되어서 항상 같이 있으면서 보호해주었다.

그리고는 한동안 그의 소식을 들을 수 없었다. 그 사건으로부터 몇 년이 흘렀고, 내 머릿속에서 그의 존재가 잊힐 때쯤 내가 모델로 있던 쇼핑몰 직원 누나가 새로운 모델의 면접을 같이 봐달라고 해서 그 자리에 동석하게 되었다. 그런데 면접 보러 들어온 사람은 다름 아닌 E였고, 순간 난 얼굴이 굳어버렸다. 다시는 마주칠 일도 엮일 일도 없을 줄 알았는데 말이다. 갑자기 말수가 없어지고 얼굴이 새파랗게 질린 나를 보고 이상함을 눈치챈 직원분이 신속하게 이야기를 나눈 후 E를 돌려보냈다. 하지만 E는 마치 나를 처음 보고 모르는 사이인 것처럼 대했다. 나는 가슴이 뛰어서 미칠 것만 같았다. 그와 다시 한 공간에 있다는 사실이 믿기지 않았다. E는 아직도 유명해지는 것을 포기하지 않은 것 같았다. 그리고 모델로서 일이 잘 풀리지 않자, 그는 인터넷방송을 시작했고, 그런 그가 방송에서 내 욕을 하며 다시 내 앞에 나타났던 것이다. 그는 마치 선한 양과 같은 모습으로 방송하며 그곳에서 많은 여성 팬에게 인기를 얻으며 억대의 수입을 벌어들이고 있었다.

• • •

나는 그와 자꾸 얽히는 것이 너무나 싫었다. E의 여자친구였던 그녀만큼 상처를 받은 것은 아니었지만, 내게도 그는 다시는 마주치고 싶지 않은 존재였다. 또한, 나는 그녀와 E를 처음에 이어준 것에 어느 정도 책임감을 느끼고 있었고, 다시는 마주치지 않기 위해서도, 이 악연을 끝내기 위해서도, E와 관련된 모든 것에 대해 결판을 지어야 한다고 생각했다. 먼저, 사실을 확인하기 위해 그에게 SNS로 전화번호를 달라고 메시지를 보냈다. 그리고 전화 통화를 하게 되었다. 나는 그에 물어보았다.

"내가 너에게 못 해준 게 있었어? 그 일 이후로 얘기를 나눌 수는 없었지만, 적어도 그 일이 있기 전까지 난 너에게 속으면서 엄청나게 잘해주었던 것 같은데? 도대체 왜 그랬어?"

그러자 그는 그건 자신의 안티가 이간질하려고 하는 것이라며 오해라고 했다. 처음에는 이 아이도 이제 어른이 되었으니까 변했겠지, 라는 희망을 품고 그의 말을 믿어주었다. 그래서 오히려 오해해서 미안하다며 사과를 하고 전화를 끊었다. 하지만 그 후로 어떤 팬이 내게 영상을 보내주었다. 그 영상은 E가 방송에서 내 욕을 한 것들만 정리해서 편집한 것이었다. 나는 그에게 다시 한 번 속았다. 나는 분노가 치밀어 올랐다. 그래서 다시 전화를 걸었다.

"넌 나를 또 속였어!"

그러자 그의 본성이 나왔다. 나를 죽이겠다고 협박했다.

"나는 매번 누군가에게 죽이겠다고 하는 네가 전혀 무섭지가 않은데. 너는 도대체 나의 뭐가 무서워서 나를 죽이고 싶어 하는 거야?"

나는 정말로 전혀 무섭지 않았다. 무언가로 인해 잔뜩 겁을 먹고 내가 없어지기만을 바라는 그가 불쌍하다는 생각이 들었기 때문이다. 사람은

살면서 많은 것을 얻지만, 또 살면서 많은 것을 잃어버리기도 한다. 그는 그저 어른이 되면서 얻어야 하는 몇 개의 조각을 잃어버린 것 같았다. 그러자 그는 사실대로 모든 걸 털어놓았다.

"형, 제가 얼마나 버는지는 아세요? 이 방송으로 1년에 몇 억을 벌어요. 그런데 지금 형과 그 여자애 둘 때문에 제가 그 돈을 포기하는 건 너무하지 않나요? 그리고 저 돈도 많아서 형이랑 소송해도 이길 자신 있어요."

그 말을 듣고, 나는 확신했다. 그는 자신이 잘못한 걸 알고 있었다. 그리고 지금까지도 그는 죄책감에 시달리고 있었다. 그래서 자신이 과한 행복을 누리게 될수록, 그는 혼자서 많은 것들에 찔리며 자신의 비밀과 치부를 알고 있는 나를 겁내며 경계하고 불안해했던 것이다. 나는 그에게 한 번 더 물었다.

"너는 그녀에게 평생의 상처를 주었어. 네가 정말 반성했다면, 그녀의 눈에 띄지 않게 조용히 살아야 하지 않을까?"

그러자 그가 눈물을 흘렸다.

전화를 끊으니, 예전 일이 머릿속을 스쳐 지나갔다. 스무 살 때 어떤 얼짱이 평범했던 내 친구에게 잘못해서 큰 상처를 주었고, 내 친구는 결국 화장실에서 자살 시도를 했다. 나는 너무나 화가 났고 그런 그와 같은 업종에 종사하는 것 자체도 싫었기 때문에 그 얼짱을 매장하기 위해서 충격적인 실체를 SNS에 모두 공개했다. 그러자 그 아이는 곧바로 실시간 검색어에 오르며 화제가 되었고, 인터넷에서 사라졌다. 하지만 그 얼짱의 꿈이 배우라는 걸 나중에 알게 되었다. 내가 그의 꿈을 모두 짓밟아버렸기 때문에 시간이 지날수록 그 아이를 생각하면 지금도 미안한 마음과 죄책감을 느낀다. 그 느낌은 오랫동안 나를 괴롭혔다. 상대가 어떤 사람이든 누군가에게 상처를 준다는 것은 그런 것이었다.

E가 절대로 반성하지 않으리라는 것도 알고 있다. 그리고 그의 눈물도 거

짓인 것을 잘 알고 있었다. 그는 지금도 사람들을 속이며 돈을 벌고 있고, 나에겐 그를 벌할 수 있는 무기가 있지만, 나는 같은 실수를 반복하고 싶지는 않았다. 또다시 그때처럼 한 사람의 인생을 망쳐서 E와 똑같은 사람이 되어 예전의 나처럼 죄책감에 시달리며 살고 싶지 않았다. 이 세상에 정말로 신이 계신다면 언젠가는 그가 벌을 받을 것이라 믿으며, 나는 최대한 쓸데없는 감정 소모를 하지 않고 내게 어렵게 찾아온 내 행복을 지켜야 했다. 나는 그가 언젠가 진심으로 반성할 때가 오기를 소망하면서 그에게 다시는 서로 마주치지 말자고 마지막 인사를 건넸다. 물론 그는 자신이 이 싸움에서 이겼다고 생각할 수도 있다. 하지만 그게 내 안의 행복을 위한 가장 올바른 판단이었다.

나는 하루하루 내 행복을 지키려 노력했다. 쓸데없는 일에 감정 소모를 하지 않으려 노력했고, 모든 일들을 즐기면서 하고, 안 좋은 일들도 어렵게 생각하지 않고 간단하게 생각하려 애썼다. 어렵게 찾아온 행복이었기에 더 간절히 기도했다. 평화로운 날들이 계속되기를 바랐을 뿐이다. 이후로도 나는 나의 행복을 조금이라도 저지할 요소가 있다고 파악되면 그 자리를 피했고, 내가 사과해서 일이 좋게 끝날 수 있는 일이면 내가 먼저 사과를 했고, 무언가 문제가 생겨도 최대한 크게 만들지 않으려 했다. 만약 세상이 승자와 패자, 둘로 나눈다면 나는 '패자'여도 괜찮다는 것을 알게 되었다.

# 겁

/

평생 혼자일 줄 알았던 내게도 항상 옆에서 응원해주고 지금도 함께해 주는 친구들이 생겼다. 누군가를 믿고 누군가에게 마음을 주고 모든 것을 보여주며 함께하는 것은 내게 있을 수 없는 일일 줄 알았다. 하지만 이렇게 넓고 넓은 세상에서 나를 위해, 그리고 당신을 위해 기도해주는 사람이 단 한 명은 있다. 그리고 말로 표현이 안 될 정도로 고마운 그 사람들은 언젠가 어떻게든 만나게 되어 있다. 그리고 당신에게 소중한 사람일수록 그 사람은 항상 당신 곁에 있었다.

나와 영기는 열아홉 살 때 친구의 소개로 알게 되었다. 친구가 자기 주변에도 얼짱이 있다며 친하게 지내라는 뜻으로 소개시켜주었고, 그때는 내게 둘도 없는 친구가 될 거라고는 짐작도 못 했다. 그 후로 따로 연락하거나 마주치는 일이 없었는데, C의 회사에서 같이 일하게 되면서부터 친해졌다. 앞서 말한 것처럼, 영기랑 나는 C의 회사에 계약된 모델이었고, C가 가져오는 일들을 항상 같이 수행했다. 게다가 영기는 어릴 때부터 쇼핑몰을 운영하고 있었고, 같은 사무실에서 각자의 쇼핑몰을 운영하며 동고동락했다. 오랜 시간을 함께 지내며 하는 일 또한 같다 보니, 서로 통하는 이야

기와 공감되는 부분이 많아서 친한 친구이자 최고의 파트너가 되었다. 사실 우리가 하는 일이 보편적인 일은 아니었기 때문에 누군가에게 털어놓아도 쉽게 이해시킬 수 없으므로 우리는 서로를 공감해주고 보듬어주며 이해해주었다. 또 영기는 쇼핑몰 직원들을 모두 자신과 가장 친한 중·고등학교 때 친구들을 고용하고 있었고, 일을 하며 나도 그들과 자연스럽게 친해졌다. 그녀의 친구들은 모두 자신들의 꿈을 위해 열심히 사는 사람들이었고, 겉으로 보기엔 강해 보였지만 마음속은 여리고 항상 따뜻한 친구들이었다. 사실 영기도 어릴 적부터 사회생활을 한 탓인지 가까운 친구가 많은 편은 아니었고, 바쁜 일정 속에서도 같이 밥을 먹고 같이 일을 하고 같이 회식을 하며 추억과 우정을 쌓아갔다.

영기는 겉보기에는 밝아 보였지만, 한 집안의 가장이었고, 집안 사정으로 인해 많은 빚이 있었다. 한번은 사무실에 채권자들이 찾아온 적이 있었는데, 그런 상황에서도 울지 않고 자신의 할 일을 하는 그녀를 보며 여자아이지만 나보다 강하다는 생각이 들었다. 그런 그녀를 보며 나도 힘내야겠다는 생각이 들기도 했다. 가끔 흔들리지 않는 그녀의 정신이 부럽기도 했고 멋있었다. 그리고 C의 사업이 망한 뒤로, 나는 연습생으로 갔지만, 그녀는 사무실을 옮겨서 일을 멈추지 않고 계속해서 사업을 해야만 했다. 비록 길이 엇갈려서 뿔뿔이 흩어져 난 매일 같이 연습을 해야 해서 그전처럼 자주 볼 수는 없었지만, 우리는 계속해서 연락을 주고받았고, 연습생이 된 나를 격려해주러 가끔 다 같이 우리 집에 찾아와서 놀아주었다. 그럴 때면 그동안 아무에게도 말하지 못한 일들을 보따리를 풀어놓는 듯이 이야기했다. 정말 숨통이 트이는 것 같았고, 큰 힘이 되었다.

그리고 매주 주말에 영기와 함께 열심히 행사를 뛸 때가 있었는데, 남자친구가 있었던 영기는 우리가 다 같이 모일 때면 당연하다는 듯이 남자친구인 세용이도 항상 동석했다. 당시 나는 영기가 세용이랑 헤어지면 어차

피 다시는 안 볼 사이라 생각했기 때문에 정을 주지 않고 있었다. 그러던 어느 날 영기가 내게 진지하게 할 말이 있다며 행사가 끝난 후 커피를 마시러 가자고 했다. 그때 영기로부터 임신한 사실을 듣게 되었다. 처음에는 장난이거나 몰래카메라인 줄 알았다. 하지만 그녀의 눈이 너무나 진실해 보였고, 이성 친구 중에서는 내게 가장 먼저 말하는 것이라고 했다. 나는 그녀가 나를 믿고 말해준 그 마음이 너무나 고마웠다. 그리고 한편으로는 혼자서 얼마나 힘이 들었을까, 얼마나 고민이 많았을까, 라는 생각이 들어서 마음이 아팠다. 그리고 그녀는 앞으로 남자친구와 계속 함께하고 싶다고 도와달라며 부탁했다. 나는 그녀가 내게 의지해준 마음에 꼭 보답하고 싶었다. 그리고 영기가 잘 출산할 수 있도록 돕고 싶었다.

그 뒤로 세용이와도 평생 같이 볼 마음으로 마음을 열었고, 함께 다니며 친하게 지내게 되었다. 시간이 지나 연습생을 관두고 나서는 더욱더 모두와 가까워지면서 힘들 때는 서로 위로해주고 유일하게 마음을 터놓을 수 있는 관계가 되어 갔다. 우리는 지금도 주말이 되면 마치 약속이라도 한 것처럼 여섯 명이 다 같이 모여서 놀곤 한다. 또 모두 여행을 좋아했기 때문에 자주 다 같이 여행을 다니며 추억을 쌓아갔다. 우리는 항상 서로를 생각해주었다. 각자의 부족한 점을 채워주었고 이해해주었다. 어느새 우리는 가족이 되어 있었다. 이제 내게 그들은 없어서는 안 될 가족, 서로를 위해 기도해주는 친구가 되었다. 내게 그런 존재가 생길 거라고는 감히 상상도 못 했던 일이다. 한없이 부족하고 말썽꾸러기인 나와 친구가 되어 준 그들이 항상 고맙다.

• • •

우리는 자주 다투기도 한다. 사소한 오해가 생겨서 싸우기도 했고, 도저

히 풀 수 없는 오해들도 존재한다는 걸 알게 되었다. 서로를 잘 알고 있다고 생각하니까 오히려 쉽게 오해가 생겼고, 친하고 신뢰하는 만큼 상처도 잘 받고 엇갈리기도 한다. 친하니까 서운한 마음이 생기기도 하고, 서로에게 상처를 주기도 하며, 서로의 단점도 누구보다도 잘 알고 있으므로 삐걱삐걱할 때도 있다. 그럴 때면 나의 나쁜 버릇이 내 마음속에서 '친구는 영원하지 않아. 이렇게 되는 거 알고 있었잖아. 나한테 무슨 친구야!'라고 되새기며 그들을 먼저 쉽게 포기하려 했다. 하지만 트라우마로 나쁜 마음에 쉽게 휩싸여서 먼저 떠나려는 나를 영기와 그 친구들은 항상 붙잡아주었다. 돌이켜보면 지금까지 단 한 번도 아무도 먼저 나를 붙잡아준 적이 없었다. 지금까지 느끼지 못했던 그들의 마음이 가끔 나에겐 너무나 눈부실 정도로 빛나기도 한다.

나는 지금까지 산다는 것은 슬픈 건 줄로만 알고 있었다. 혼자인 게 당연한 것으로 생각했다. 사람을 믿으면 언젠가 배신당할 것이라 생각했다. 내가 힘들고 쓸모없어지면 아무도 내 곁에 없을 것으로 생각했었다. 하지만 친구들 덕분에 누군가와 함께 걸어간다는 것이 정말 행복한 일이라는 것을 알게 되었다. 혼자가 아니니까 서로 손잡을 수도 있고, 어깨동무도 할 수 있다는 것을 알게 되었다. 그들은 언제든지 나의 삐뚤어진 마음을 치유해주었고, 힘들면 언제든지 달려가 기댈 수 있는 곳이 되어 주었다. 덕분에 나는 항상 든든하고 마음의 여유가 넘쳐서 다른 누군가에게도 따뜻함을 전해주고 아껴줄 수도 있게 되었다. 인간은 누구나 완벽하지 않으니까 서로의 부족한 점을 채워주기도 한다. 그들이 있어서 난 언제든지 웃을 수 있다.

나의 스물네 살은 종일 웃는 일이 넘쳐났다. 그런 날들이 반복되었다. 우울한 일보다 즐거운 일이 더 많은 날이 찾아왔다. 내가 그토록 바라던 행

복이었다. 내가 즐겁게 잘할 수 있고 또 하고 싶은 일들을 하고, 소중한 친구까지 있던 나는 무서운 것도, 어느 하나 부족함도 느끼지 못했다. 가끔 친구들과 이야기하다가 나도 모르게 뜬금없이 왈칵 눈물이 흐르곤 했다. 이상하게도 행복해지니까 오히려 눈물이 많아졌다. 하지만 그 눈물은 슬퍼서 나오는 것이 아니었다. 그냥 소소한 일상들이 내게 너무 소중하고 벅차서 나오는 눈물이었다. 처음에는 슬픈 이야기를 하고 있던 것도 아니고, 전혀 눈물을 흘릴 상황이 아닌데도, 우는 나를 보고 친구들이 곤란해했다. 하지만 그런 눈물이 반복되다 보니, 나중에는 "얘 또 시작이네!"라며 친구들도 아무렇지 않게 넘기게 되었다. 친구들은 내 눈물을 보며 사람의 행복지수에는 어느 정도 포용선이 있는데, 그 선을 넘으면 저절로 눈물을 흘리는 것 같다고 이해해주었다. 듣고 보니, 정말 그 눈물은 깜짝 이벤트를 당하거나 프러포즈를 받거나 했을 때, 감동하여 감정이 벅차오르고 가슴이 따뜻해지고 터질 것 같은 느낌과 비슷했다. 나이를 먹을수록 나는 더 감성적으로 변하는 것 같다. 친구들과 다 같이 여행을 가도 혼자서 갑자기 울고 있을 때도 있고, 드라마나 만화, 영화를 보면서도 조금만 슬픈 장면이 나와도 눈물이 흘러나온다. 그만큼 내 안에서 다른 감정들을 포용할 만큼 여유가 생겨서일까? 어찌 됐든 내가 지금 행복하다는 증거임에 틀림없다.

내가 지금껏 누리지 못한 것들이었기 때문일까? 행복했지만, 나는 행복하면 불안했다. 행복이 다시 사라질 것 같아서, 다시 멀어질 것만 같아서, 다시 잃을까 봐, 겁이 나고 무서웠다. 지금까지 살면서 행복해지면 늘 그 후에 안 좋은 일들이 한꺼번에 몰려왔기 때문에 그랬던 걸지도 모르겠다. 그저 마음속으로 '내일도 이렇게 행복할 수 있었으면 좋겠다. 이런 날들이 계속됐으면 좋겠다.' 항상 간절히 기도했다. 나는 나의 행복을 지키고 싶었다. 꿈이라면 깨지 않기를 바랐다.

# 용서

지나간 일들도 이제는 모두 웃으면서 이야기할 수 있었다. 그런 일 하나하나가 있었기에 내가 지금 행복할 수 있다고 느낄 수 있었기 때문이다. 그리고 그렇게 말할 수 있는 건 내가 지금 행복하다는 증거이기도 했다. 내 인생의 수많은 조각들 중에서 가족과 관련된 아픔도 있었다. 내게 해결하지 못한 문제는 이제 그 조각밖에 없었기 때문에 마음의 여유가 생겨날수록 가족에 대한 생각이 점점 더 선명해지고 있었다. 그리고 문득 가족에 대한 생각이 날 때마다 과거에는 이해하지 못했던 많은 일들이 하나둘씩 이해가 되기 시작했다.

비록 집을 나왔지만 나는 친누나와는 계속해서 연락하며 지내고 있었다. 나보다 여섯 살이 많은 우리 누나는 어릴 때부터 부모님에 대한 내 아픔을 보듬어주었다. 분명히 누나도 같은 상황이었을 테지만 누나는 자신의 상처는 아랑곳하지 않고 나를 보듬어주고 사랑해주고 채워주고 돌봐주었다. 그래서 어릴 때 누나만큼은 내게 든든한 버팀목이 되어주었다. 그래서 어른이 된 지금 나는 늘 누나에게 고마운 마음을 가지고 있다. 나이를 먹으면 먹을수록 어릴 때 주기만 했던 누나의 마음이 더 고마웠고, 평생 내가 돌려줘야 하는 것들이라는 생각이 들었다.

나는 일찍이 부모님의 집을 나왔지만, 누나는 계속해서 나를 대신해서 부모님의 곁을 지키며 함께 살고 있었다. 같이 살지 않았어도 누나와는 가끔씩 만나 함께 밥을 먹었다. 그럴 때마다 부모님의 이야기를 전해 들을 수 있었다. 예전보다 많이 쇠약해지셨다는 이야기와 나를 보고 싶어 한다는 이야기, 외로워하신다는 이야기도 들려주곤 했다. 그럴 때면 가족이라는 이유만으로 가슴이 저려 왔다.

그러던 어느 날 나는 감기에 걸려서 몸이 아파서 혼자 집에서 끙끙 앓으며 누워 있었다. 곁에 병간호해줄 사람이 아무도 없어서 서러워 눈물이 나왔다. 어릴 적엔 내가 아프면 엄마가 곁에 있어 주셨던 것이 생각이 났다. 그래서 난 아프다는 핑계로 용기를 내어 부모님의 집으로 갔다.

드디어 문이 열리고, 오랜만에 본 부모님의 모습은 내가 기억하던 것과는 많이 달랐다. 늙고 흰머리가 풍성해진 부모의 모습은 내 가슴을 찡하게 만들며 뭔지 모를 죄책감마저 느끼게 했다. 생각해보니 우리 부모님은 나를 늦게 낳은 편이라 벌써 나이 60을 바라보고 계셨다. 엄마는 곧바로 아픈 나를 예전처럼 병간호해주셨고 금세 다시 건강해질 수 있었다. 아플 때는 가족이 최고라는 생각이 들었다. 이 상황이 내게는 어색했지만 난 애써 태연한 척하고 있었다. 그러다가 그 어색한 분위기를 깨려고 무슨 말이라도 해야겠다고 생각하고 나온 말이 하필이면 "엄마, 그때 나한테 왜 그랬어?"였다. 그 순간 난 내 입을 꼬집고 내 말을 주워담고 싶었다. 어쩌면 난 엄마 앞에선 아직 어린 꼬마가 되는 것 같았다.

그러자 엄마는 눈물을 흘리셨고, 나를 강하게 키우고 싶었다고 말씀하셨다.

나는 다시 "엄마, 나를 사랑하긴 했어?"라고 물었다.

그러자 엄마는 한 번도 나를 사랑하지 않은 적이 없었다고 했다. 내가 집을 나간 후에도 항상 걱정하고, 나를 응원했다고. 그리고 지금까지 이렇게

잘 커 줘서 정말 고맙다고 울면서 말씀하셨다. 언제나 내 앞에서는 강할 줄만 알았던 엄마가 우시는 모습을 보니, 문뜩 '난 그동안 엄마도 사람이라는 걸 왜 잊고 있었을까?'라는 생각이 들었다.

그런 생각이 들자, 나는 내 방으로 뛰어들어갔다. 엄마 앞에서 울기 싫었기 때문이다. 어쩌면 난 지금까지 '엄마가 나를 사랑하긴 했을까?'라는 질문에 대한 대답을 그토록 듣고 싶었던 것 같았다. 그 대답을 듣기엔 그동안 내가 너무 어렸기 때문에 무서워서 도망 다니기만 했던 것 같았다. 그리고 그 대답을 듣기까지 너무 많은 시간이 흘러버린 것 같아 원망스러워서 눈물이 더 나왔던 것 같다.

사실 지금까지 난 엄마 아빠의 말을 들은 적이 한 번도 없었다. 엄마 아빠가 바라던 길로 간 적도 없었다. 어릴 때부터 늘 속만 썩이는 불효 자식이었다. 그런 내게 잘 커줘서 고맙다고 말하는 엄마를 보니, 그동안 일방적으로 미워했던 건 내 쪽이었다는 걸 알게 되었다. 자식인 내게 조금 모질게 대했더라도 그건 모두 나 잘되라는 사랑임에는 틀림없었는데……. 나는 계속해서 일방적으로 미워하기만 했다. 그런데도 엄마는 자식이라는 이유만으로 나를 끝까지 언제나 한결같이 응원하고 기대하셨던 것이다. 그리고 틀림없는 사실 하나는 엄마가 없었다면 난 그렇게 열심히 살지 않았을지도 모른다는 것이다. 아마도 지금의 나는 없었을 것이다. 그런 엄마의 뜻과 진심을 깨닫게 된 나는 내 방에서 한참 동안 소리 없이 울었다. 그건 분명히 시원하고 섭섭한 눈물이었다.

한참 후 마음을 가다듬은 나는 엄마에게 다가가 "엄마 덕분에 내가 강한 어른이 될 수 있었어요."라고 고마움을 전했다. 어긋나버린 오해를 푸는 데 무려 7년이라는 긴 시간이 걸리고 말았다. 7년 동안 만들지 못한 가족과의 추억도 남은 시간 동안 다시 만들어야 했다. 그동안 내가 엄마에게 하지 못했던 것들을 메꿔야 한다. 세상엔 분명히 화목한 가정만 있는 것은

아닐 것이다. 하지만 서로 마주앉아 더 이상 피하지 않고 솔직하게 마음을 풀어나가며 서로의 마음을 확인하고 여느 가족들처럼 다시 화목해질 수 있다면 언제든지 늦지 않는다고 믿는다. 내가 어른이 돼서 확실히 알게 된 사실은 부모님의 사랑은 우리 자식들의 사랑보다 언제나 거대하다는 것이다. 우리가 예상하는 것보다 훨씬 거대했다. 너무나 커서 우리 자식의 눈에는 때때로 벽처럼 보이기도 하지만, 멀리 떨어져서 혼자 살아가다 보면 그것을 알게 된다. 그리고 그 사랑은 우리를 항상 일방적으로 바라보면서, 힘들 때는 같이 슬퍼하고, 아플 때는 같이 걱정해주고, 누구보다 우리의 성공을 바라고 응원하며 기대하는 것이 바로 '가족'이었다. 어른이 돼서야 겨우 가족의 참뜻을 알게 된 나는 이제 한없이 아낌없이 내 가족을 사랑하고 있다.

괜찮아,
내가 손잡아줄게!

# 절망

어느덧 난 스물다섯 살이 되었다. 나는 내가 해야 할 일들을 하며 내 길을 걷고 있었다. 바쁜 일상을 보내던 어느 날, 군대에서 재검을 받으라는 연락이 왔다. 신검을 받고 시간이 꽤 오래 지났기 때문에 갱신해야만 했다. 나는 짬을 내어 재검을 받았고, 며칠 후 병무청에서 전화가 왔다. 검사 결과가 이상하다며 나에게 큰 병원으로 가서 정밀검사를 받아야 한다고 했다.

사실 그런 전화를 받고도 나는 하나도 불안하지 않았다. 여태껏 크게 아픈 적이 없었고, 건강과 체력은 자신 있었기 때문이다. 그 흔한 감기도 잘 걸리지 않는 체질이었다. 며칠 밤을 새워도 끄떡없었으므로 건강에 신경 쓴 적이 없었다. 그래서 가벼운 마음으로 검사를 받았고, 검사를 받은 사실조차 잊은 채 한동안 생활했다. 그때 내 머릿속에는 점점 다가오고 있는 내 생일에 대한 일들로 가득했다. 내 생일 때 친구들과 함께 여행을 떠나기로 했기 때문이다. 너무 기대되었다.

그리고 며칠 후, 내게 문자가 날아왔다. 검사 결과가 나왔으니, 다음 날 병원으로 오라는 내용이었다. 왠지 그날은 하루가 조금 길게 느껴졌다. 자려고 침대에 누웠을 때도 왠지 불안한 마음이 들었다. 그래서 또다시 머릿

속으로 친구들과 생일 기념으로 여행 가기로 한 것을 떠올리며 불안감을 기대감으로 묻은 채 잠이 들었다.

다음 날 나는 콧노래를 부르면서 병원에 갔다. 내 생일이 나흘 남았다는 사실에 들떠 있었다. 얼른 결과를 듣고, 가벼운 마음으로 집에 돌아가고 싶었다.

대기실에서 내 이름이 호명되었고, 난 미소를 띠며 의사 선생님이 계신 방으로 들어갔다. 하지만 웬일인지 의사 선생님은 나와 눈을 마주치려 하지 않았다. 어두운 표정으로 지금부터 자기가 하는 말에 놀라지 말라고만 했다. 마치 몰래카메라라도 당하는 것 같았기에 난 웃으면서 무섭게 왜 그러시냐고 했다. 그러자 의사 선생님은 신중하고 조심스럽게 설명하기 시작했다.

내 몸 안에서 암 조직을 발견했고, 당장 수술해야 한다고 하셨다. 그리고 다른 곳으로 전이되기 전에 서둘러 투병할 것을 권유하셨다.

그 순간 누군가가 망치로 내 머리를 내려친 것 같았다. 솔직히 내 얘기가 아닌 것 같았다. 드라마 등에서 말로만 듣던 그 '암'이라는 단어가 내게 와 닿지 않았던 것이다.

그래서 나는 웃으면서 "네? 네??"라고 몇 번이고 되물었다. 분명히 검사 결과가 잘못되었다는 생각이 들었다. 혹시 다른 사람 것과 바뀐 것은 아닐까 하는 생각도 들었다. 그래서 다시 한 번 확인해달라고 말씀드렸지만, 돌아오는 대답과 선생님의 표정에는 변화가 없었다.

그때서야 내 얼굴에서는 웃음기가 사라졌고, 머릿속은 새하얀 백지가 되었다. 악몽을 꾸고 있는 것 같았다. 내가 아직 꿈을 꾸고 있는 것이라고 생각했고, 얼른 꿈에서 깨야 한다는 생각만으로 가득했다.

그 뒤로는 아무 말도 들리지 않았다. 그렇게 나는 한참 동안 멍하니 앉아 있었다.

“왜요? 이유가 뭐예요?”

그러자 선생님은 그냥 운이 나쁘면 그럴 수 있다고 했다. 건강에 신경을 써도 누구는 걸릴 수 있고, 쓰지 않아도 누구는 건강할 수도 있다고 했다. 그 말씀대로 나처럼 건강에 신경 쓰지 않는다고 해서 모두가 걸리는 건 아니었다.

“운…….”

선생님은 그런 내 모습이 안타까웠는지, 너무 충격이 크면 정신과 선생님을 소개해주겠다고 했다.

하지만 내 머릿속에서는 일단 서둘러 그곳을 벗어나야 한다는 생각으로만 가득했다. 더는 그 방에서는 숨을 쉴 수가 없었다. 나는 웃으면서 이렇게 말했다.

“괜찮아요. 생각을 좀 정리한 후에, 나중에 다시 연락드리고 올게요!”

병원을 나오는 내 발걸음은 너무나 부자연스러웠다. 발바닥에 땅이 닿는 그 당연한 촉감마저도 이질감이 들었다. 다리가 내 의지로 움직이는 것 같지 않았다.

차를 타고 하늘을 바라보는 순간, 세상이 무너져 내리기 시작했다. 그때서야 비로소 이게 꿈이 아니라는 걸 알게 되었다.

미친 듯이 손이 떨리기 시작했고, 입 밖으로 괴성이 흘러나왔다. 나는 소리를 지르며 울면서 울부짖었다. 그리고 하나님을 원망했다.

‘왜? 도대체 왜? 왜 하필 내가? 왜, 왜 지금?’

도저히 운전할 수 없었던 나는 두 시간 동안 차 안에서 난동을 부렸다. 그때 난 그 동네에서 가장 불행하고 힘든 사람이 된 것 같았다. 세상에서 버려진 느낌이 들었고, 하나님에게서 버려진 느낌마저 들기 시작했다. 길가는 사람들이 모두 다 나보다 행복해 보였고 그들이 부러웠다. 밖에 있으니

다른 사람들을 볼 수밖에 없었고, 그것을 도저히 참을 수 없어서 미칠 것만 같았다.

나는 서둘러 시동을 걸었고 집으로 돌아갔다. 집으로 돌아가는 길은 다시 기억하고 싶지 않은 지옥이었다.

집으로 들어가니, 따뜻한 봄 햇살이 내 방에 스며들고 있었다. 하늘은 정녕 내 심정을 모른다는 듯이 가장 밝게 빛나고 있었고, 나를 약 올리는 것처럼 보이기까지 했다.

그래서 난 빛이 들어오지 않게 커튼도 닫고, 불도 켜지 않은 채 어둠 속으로 뛰어들어갔다.

하늘이 미웠다. 나는 어릴 적부터 어둠을 무서워했다. 그래서 잘 때도 항상 불을 켜고 자야 할 정도로 어둠을 두려워했다.

하지만 그때는 아무것도 무섭지 않았다. 귀신이 어둠 속에서 나와도 귀신마저도 나를 동정할 것 같았고, 오히려 내가 한이 더 많아서 귀신을 이길 것만 같았다.

그때는 시간이 점점 지나는 것이 가장 무서운 공포였다. 시간이 지날수록 내 몸 안에 암세포가 퍼지는 것 같았고, 내 몸이 점점 썩어들어가는 느낌이 들었다. 온몸이 부서지는 듯한 그 느낌은 너무 무서워서 미칠 것만 같았다. 시계 소리마저 나를 소름 돋게 했기 때문에 나는 모든 시계를 집어 던졌다. 멈출 수도 없는 시간이 흐르는 것이 무서워서 1초 1초가 무서워서 뜬눈으로 밤을 지새웠고, 이틀 동안 눈물이 멈추지 않았다.

모든 것이 너무나 억울했다. 그때 나는 내가 행복해지면 안 되는 사람이라는 걸 인정할 수밖에 없었고, 이제 더는 행복이 지속할 수 없다는 게 그냥 너무 억울했다.

여태껏 죽고 싶었던 적은 많았지만, 막상 죽음이 내 앞에 닥치니 너무나 무서웠다. 어쩌면 어릴 때 죽고 싶어 했던 것에 대한 벌을 지금 받고 있을

지도 모른다는 생각마저 들었다. 내가 긍정적으로 지금까지 힘든 일들을 견뎌내고 수많은 벽을 부수면서 넘어왔기 때문에 더 이상의 힘든 일은 없을 거라고 생각했지만, 이것만큼은 내 힘으로도 피할 수 없는 너무나 크고 단단한 벽이었다. 이제는 다 끝났다고 생각했는데 또다시 계속되는 시련들 때문에 나는 지쳐 있었다. 더 이상은 무리라는 생각이 들어서 포기하고 차라리 편해지고 싶었다. 사는 게 너무 힘들고 괴로웠다. 그저 내게 이런 운명을 준 누군가를 원망하는 수밖에 없었다.

"내가 뭘 그렇게 잘못했나요? 내가 무슨 죄를 그렇게 지었나요?"

# 용기

이틀 동안 난 울기만 했다. 그리고 허망하다는 생각만 들었다. 지금까지 열심히 살아온 것에 대한 결과가 고작 이런 것이었냐고. 나는 행복한 사람이 될 수 없다는 결론이 희망조차 생겨날 수 없게 만들었다. 난 행복을 누릴 자격도 없는 사람이 되었다. 그리고 내 머릿속에서는 죽을 준비를 하기 시작했다. 내가 더 미치기 전에, 몸이 아파지기 전에, 편하게 죽을 방법은 없을까? 더 불행해져서 내 인생이 불쌍해지기 전에 끝내는 것이 나를 위해 내가 마지막으로 해줄 수 있는 일이라 생각되었다. 나는 가장 편하게 죽는 방법을 찾기 시작했다.

그러자 갑자기 후회가 밀려들었다. 내가 이렇게 빨리 죽을 줄 알았다면 친구들에게 더 잘해주고, 더 많이 사랑한다고 표현할걸. 더 자주 놀러 다니고, 더 많은 추억을 쌓아놓을걸. 주변 사람들에게 더 친절하게 대하고, 조금 더 양보해줄걸. 가족들에게 더 많이 사랑받고, 사랑해줄걸. 더 많은 걸 표현할걸, 하고 싶은 거 하지 못한 거 더 많이 해놓을걸. 그때서야 비로소 내 주변의 아무 의미 없다고 생각되던 사소한 것들이 실은 가장 소중하고 아름다운 축복이었다는 걸 깨닫게 되었다. 누군가에겐 당연한 거지만, 누군가에겐 더는 가질 수 없는 꿈과 같은 것. 세상은 알고 보면 아름다운

것투성이구나! 어차피 난 죽을 거지만, 너무나 모든 것들이 부러웠다.

이렇게 내가 나를 포기하고 마음이 편안해지기 시작할 때쯤, 친구 영기에게서 전화 한 통이 왔다. 나에 대해 기도를 하던 중, 갑자기 마음이 너무 아파서 눈물이 멈추지 않아 걱정되어서 전화했다고 했다. 혹시 내게 무슨 힘든 일이 있느냐고 물었지만, 나는 영기의 목소리를 듣자마자 눈물이 쏟아져서 대답할 수가 없었다. 더는 친구들과 함께할 수 없다는 것이, 이렇게 나를 위해 기도해주는 좋은 친구들과 평생 함께하지 못한다는 사실이 원통했다. 나는 영기에게 모든 걸 털어놓았다. 그러자 내 이야기를 들은 영기는 한참 동안 말을 못하다가 이렇게 말을 건넸다.

"포기하지 마! 우리 같이 늙어가자."

너무나 절망적인 상황에 빠진 나에게 처음으로 친구라는 존재가 위로의 말을 건넨 순간이었다. 너무나 고마웠지만, 이미 내 마음속에서는 같이 있을 수 없다고 포기해버렸기에 이제는 그럴 수 없다며 난 이미 늦었다며 미안하다고 말할 수밖에 없었다. 그리고 이런 충격적인 이야기를 혼자 끌어안고 가야 하는데, 영기에게까지 내 아픔을 나눠준 것 같아 미안한 마음이 들었다. 전화를 끊은 후, 나는 남은 시간이라도 더 알차게 보내야겠다는 생각이 들었다. 얼마 남지 않은 시간을 슬퍼하고 후회하고 눈물 흘리는 데 쓰기엔 너무나 아까웠다. 내가 죽을 때 조금이라도 후회 없이 죽을 수 있도록, 웃으며 죽을 수 있도록 소중한 사람들과 소중히 그 시간을 써야겠다고 마음먹었다. 그래서 내 생일날 예정대로 친구들과 함께 여행을 떠나기로 했다. 나의 마지막 여행이라고 생각했다.

우리는 다 같이 여행을 떠났다. 영기를 제외하고 다른 친구들은 내가 아프다는 걸 몰랐기 때문에 평소대로 즐겁게 지내고 싶었던 나는 당연히 티를 내지 않았다. 그리고 친구들과 즐거운 여행을 떠나면 미련 없이 내 마

음이 속 시원할 줄 알았는데, 시간이 지날수록 더 같이 있고 싶고, 자꾸만 더 살고 싶어졌다. 아직 친구들과 가고 싶은 곳도, 먹고 싶은 것도 수없이 많았고, 그들과 함께하면서 앞으로 쌓아갈 더 많은 추억들이 아쉬웠고 그것을 나도 같이 보고 싶었다. 마지막 여행이라고 분명히 다짐했는데, 그런 생각이 나서 자꾸 살고 싶어졌고, 그럴 때마다 내 눈에는 조금씩 눈물이 고여 갔다. 친구들에게 앞으로 함께 지내며 차차 표현했어야 할 나의 마음들을 모두 담아서 한꺼번에 전하고 싶었지만, 꾹꾹 참으며 내 마음을 들키지 않기 위해서 나는 평소와 같이 행동해야만 했다.

하지만 오랫동안 함께한 친구들을 속이는 것은 불가능했다. 친구들은 내가 이상하다는 것을 바로 알아차렸고, 영기도 친구들에게 털어놓으라고 나의 등을 떼밀었다. 친구들은 내게 말하라고 추궁했다. 그 사실을 입 밖으로 꺼내는 것 자체가 나에겐 엄청난 고통이었고, 마음이 아팠지만, 결국 애써 감정을 억누르고 웃으면서 아무렇지도 않은 척하며 말을 꺼냈다. 별거 아니라는 듯이 대수롭지 않게 말했지만, 친구들은 말없이 고개를 숙인 채 눈물을 흘렸다. 나를 위해 흘리는 그 눈물이 너무나 고마워서 나도 눈물이 나왔고 한참 동안 울었다. 계속 같이 있어 주지 못한다는 생각 때문에 친구들에게 미안했다. 더는 친구들을 힘들게 하고 싶지 않아서 먼저 눈물을 닦고 웃으려 했지만, 친구들은 그런 내가 안쓰러웠는지 한마디씩 건네기 시작했다.

"혁민아, 더 함께 있고 싶다."

"대신 아파줄 수 있었으면 좋겠지만, 그럴 수 없는 게 너무 가슴 아프다."

"혁민아, 네가 없는 걸 도저히 상상할 수가 없어."

누가 더 슬픈 일을 당한 것인지 알 수 없게 되었다. 그리고 친구들은 절대 포기하지 말라며 같이 투병을 해보자고 힘을 불어넣기 시작했다.

사실 인간이 얼마나 나약한 존재인지는 누군가 자기 옆에 있어 줄 때야 비로소 깨달을 수 있다. 그리고 나도 나약한 누군가를 위해서 옆에 계속

있어 줘야 한다고, 그리고 내게는 아직 해야 할 일과 돌려줘야 할 것들이 많아서 죽으면 안 된다는 생각이 들었다. 죽으려 했던 내 용기가 앞으로 살아갈 내 용기로 바뀌는 건 한순간이었다.

• • •

그동안 생각하지 않으려고 애썼던 '살고 싶다.'라는 마음을 더 이상 감출 수 없었다. 나는 그동안 내가 지켜왔던 소중한 것들을 잃지 않기 위해서 발버둥 치기 시작했다. 분명히 세상에는 깨끗하고 좋은 일만 존재하지는 않지만, 아직 나를 감싸 안아주고 따뜻함이 넘쳐 흐르는 살 만한 세상이라고 믿었다.

나는 곧바로 병원에 입원했고, 수술 날짜를 잡았다. 부모님께는 또다시 불효하는 것 같았기 때문에 며칠간 여행 간다고 거짓말을 했다. 내 머릿속의 진짜 적은 나랑 똑같은 모습을 하고 있었다. 이것은 나와의 싸움이라고 생각되었기 때문이다. 그런 싸움에 부모님을 끌어들여서 걱정시키고 싶지 않았다.

'강해지자. 강해지자.'

몇 번이고, 나 자신에게 말했다. 그리고 난 수술실로 들어갔다.

수술이 끝난 후 나는 약물치료와 방사선치료에 들어가야 했고, 한동안 입원해야 했다. 하루가 1년 같았기에 병원 창문을 통해 밖을 바라보면서 이런 저런 생각을 할 시간은 충분했다. 세상은 너무나 아름다워 보였다. 그렇게 예쁠 수가 없었다. 날아다니는 새들, 나무에 내리쬐는 햇볕, 재미난 방송, 맛있는 음식들, 앞으로 개봉할 영화와 좋은 음악들, 그리고 내가 앞으로 할 수 있는 일들, 앞으로 꾸게 될 꿈들까지도 온통 아름다운 것들뿐이었다.

아프니까 비로소 보이는 것들이었다. 지금이니까 볼 수 있는 것들이었다.

내가 포기했더라면 모두 다 보지 못했던 것들이었다. 이 아름다운 세상을 누릴 줄 아는 사람이 되어야겠다고 결심했다.

그래서 나는 노트를 하나 꺼냈다. 퇴원하고 나서 죽기 전까지 내가 하고 싶은 것들을 무작정 써내려가기 시작했다. 머릿속에 하고 싶은 일들이 너무 많았다. 누군가에겐 당연한 일상이지만, 나에겐 이미 모든 것이 즐겁고 아름다운 것으로 변했다. 먹고 싶은 것, 하고 싶은 것, 가보고 싶은 곳, 놀고 싶은 것 등등. 거대한 것들은 아니었지만, 상상만으로도 난 흐뭇했다. 그렇게 나의 '버킷 리스트'가 만들어졌고, 건강을 빨리 회복해서 하나하나 이루어나갈 생각만 하며 나는 앞으로 나아갈 수 있었다.

약물치료를 하면서 몸에 무리가 많이 갔다. 그 후유증은 컸다. 내가 하는 일을 알고 있던 의사 선생님은 좋아하는 일을 하지 못하게 될까 봐 걱정하며 불안해하는 나를 걱정해주었다. 그래서 신경을 많이 써주셨지만, 피부는 푸석해지고 몸무게도 많이 줄어들었고 머리카락이 빠지는 등 나는 조금씩 망가지기 시작했다. 그에 따라 엄청난 우울감이 자꾸만 나를 덮쳤다. 그럴 때면 내 친구들은 병문안을 와서 내가 힘들어하지 않도록 의지가 되어주었고 웃겨주려고 했다. 말과 글은 때로는 모든 것을 담아내지도, 전부 표현하지도 못할 때가 있다. 하지만 옆에 같이 있어 주는 것만으로도 누군가에게는 엄청난 힘이 되고, 많은 의미를 부여해준다는 사실을 알게 되었다. 덕분에 끝까지 포기하지 않고 내게 일어난 모든 일들을 운명이라고 받아들일 수 있었다. 그렇게 받아들이고 나자, 지금 내가 아픈 것이 조금이라도 헛되지 않도록, 내게 좋은 경험이 될 수 있도록, 그 상황에서도 한 가지라도 더 깨달을 수 있는 것을 찾으려 했다. 분명히 그 안에서도 배울 수 있는 것은 존재할 거라고 믿었다. 즉, 그 안에서밖에 얻지 못할 것들도 있을 것이며, 그 안에서밖에 느끼지 못하는 행복이 있을 거라고 생각했다.

# 세상이 아름다워 보이는 이유

이런 상황에서 지금 내가 할 수 있는 일은 무엇일까. 그 슬픔이 얼마나 힘든지 알고 있기에 할 수 있는 일, 사람이 얼마나 약한 존재인지 몸소 느끼고 있으므로 할 수 있는 일, 잃을 게 없던 시절과 지키고 싶은 것이 너무 많은 지금이니까 할 수 있는 일, 그리고 그걸 모두 이겨냈기 때문에 할 수 있는 일들에 대해 곰곰이 생각했다.

문득 나처럼 이런 비극 같은 상황에 처해 있는 사람들이 떠올랐다. 지금 육체적으로나 정신적으로 고통받고 있고, 나처럼 병마와 싸우며 무서움과 두려움에 떨고 있을 사람들을 생각하니, 마음이 많이 아팠다. 누구보다도 그걸 공감해줄 수 있고 이해할 수 있다고 느낀 나는, 이런 나라면 어쩌면 그런 사람들에게 힘을 줄 수 있지 않을까. 내가 지금까지 받아온 것처럼, 그런 힘이 절실한 사람들이 있지 않을까. 내가 여태까지 보고 느낀 것을 전하면, 어쩌면 그들에게 희망이 될 수도 있지 않을까. 지금까지 내가 살아온 이야기를 들려주면 아픔을 나눌 수 있지 않을까.

그래서 나는 무작정 노트를 꺼낸 후, 그들에게 닿을 수 있도록 그들의 마음속에 울려 퍼질 수 있도록 글을 써내려가기 시작했다. 지금 힘든 상황 속에 놓인 내게도 그건 절실한 일이었다. 나의 아픔도 나눌 수 있었다. 내

가 누군가의 아픔을 나누기 위해서도 내가 아픈 걸 잘 견뎌내야 했고, 건강해져야 했다. 나는 견뎌낼 자신이 있었다. 꼭 그래야만 했다.

나는 매일같이 내가 살아온 길들을 뒤돌아보았다. 나처럼 병마와 싸우는 사람들에게, 피할 수 없는 일들로 인해서 힘들어하는 모든 사람들에게, 앞으로 시련이 닥칠 사람들에게 조언을 주고, 나처럼 마음이 약한 사람들에게 강인함을, 그리고 자기 자신이 불행하다고 생각하는 사람들에게 자신의 소중함을, 또한 내가 지금까지 느낀 좌절을 느끼고 있는 사람들에게 위로를 전하면서, 부디 포기하지 말아 달라고, 내가 그들의 등을 토닥여줄 수 있기를 바라면서 간절한 마음으로 글을 써내려갔다.

글을 쓰면서 나는 내 모든 아픔과 트라우마와 지나온 내 시간을 끄집어내면서 수없이 눈물을 흘렸다. 트라우마를 끄집어내는 건 쉬운 일이 아니었다. 그건 내게 고통스러운 일이었다. 하지만 많은 눈물이 알려주었다. 세상에 행복한 일만 있는 것은 아니지만, 사람은 행복해지기 위해서 살아간다는 걸. 사람이니까 모두 다 그런 것이고, 사람은 슬픈 존재이기도 하며, 또한 사람은 기쁜 존재라는 걸. 즐거운 일들을 위해서 슬픈 일도 존재한다는 것도. 그래서 산다는 게 아름답다는 것도.

소중한 나의 기억들을 모두 다 사람들에게 주고 싶었다.

내가 병원에 누워 있는 동안 내 SNS에는 많은 사람들이 찾아와주었다. 나는 아파서 마음에 여유가 없을 때면 사람들의 글을 보면서 나를 다독였다. 하루에도 수많은 쪽지들이 왔지만, 10대와 20대가 많았던 내 SNS에는 자신의 고민을 보내오거나 힘들어하는 아이들이 도움을 요청하는 글들이 많았다. 그런 아이들을 볼 때면, 늘 사랑을 받기만 하는 내가 너무 미안했다. 그래서 나도 그들을 다독여주고 싶었다.

내가 사람들에게 뭘 해줄 수 있을까. 책을 쓰고 있는 건 내 꿈이고 많은 시간이 걸리지만, 지금 힘들어하며 나를 바라봐주는 사람들에게 보답하기 위해서 나는 SNS에 나의 투병 사실을 밝히기로 했다.

나도 열심히 싸우고 있으니까, 당신들도 자신과의 싸움에서 지지 말고 열심히 앞으로 나아가길 간절히 바랐다. 그리고 그 글은 절대로 포기하지 않겠다는 나와의 약속이자 맹세이자 다짐이자 결심이었다.

그런 마음으로 공개한 내 투병 사실에 많은 사람들이 응원해주었다. 다시 눈물이 났다. 나는 넘칠 정도로 큰 사랑을 받고 있었다.

그리고 사람들의 응원의 말 한마디 한마디가 그 상황에 처한 나에게는 너무나 큰 힘이 되었고, 내 삶을 포기하지 않길 잘했다고 다시 한 번 느끼게 해주었다.

내가 받은 모든 것들을 언젠가 돌려주기 위해서도 나는 열심히 살아야 한다고 생각했다. 그리고 앞으로도 사람들에게 힘을 주는 일을 간절히 하고 싶어졌다. 분명히 머리를 쓰거나 하는 일은 내가 할 수 없겠지만, 이런 보잘것없는 작은 나라도 내 분야를 최대한 넓히고 이용해서 나만의 방식으로 앞으로 조금씩 사람들에게 희망을 주고 웃음을 주며 살아야겠다고 결심했다.

글을 올린 후에 아픈 사람들과 힘든 사람들에게서 더 많은 메시지가 왔다. 나를 보면서 힘을 내고 용기를 얻었다는 내용은 나를 뿌듯하게 했고, 그들이 자신과의 싸움에서 이길 수 있도록 내 행복을 나눠주기 위해서는 내가 더 행복한 모습을 보여줘야 한다는 책임감마저 느꼈다. 그렇게 든든한 마음으로 난 퇴원을 했다. 하지만 퇴원한 후에도 싸워야 할 것들은 많았다. 그야말로 장기전이었다. 퇴원한 후에도 자주 병원에 내원해야 하며 검진과 치료를 동행해야 했다.

나와의 약속과 결심을 지키기 위해서도 나는 다시 내가 있어야 할 곳으로 돌아가야 했다. 그래서 먼저 입원해 있는 동안 산더미처럼 쌓였던 일들을 해결하기 시작했다. 아팠던 것 때문에 내 꿈을 포기하기 싫었던 나는 다시 예전에 건강했을 때와 같은 모습으로 돌아가야 한다고 생각해서 한동안 치료에 집중했다.

먼저, 빠진 몸무게를 불리기 위해서 식이요법과 PT를 시작했다. 그리고 피부과를 다니면서 푸석푸석해지고 메말라버린 피부를 살리려 노력했고, 빠진 머리숱도 채우려고 관리를 받았다. 외적으로 아픈 티가 나지 않도록 노력해야만 했다.

그리고 치료비를 감당하기 위해서 조금씩 다시 일을 시작해야 했지만, 나의 몸은 예전 같지 않았다. 체력적으로 약해져 있었던 나는 쉽게 지치고 피로해졌다. 몸에 신경을 쓰면서 일을 할 수밖에 없어서 한동안 무리한 일들은 거절하며 컨디션 조절을 해야만 했다.

이대로라면 남들에게 뒤처질 수도 있다고 느낀 나는 체력을 늘리기 위해 아프지 않은 사람들보다 더 건강해져야 할 필요성을 느꼈고, 거액을 투자하며 수많은 영양제와 건강에 좋은 것이라면 모든 것을 다 사들였으며, 예전에는 신경 쓰지 않았던 건강을 최우선으로 생각했다.

이런 장기적인 싸움에 때론 지칠 때도 많았다. 몸이 예전 같지 않다고 느낄 때나 다른 아이들보다 체력이 뒤처진다고 느껴져서 아픈 것이 걸림돌이 되거나 하면 억울해서 울적해지기도 했지만, 사람들의 응원으로 인해서 나는 계속해서 버티며 치료에 집중했고, 나와의 싸움에서 이겨 나갈 수 있었다. 나 또한 누군가에 의해서 구제받았고, 정말로 모두 다 진심으로 감사하게 생각한다.

• • •

또 한 번의 큰 시련으로 내 인생은 다시 시작되었다.

시간이 지나 난 건강도 되찾고, 다시 예전처럼 여행도 갈 수 있게 되었다. 죽음 앞에 있다가 온 나에겐 그저 매 순간이 기적과 같았고, 특별하게 느껴졌다. 다시 웃을 수 있게 된 것만으로도 충분히 행복했고, 모든 일이 다 감사했다. 사람의 일은 정말 모르는 거라는 생각이 들었다. 그래서 미래에 대한 걱정과 불안은 더욱 생각하지 않게 되었다. 내가 아플 걸 예상하지 못했던 것처럼, 미래는 아무도 예측할 수 없으며, 그저 지금 내가 숨 쉬고 있다는 것만 느끼려고 거기에 집중했다. 사람들은 이런 나를 보고 “어떻게 하면 그렇게 밝고 긍정적일 수가 있어요?”라고 종종 묻는다. 어쩌면 그만큼 많은 일들이 있었기 때문에 슬픈 일들이 더 사소하게 느껴지는 것일 수도 있다.

지금 나는 하루 24시간을 울기보다는 더 많이 웃으려고 노력한다. 그러다 보면, 1년 365일 웃음으로 가득 차 있을 것이다. 그리고 그게 바로 ‘행복’이다.

새로운 버릇도 생겼다. 나는 자주 하늘을 올려다보게 되었다. 어렸을 때 들었던 노래가 지금 들으면 다르게 들리는 것처럼, 어릴 때 바라본 하늘이랑 분명히 같은 하늘일 텐데 지금은 올려다볼 때마다 다르게 느껴진다. 그런 것이 내가 살아 있다는 걸 느끼게 해준다. 그만큼 내가 어른이 되었다는 걸까.

한번은 괌에 여행을 간 적이 있었다. 친구와 바다에서 물놀이하며 시간이 가는 줄 몰랐다. 해가 지면서 노을이 붉어지기 시작했다. 나는 그 노을을 평생 잊을 수가 없다. 따뜻하고 빨간 해가 나를 덮쳤고, 노을빛이 바다에 반사되어 온 세상이 온화한 색을 띠며 빛나고 있었다. 나는 그저 멍하

니 멈춰서 눈물을 흘렸다. 그 풍경은, 내가 포기하지 않아서 볼 수 있었던 것이다. 포기했더라면 절대 보지 못했을 풍경. 나는 거기 그렇게 서 있었다. 살아 있어서 정말 다행이었다. 그리고 노을은 나의 모든 것을 품어주었고 감싸 안아주었다.

'지금까지 다 견뎌줘서 고마워. 수고했어, 혁민아!'

눈물이 멈추지 않았다. 그리고 난 지금까지 끌어안고 왔던 모든 걸 그 노을에게 건네주고 올 수 있었다. 애틋했다. 영문을 모르는 친구는 왜 갑자기 우느냐고 물었지만, 난 그냥 "예쁘잖아."라고 대답했다.

지금 이 글을 쓰고 있는 곳은 이작도라는 섬이다. 사실 친구의 아버지가 자월도라는 섬에서 펜션을 운영하셔서 그곳에서 그 친구의 생일파티를 하기로 했지만, 오전에 촬영이 있던 나는 혼자 뒤늦게 출발해야 했다.

그런데 피곤했던 나는 배에서 그만 깜박 잠이 들어버렸고, 결국 내리는 걸 놓쳐버리고 눈을 뜨니, 바로 이곳 이작도라는 섬에 오게 되었다.

자월도로 다시 가려면 몇 시간이 남았고, 나와 이작도라는 이 섬이 어쩌면 인연일 수도 있겠다는 생각이 들어서 난 무작정 걷기 시작했다.

풀냄새와 바닷냄새가 나를 치유해주는 것 같았다. 그리고 소리 질러도 민망하지 않을 정도로 아무도 없는 바다는 파도 소리와 기러기들의 울음소리만이 퍼지고 있었다.

나는 또 눈을 감고 나를 뒤돌아본다.

'내가 그동안 잊고 산 게 있었던가?'

우리는 어른이 될수록 점점 많은 것들이 변해간다.

무서운 것도 많아지고 슬픈 일도 있겠지만, 분명히 새롭게 보이는 것도 존재한다. 그리고 어렸을 때의 보물이 지금도 보물이어야 하는 것처럼, 변하지 말아야 하는 소중한 것들도 있다.

내게는 아직 수많은 꿈이 있다. 앞으로 나는 더 많이 행복해질 것이다. 그리고 누군가가 지쳐서 쓰러지지 않도록 사람들에게 행복을 나눠 주고 싶다. 나는 계속해서 글을 써나갈 것이다. 앞으로 어떤 일들이 내 앞에 기다리고 있을까. 내 노트의 결말이 해피엔딩이었으면 좋겠다.

오늘은 바람 냄새가 아주 좋다.
그곳 난간에 앉아서 나는 노트를 다시 펼쳤다.

# 당신이 소중한 이유

지금까지 많은 일이 있었습니다.

여러 가지 아침도 보았습니다.

여러 모양의 사랑도 감정도 있었습니다.

여러 모양의 헤어짐도 있었습니다.

많은 사람에게 상처도 주었습니다.

많은 사람에게 상처도 받았습니다.

많은 눈물도 흘렸습니다.

웃을 수 있다는 것이 얼마나 소중한지 잊지 말아 주세요.

만일 당신의 눈에서 눈물이 흘러나온다 해도 그것은 아직 자기 자신에게 지지 않았다는 증거이기도 하고, 그럼에도 불구하고 당신이 웃을 수 있다는 것은 지금 행복하다는 증거이기도 하다는 것을 잊지 말아 주세요.

저는 당신이 그렇게 강하지 않다는 것도 잘 알고 있어요. 만약에 포기하고 싶은 생각이 들더라도 잊지 말아 주세요. 당신이 포기하려는 내일은 누군가는 포기하고 싶지 않은 내일이라는 것을. 포기하고 싶지 않아도 누군가는 볼 수 없는 내일이라는 것을.

성장통은 누구에게나 있을 수 있어요. 울어도 돼요. 더 강해질 수 있어요. 그리고 시간이 지나면 먹구름이 낀 후에 따뜻한 햇볕이 비추는 것같이 언젠간 웃으며 얘기할 날이 올 거예요.

어제까지의 내가 엉망이었다면 어제까지의 모습을 버리고 언제든지 새로 시작하면 그뿐이에요. 몇 번이고 새로 시작하면 돼요. 당신을 위한 행복이 언젠가는 꼭 찾아올 거예요. 그때는 그 행복을 놓치지 말고 꼭 잡아주세요.

당신은 당신이 생각한 것보다도 많은 것을 가지고 있고 훨씬 아름답습니다. 누군가는 누리지 못한 것들을 당신은 수없이 가지고 있어요. 그게 당신에게 너무 당연해서 그 소중함을 놓치고 있는 것뿐이에요. 내가 가지지 못한 것도 당신은 분명히 가지고 있습니다. 그러니 그 누구도 당신을 비난할 자격은 없어요. 비웃는 사람들도 자신의 상황에서 열심히 발버둥을 치고 있는 사람들이라고 생각해주세요.

당신 주변의 소중한 모든 것을 놓치지 마세요. 저는 그것을 알기까지 너무 오랜 시간이 걸렸습니다.

이렇게 작고 작은 제가 말이나 글로 전할 수 없는 것들도 존재하겠지만, 저는 이렇게 글을 쓰는 것으로밖에 지금은 전할 수가 없어서 앞으로도 계속해서 조금이라도 제 마음이 당신에게 전달될 수 있도록 계속해서 외칠 거예요.

저도 즐거운 일만, 기쁜 일만 있었던 건 아니었지만, 지금도 앞으로도 이런저런 일들이 또 있겠지만, 늘 가슴을 활짝 펴고 당당히 살 겁니다. 우리의 미래는 영원한 것이 아니니까 각자 정해진 삶의 시간 속에서 우리가 할 수 있는 일은 하루하루가 기념일인 것처럼 매 순간 최선을 다해서 사는 것입니다. 청춘을 시작하는 것도 끝내는 것도 모두 자기 자신입니다. 지금 보이는 세상도, 지금 보이는 하늘도, 각자 다르겠지만 제 눈에 비치는 하늘이 당신에게도 꼭 보일 수 있기를.

오늘도 감사합니다. 거기, 그 자리에 있어 주어서.

세상에서 단 하나뿐인 강혁민 드림.

합니다

담겨있는 인생책입니다

앞으로 더 많이

하나뿐인 밝게 빛나는

그리고 당신 자신만의

앞으로 저도 저만의

응원해주세요